U0128046

意境探微·下冊

目次

下冊

第三章

「意境」內涵的多層闡釋

　　「意境」的內涵，是我們探討「意境」本體問題的起點，也是難點。因為，這是一個老問題，也是迄今為止爭議不休的熱點問題。人人都在言說，但人人又說不清楚。愈是說不清楚的問題，人人又都想展現才智來說個明白，也許這就是形成持續二十多年「意境」熱的原因之一。此項研究的一個基本目標，就是人人都想為「意境」規定一條大家公認的內涵定義。結果，目標不但沒有實現，反倒造成了「意境」的泛化現象。

　　我們現在所面對的「意境」兩個字，是極不尋常的兩個字。它從遙遠的神話般的歷史中一步步地走來，攜帶著不同歷史語境中的文化信息；它又是從一代代美學家的心中走來，積澱著不同視野中的審美內涵。從美學史的角度看，它是一個十分古老的「精神文物」；從審美心理學的角度看，它又是一個民族審美心理史的「活化石」。總之，「意境」不僅是中國古典美學高度昇華的產物，也是中華民族審美心理史

的縮影，其中積澱著異常豐富的審美文化內涵。它作為一個美學範疇，其根柢之深，其內涵之豐，其歷史之久，其影響之大，在中外美學史上也是少有的。因此，為「意境」規定內涵定義便有很大的難度。面對著歷史的、現代的浩如煙海般的材料，你如何歸納？又如何提煉呢？這確實是很難的！

　　面對這重重困難，那麼，我們為「意境」規定內涵定義有無必要呢？顯然是有必要的。範疇是構成一個學科的奠基石。但是，構成範疇的基代美學家的看法，試問你研究的還是「意境」嗎？還有人界說「意境」本條件是，要有一個被學界同人所公認的內涵定義。這是學者彼此之間進行學術對話的基本前提。如果沒有這樣的內涵定義，那它首先不是範疇，更沒有資格去充當學科的奠基石。因為，它無法使學者彼此溝通、相互對話，缺乏學術的凝聚力，更無力支撐學科的高樓大廈。既然，我們都承認「意境」是中國美學的範疇，而且是核心範疇，那麼，我們必然要為「意境」規定內涵定義。這是「意境」研究的首要任務，也是最重要的任務。至於在「意境」研究中，大家的意見有分歧，有爭議，這不僅是正常的，而且更顯示出了此問題的重要性。

　　目前，學界在探討「意境」內涵定義時，還存在著種種誤區。比如，有人一味「出新」，只發表自己的看法，根本不考慮學界的意見，也忽視了古人的看法。唯我獨尊，否定一切，好像一部泱泱「意境」大史從「我」開始。這怎麼行呢？我們不應該忘記：「意境」不是你創造的概念，也不是現代美學的範疇，而是中國古代美學的範疇。如果抽掉了「古內涵時，抓住一點，大談特談，而不及其餘；更有人把「意境」歸屬於「典型」，等等。這些都從不同程度上導致了「意境」的泛化。

　　因此，本章首先對「意境」泛化現象予以清理，然後從符號學、詩學、美學和文化學等學科視野，對「意境」內涵進行多層闡釋，最後再歸納出我們的看法。

第一節　「意境」的泛化和淨化

　　新時期以來，中國古代文論研究出現了十大熱點。其中，「意境」範疇的研究，更是「熱點中的熱點」[1]。這是現代「意境」美學研究的黃金時期。當今著名的文藝理論家和美學家，幾乎都撰文談論過「意境」。「意境」真正地現代化了。

　　然而，就在「意境」研究熱的背後和「意境」現代化的過程中，也出現了「意境」的泛化現象。「意境」泛化現象的主要表現有三個方面：一是將「意境」作為標籤，隨意亂貼。認為凡是文藝作品就一定有「意境」，有人甚至把羅丹雕塑的少女頭像《思》看作是「意境」優美的佳作，於是「意境」成為文藝普遍的審美特徵。二是「意境」美學術語的泛化。除了人們習慣上常用的「意境」和「境界」外，凡是在古代「意境」美學史上所使用過的術語，諸如「境」、「物境」、「情境」、「境象」、「意象」、「情景」、「詩境」、「文境」、「畫境」、「幻境」、「奇境」、「象外」等，都在新時期的「意境」美學和「意境」批評中得以復活和使用。三是「意境」範疇內涵的泛化。在古代「意境」美學中，人們對於「意境」的認識儘管也不太一致，但對於「意境」內涵的把握卻基本上達到了共識，即情景交融。進入新時期以來，「意境」便成為無所不包的泛化概念。正如蘇恆先生所指出的那樣：

1　參閱拙文《新時期古代文論研究的十大熱點》，載《文史哲》1995年第2期。

　　意境究竟是什麼？這是一個聚訟紛紜的問題。它的概念還在發展著和豐富著：或看作思想境界，或看作思想藝術達到的程度，或看作藝術特徵，或看作詩中意象，或看作整體形象，或看作人物塑造的表現手段，或看作作家的整體構思，或看作立體的審美空間景象，或看作情景交融，或看作貫注形象的情思意脈……。紛紛總總，兼容並包，它儼然成了一個無所不備的綜合概念。[2]

　　除了這裡所羅列的對「意境」內涵的十種定義之外，還有「意境」是意蘊、「意境」是典型、「意境」是藝術空間、「意境」是藝術想像的世界、「意境」是意中之境、「意境」是寓意之境、「意境」是象外之境、「意境」是藝術欣賞中心馳神往的審美憧憬、「意境」是藝術中的心理場現象，等等。

　　這些「意境」泛化現象的廣泛存在，從積極方面看，這是研究者突破「意境」闡釋的一元模式，試圖從多種視野、運用多種方法和從多種層面，對「意境」內涵所進行的多維闡釋。這正是「意境」現代化的鮮明特徵。但是，我們也不應該忽視它的消極方面。任何事物的發展，都有一個度。如果超越了這個度，就不僅不利於事物的發展，而且還會導致自我否定的結局。「意境」泛化的現象正是這樣。由於對「意境」內涵缺乏嚴格的界定和科學的闡釋，而是隨意為之，誤用、歧義現象迭生，為「意境」研究和「意境」批評製造了混亂。

　　因此，為了使「意境」美學研究沿著正確而科學的道路前進，我們必須克服「意境」的泛化現象，認真做好「意境」的淨化工作。

　　首先，是「意境」美學術語的淨化。術語，是理論思維得以運行、

2　蘇恆：《意境漫談》，《南充師院學報》1984年第1期。

學術研究得以開展的邏輯原點，是負載理論思想內容的特殊符號，也是各門學科某一原理的高度概括。所以，「意境」美學術語的泛化，必然導致理論思維的混亂，乃至阻礙「意境」美學研究的正常進行。因此，「意境」美學術語的淨化，是一項十分重要的工作，引起了專家學者的重視。但是，他們的目光都過於密集在「意象」與「意境」，或者「境界」與「意境」的辨析上。早在五十年代，李澤厚先生就指出，「意境」一詞「比稍偏於單純客觀意味的『境界』二字似更準確」[3]。近年來，海外華人學者也提出了相類似的看法。蕭遙天先生認為，「境界」一詞未能兼顧「情景」兩個方面，故不如「意境」完美。[4]葉嘉瑩先生也認為，「境界」一詞含義太多，使用起來「不免導致種種誤會」，或者增加了理解上的「混淆和困難」，相比之下，還是「意境尤易於為人所瞭解和接受」[5]。最近，顧祖釗先生也撰文認為，「意境論泛化的原因，與意境和境界的混用有關。特別是『境界』這個概念，可能是產生混亂的主要根源」。他列舉了「境界」的十一種含義，明確指出：

　　由於「境界」這個概念表意複雜，一羼入意境論就給「意境」概念帶來莫大的干擾，使意境論的稱謂不能作為一個表意單純的術語進入現代文藝學，已礙及理論上的應用。故我以為不宜以它再去充當詩境的稱謂來應用，而宜用「意境」作為專門的理論和批評的術語。[6]

　　這些看法對於「意境」美學術語的淨化工作無疑是有益處的，只是還缺乏充分的論證。

3　李澤厚：《「意境」雜談》，《光明日報》1957年6月9日。

4　葉嘉瑩：《王國維及其文學批評》，廣東人民出版社1982年版，第216頁。

5　葉嘉瑩：《王國維及其文學批評》，廣東人民出版社1982年版，第225頁。

6　顧祖釗：《論意境的稱謂和淵源》，《文藝理論研究》1995年第2期。

我們通過對新時期以來「意境」美學術語的泛化現象進行具體分析，發現在這些術語群中，以「意境」為核心形成了三組術語叢。一是「境」、「境界」、「意象」、「境象」、「物境」、「情境」、「意境」、「象外」、「情景」等。如果將這些術語貫串在一根歷史的線索上，便立刻會顯示出「意境」術語孕育、萌生、形成和發展的歷史軌跡。我們可以把「意境」看成是成熟的術語和範疇形態，而將其他的術語看成是「意境」在不同歷史時期的別稱，或者正處在生長期和演變期的進行時態的術語，諸如漢魏的「境」、「境界」，魏晉的「意象」、「象外」，唐代的「物境」、「情境」、「意境」，明清的「情景」、「意境」、「境界」等。從歷時性看，這些術語處在不同的歷史層面上，各有不同的內涵，屬於異位概念；從共時性看，有些術語如明清時的「情景」、「意境」、「境界」，卻處在同一個歷史層面上，而且有大致相同的內涵，屬於同位概念。這是造成「意境」內涵纏夾模糊的根本的歷史原因。但是，應當看到處在歷時軸和共時軸核心位置上的仍是「意境」。所以，我認為，作為「意境」美學史研究，沒有必要迴避和廢棄「意境」以外的其他術語，而應實事求是地描述「意境」術語的發展演變史。作為「意境」美學研究，就應該淨化術語，去粗存精，刪繁就簡。具體說，就是保留成熟形態的核心範疇「意境」，而淘汰其他術語，使「意境」美學體系建構在一個明晰而堅實的基石之上。所謂「淘汰」並不是徹底廢棄，而是不再將這些術語當作「意境」的同位概念來使用。具體的淨化措施是：將「境界」、「境象」不再作為「意境」術語使用；「意象」、「情景」、「象外」是構成「意境」的基本要素，可以作為「意境」的下位概念（即屬概念）使用；「物境」、「情境」是「物意境」和「情意境」的簡稱，是「意境」在詠物作品和抒情作品中的不同表現形態，在對相應的作品進行批評和鑑賞活動中，可以作為「意境」的特

定術語使用。至於「境」則可以看作是「意境」的簡稱，而且它的構詞性強，可以在它之前嵌入一個字，構成「事境」、「情境」、「物境」等，十分活躍，形成了「x境」模式。所以，這個術語也可以作為「意境」的不同表現形態來使用。這樣，我們實質上只保留了「意境」一個術語，其他術語都是「意境」術語的簡稱和在不同場合的變用而已。二是「詩境」、「文境」、「畫境」術語叢，這分別是「詩歌意境」、「散文意境」、「繪畫意境」的簡稱，是「意境」在各門類藝術中的不同表現形態和稱謂，本質上就是一個術語，義界明確，仍可使用。至於「幻境」、「奇境」、「神境」、「佳境」術語叢，主要用於「意境」批評活動中，分別是「幻意境」、「奇意境」、「神意境」、「佳意境」的簡稱，是批評者對於藝術「意境」不同的美感形態的標示，義界明確，易於操作，也可使用。由此可見，「意境」美學術語的泛化現象，主要表現在第一術語叢。通過我們的淨化和有序化處理，不僅使「意境」美學研究有了一個更明晰更堅實的邏輯原點，而且使「意境」作為一個表意明確的範疇，進入中國現代美學和文藝學的體系。這正是我們研究「意境」美學的最終目的。

其次，是「意境」內涵的淨化。「意境」美學術語的泛化，是「意境」內涵泛化的主要原因。當我們從第一術語叢中，將「境」、「境界」、「意象」、「境象」、「物境」、「情境」、「情景」、「象外」等術語或廢棄或降格之後，而只保留了「意境」術語時，實際上不僅淨化了「意境」美學術語，也同時淨化了「意境」內涵。但是，就「意境」這一術語本身，其內涵也仍然存在著泛化的現象。由於「意境」術語在創作論、作品論、鑑賞論、批評論、比較文論和美學理論等不同的操作環境中使用，就必然帶來了「意境」內涵的延展和豐富，這是正常的。所不正常的是使用者過多地帶有隨意性，致使「意境」內涵纏夾

模糊、歧義迭生，這就是泛化現象。我們淨化「意境」內涵的最好辦法，是對「意境」內涵域中的諸多義項作具體分析，既要符合古人的一般用法，又要切合抒情文藝的一般特徵，從而凸現其主要的核心內容。在有關泛化的近二十種義項中，「思想境界」、「思想藝術達到的程度」、「藝術特徵」、「整體形象」、「作家的整體構思」、「意蘊」、「藝術想像的世界」、「藝術欣賞中心馳神往的審美憧憬」、「藝術中的心理場現象」等，寬泛空洞，幾同無物，與「意境」本體不沾邊，應當從「意境」內涵域中清除出去；「立體的審美空間景象」、「藝術空間」，本於「境」而忽於「意」，有以偏概全之弊，也應當清除出去；至於「人物塑造的表現手段」，只涉及敘事文學；「典型」，來源於西方文論，也與「意境」本體不沾邊，亦應清除出去。這樣一來，在「意境」內涵域中，還剩有六種義項，都不同程度地切入了「意境」本體。除「象外之境」外，「詩中意象」、「情景交融」、「貫注形象的情思意脈」、「意中之境」、「寓意之境」，其共同特點是兼顧了「意」與「境」兩個方面，即「意」、「情」、「情意」屬於「意」術語叢，「象」、「景」、「形象」、「境」屬於「境」術語叢。前者的核心術語是「意」，後者的核心術語是「境」，兩者交融便構成了「意境」範疇。如果對「意境」的這些內涵義項進行邏輯學分析，我們就會發現：說「意境」是詩中「意象」，犯了「定義過窄」的毛病，因為除詩之外，文、書、畫、樂、曲、園林等藝術也有「意象」；說「意境」是「貫注形象的情思意脈」，則是犯了「定義過寬」的毛病，因為形象包括藝術形象和非藝術形象，而藝術形象又包括藝術作品中的人物、景物、場面、環境和一切有形的物體，其核心是人物形象，而「意境」的核心卻只是景物形象；至於「意境」是「意中之境」或是「寓意之境」，都違反了定義項不得直接或間接地包含被定義項的原則。所以，這些義項也應當清除出去。

最後，就只剩下「意境是情景交融」一項了。在邏輯學上，它屬於內涵定義。內涵定義包括名義定義和真實定義。「意境是情景交融」，既是名義定義中的同義詞定義，可看作「意境是情景」，類似於「土豆是馬鈴薯」，因為明、清以來「情景」幾乎成為「意境」的代名詞；又是真實定義中的發生定義，因為「情景」只有發生「交融」的審美關係，才是實質上的「意境」內涵。

因此，目前有人否定「情景交融」的說法，是盲目的，沒有道理的。因為，通過我們對上述較流行的近二十種內涵定義逐個分析比較，發現只有「情景交融」一說，既符合古代「意境」美學的原義，又切合「意境」美學的本體，還合乎邏輯學關於內涵定義的規則，而且全面占有了名義定義和真實定義的本質。同時，「意境」美學史還告訴我們，「情景交融」的觀念萌生於魏晉，形成於唐代，盛行於明清，至今仍根深柢固地被人們廣為接受著。所以，歷史的選擇是明智的。在淨化「意境」內涵時，這也是我們唯一的選擇。不過，我們還要把「象外」的概念吸收進來，加上一條外延定義，即意溢象外和人與自然在藝術活動中的審美統一。在這裡，我們要特意加入「藝術活動中」的限定語。因為，「意境」不僅存在於藝術作品中，也存在於創作和鑑賞之中。同時，我們還想指出的是，並不是人與自然的任意統一都是「意境」，這種統一必須在「藝術活動中」進行，而且是「審美」統一。這樣就防止了「意境」內涵的泛化。因此，把內涵定義和外延定義結合起來，就是我們對於「意境」內涵的基本看法，即「意境」是藝術活動中情景交融、意溢象外和人與自然審美統一的意象結構和美感形態。

最後，是「意境」操作方式的淨化。新時期以來，在「意境」理論與「意境」批評的具體操作中，有些人把「意境」當作萬能的標籤，隨意亂貼。這也是一種「意境」泛化的現象。近年來，也有人對「意

境」操作方式的淨化發表過看法。如趙銘善先生的一段話就是這樣：

> 我們從意境適用的橫向空間範圍來考察，意境主要是中國藝術創
> 作和欣賞的規律，而非其他地域的藝術，尤其不是西方藝術創作和欣
> 賞的規律。從藝術種類的橫向角度看，它適用的是抒情或以抒情為主
> 的藝術，即表現型藝術，而非再現型藝術；從其適用的縱向時間范圍
> 來考察，意境指的是中國古代藝術，主要是封建時代藝術創作和欣賞
> 的規律。也就是說，意境並非屬於普遍規律和永恆規律的範疇，是屬
> 於一種特殊的、歷史的規律範疇，它的作用度受著空間和時間的限
> 制。具體說，就是意境有三個規定性：民族的規定性、時代的規定性
> 和抒情的規定性。[7]

我只同意「抒情的規定性」，其他的「兩個規定性」則是不合適
的。這是因為，「意境」雖是從古代文藝創作和欣賞規律中提煉出來的
美學範疇，但它也能用於現代文藝的批評之中；它雖是從中國文藝創
作和欣賞規律中提煉出來的具有民族特色的美學範疇，但它也可以用
在外國文藝的批評中。現代「意境」批評已經證實了這一點。同時還
因為，雖說「意境」屬於中華民族的，也並非說西方藝術沒有類似於
「意境」的審美表現，在歌德、華茲華斯和意象派的詩歌中，也有類似
於「意境」的精彩描寫。宗白華先生就認為，歌德的抒情詩「打破心
與境的對待，取消歌詠者與被歌詠者中間的隔離」，「情緒與景物完全
融合無間」，具有「不隔」的意境。他還指出，《海上的寂靜》，「這是
歌德所寫意境最靜寂的一首詩」。[8]而是說在西方文藝中沒有形成「意

7　趙銘善：《論意境的概念及其三個規定性》，《文藝理論與批評》1989年第2期。

8　宗白華：《歌德之人生啟示》，《藝境》，北京大學出版社1987年版，第49、54頁。

境」這樣的藝術創作和欣賞的規律。說「意境」是屬於中國古代的，並非說中國現代藝術中沒有意境，也不是說中國現代美學中缺少「意境」理論，而是說它在中國現代藝術和美學中不再占有主導地位了。說「意境」屬於抒情藝術的，並非說中國藝術中的小說、戲曲、園林這些以再現為主的藝術沒有意境，而是說它不占主要地位罷了。因此，我們淨化「意境」操作方式的目的，是要把「意境」範疇的操作導入科學的軌道，而不是要搞絕對化。

所以，我認為，「意境」內涵的定義，就是「在藝術活動中，情景交融、意溢象外和人與自然審美統一的意象結構和美感形態」。其中有無「自然意象」（即景）是衡量有無「意境」的主要標尺。至於操作域則可以適當地放寬些。凡是古今中外的文藝作品，只要符合這一條，就是有意境的，否則就是無意境的。為了便於操作，我們首先要將「意境」美學術語有序化，建立一個以「意境」為核心的話語譜系，並對其操作域作以界定。圖示如下：

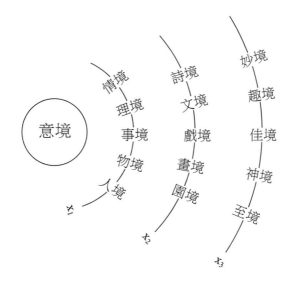

　　如圖所示：「意境」是核心範疇，是術語源。以它為核心，依次形成「x1境」術語系列、「x2境」術語系列和「x3境」術語系列，建立了一個「意境話語譜系」。每個術語系列都有各自的操作域。「x1境」術語系列主要用於從文藝表現對象的角度評價「意境」，「情境」用於抒情作品，「理境」用於哲理作品，「事境」用於敘事作品，「物境」用於詠物作品，「人境」用於寫人作品；「x2境」術語系列主要用於從文藝品類的角度評價「意境」，如「詩境」用於詩歌，「戲境」用於戲曲，「園境」用於園林，等等；「x3境」術語系列主要用於對藝術「意境」的美感形態和審美價值的評價，諸如「妙境」、「趣境」、「佳境」，等等。只有這樣才能夠使「意境」範疇簡潔，術語井然，泯是非於爭端，利操作於批評。

　　綜上所述，我們對「意境」泛化現象淨化的結果是：只保留「意境」這個元範疇及其相關的子範疇，保留「在藝術活動中，情景交融、意溢象外和人與自然審美統一的意象結構和美感形態」這個基本內涵以及「抒情藝術創作、欣賞和批評」為主要的操作範圍。

第二節　「意境」內涵的符號學闡釋

一、「元符號」闡釋

　　雅斯貝斯說過，「哲學永遠需要重新開始」[9]。「意境」美學研究也是這樣，得從破譯「意境」這個元文字符號的內涵重新開始。因為，我簡直無法統計：從古至今有多少人對這個元文字符號把玩、品味和闡釋過了？如果說「意境」這個元符號是一個「精神文物」，那麼，按

9　轉引自潘知常：《中國美學精神》，江蘇人民出版社1993年版，第2頁。

照傅道彬先生的説法，我得對它進行一番「精神考古」了。

　　先釋「意」這個文字符號的內涵。到目前為止，我們在甲骨文和金文裡，還沒有發現「意」字。直到秦代，小篆裡才開始有「意」字這個符號。《説文解字》云：「意，志也，從心，察言而知意也。從心，從音。」就是説，「意」是由「音」和「心」上下結構成的一個符號。《説文》又釋云：「音，聲也，生於心。」「心，人心。」可見「意」這個符號的本義是「心中生音，心音為意」。所以，《樂記》云：「凡音者，生於人心者也。」這個説法與《説文解字》釋「音」、「心」之義如出一轍。

　　在甲骨文中「言」，或寫作𠱝，象於𠙵（舌）前加一橫，表示聲音是通過舌尖發出的，而語言又和聲音有關。所以，「甲骨文『言』、『音』同字，『言』也就是『音』」[10]。這與俗話説的「言為心聲」是一回事。因此，《説文解字》云：「察言而知意也。」這樣，我們又可將「意」看作是由「言」和「心」上下結構成的一個符號，亦可釋為「心中之言為意」。

　　總之，「心音」、「心言」為「意」，也可以説是心的活動、心的狀態為意。《説文解字》釋云：「意，志也。」《毛詩序》云：「在心為志，……情動於中而形於言。」孔穎達《毛詩正義》云：「感物而動，乃呼為志。」也就是説，「心動為志」。心動是「感物」的結果，具有兩種運動形式：一是「心言」形式，如劉勰所説的「心慮言辭，神之用也」（《文心雕龍》〈養氣〉）；二是「心音（聲）」形式，如《樂記》所云：「凡音之起，由人心生也。人心之動，物使之然也。感於物而動，故形於聲。」可見，人的心理活動就是「意」。所謂「心音」活動

10　趙誠：《甲骨文簡明詞典》，中華書局1988年版，第357、234頁。

方式，是情感色彩很濃的心理活動方式，它沒有經過語言的規範和定型，因而是一種原始心理活動方式，帶有較多的無意識內容。這是本義，它的引申義是指音樂化了的心理活動方式。《說文解字》云：「音，聲也，生於心，有節於外，謂之音。宮、商、角、徵、羽，聲也；絲、竹、金、石、匏、土、革、木，音也。」這是音樂化了的情感心理活動方式，帶有較強的理性內容。所謂「心言」活動方式，是意識內容經過語言規範和定型的心理活動方式，帶有很強的理性內容。這就是「意」，一個由感性心理與理性心理、意識與無意識、一般心理與樂化心理所構成的微妙、廣闊和動態的心理世界。

　　從「意」的符號結構上看，正如上文所闡釋的，它涉及「音」、「言」和「心」，一分為三，這是「意」符號的第二層內涵結構。在《說文解字》中，由「音」為「元符號」，再生出七個文字符號；由「言」為「元符號」，再生出了二百六十一個文字符號；由「心」為「元符號」，再生出了二百八十個文字符號。這五百四十八個文字符號都與「意」有直接或間接的關係，可以看出是由「意」符號放射兩次後所構成的第三層內涵結構。這充分證實了我們的觀點，即「意」是一個微妙、廣闊和動態的心理世界。說它微妙，是說這個心理世界可以「言傳」，又難以「言傳」，可知又難知；說它廣闊，是說外在「物」的世界有多大，這個內在「心」的世界也就有多大，甚至比外在世界還要大；說它動態，不僅指「意」符號像千手觀音那樣，通過兩次放射，化身為五百四十八個子符號，生成了一個百花盛開的意義世界；而且還指這是一個不斷生成的動態的意義世界。外在「物」的世界有多少種變化，內在「心」的世界也就有多少種變化。「道生一，一生二，二生三，三生萬物」（《老子》），生生無窮。

　　皮爾斯曾經統計過「意義」的種類近五萬之多。儘管中國美學中

的「意」不等於西方美學中的「意義」，但要窮盡它的內涵，也是一件
非常困難的事。這是「意境」內涵纏夾模糊的一個主要原因。在中國
古代美學中，對於「意」的闡釋，或曰「志」，或曰「氣」，或曰「情」，
或曰「理」，或曰「性」，或曰「道」等，迄無定論。正如葉維廉先生
所說的那樣：「而『意』字，在中國批評中界說了又界說，還是沒有一
個定論。

　　但，我們以為不應該有定論，尤其不可像有些論者那樣把『意』
直解為『義』，直解為『某字代表某義』；這樣單一的觀點，是邏輯思
維的後遺症。……所謂『意』，實在是兼容了多重暗示性的紋緒；也
許，我們可以參照『愁緒』、『思緒』的用法，引申為『意緒』，都是指
可感而不可盡言的情境與狀態。『意』是指作者用以發散出多重思緒或
情緒、讀者得進以體驗這些思緒或情緒的美感活動領域。」[11]因此，在
藝術審美活動中，作者之意、作品之意和讀者之意的同構和延展，便
是構成藝術「意境」之「意」的確解。其中，作品之意是實意，是核
心，作者之意和讀者之意是虛意，是發散；前者是靜態之意，後者是
動態之意。在明清以後的「意境」美學中，大多將「意」釋為「情」。
這並不是將「意」的內涵簡化，而是凸現了中國藝術抒情性的審美特
徵。

　　再釋「境」這個文字符號的內涵。在漢代以前的文字中，還沒有
「境」這個符號，有的只是「竟」這個符號。《說文解字》釋云：「竟，
樂曲盡為竟，從音從人。」從構形上看，由「音」、「人」上下結構而
成的「竟」符號，與由「音」、「心」上下結構而成的「意」符號有密
切的同構關係，都與音樂有關，都與人有關。所以，從「竟」本義看，

11　葉維廉：《中國詩學》，三聯書店1992年版，第25頁。

是樂曲盡了。那麼，「意竟」亦可說是意盡了。這便是引申義了。段玉裁注云：「曲之所止也，引申凡事之所止、土地之所止皆曰竟。」所以，《說文解字》釋云：「界，竟也。」漢代時，「竟」、「界」連用。如西漢劉向《新序》〈雜事〉中說：「守封疆，謹竟界。」東漢班昭《東徵賦》亦云：「到長垣之竟界，察農野之居民。」南北朝時，梁代顧野王在《玉篇》中，才給「竟」加了一個「土」旁成為「境」。從此，「境」與「竟」就分別開來，成為表示地理空間和意識空間的專用符號。如漢末蔡邕《九勢》中說：「須翰墨功多，即造妙境耳。」（這個「境」字是後人加上了「土」字偏旁）這是第一次將「境」引入到文藝美學領域，表示審美意識的空間。這時的「意境」便是「意的境界」、「意的世界」或「意的空間」。後來，受漢譯佛經的影響，「境」的內涵又有所變化。丁福保《佛學大辭典》說：「心之所游履攀緣者，謂之境。」心之所游履攀緣曰行，「心行」就是心理活動即思維。「境」就是心理活動的對象。如淨土宗的「初觀落日」，就是「以具日之心，緣於即心之日，令本性日，顯現其前」。這就是「以落日為境」（楚石梵琦《西齋淨土詩》卷下）。儘管佛教各部派對「境」的理解不盡一致，但作為「心」所認識的對象卻大致相同，類似於中國古代心理學中的「物」。所以，在唐代就有人將「境」當作「物」看待。如張守節《史記正義》〈樂書〉注云：「物者，外境也。」成玄英《莊子疏》釋云，「境」為「物境」。在這個意義上，所謂「意境」，即是意中之物，或意中之象。明清以後，人們又大多以「景」釋「境」。「景」這個符號，從構形上看，由「日」與「京」組合而成。「京」在上古時是高台上的宮室。所以，「景」的本義是日光照耀宮室。它是由「日」意象與「宮室」意象所合構成的一片景觀。在這時，單個的「物」（意象）並不是「境」，只有兩個或兩個以上的「物」（意象）所構成的一片自然的或人文的景觀才

是「境」。

　　總之，從「境」符號的結構和內涵的發展演變看，大致經歷了四個階段：一是「竟」，可釋為「盡，邊緣，極致」，前文所舉「藝術程度」說本於此；二是「境」，可釋為「境界」、「空間」、「世界」，前文所舉「思想境界」、「藝術空間」、「藝術想像的世界」諸說本於此；三是「（佛）境」，可釋為「物，象」，前文所舉「詩中意象」說本於此；四是「景」，可釋為「意象與意象合構成的自然人文景觀」，前文所舉「整體構思」、「整體形象」兩說本於此。

　　後釋「意境」這個「元符號」。在唐代以前的「意境」美學中，或單用「意」符號，或單用「境」符號。「意」符號與「境」符號能夠走到一起來，聯手組成「意境」符號，大概是受了佛教哲學的影響。因為，在中國本土文化中，只有過「意象」符號，而無「意境」符號。在佛教哲學認識論中，認為眼緣色境，耳緣聲境，鼻緣香境，舌緣味境，身緣觸境，意緣法境。眼、耳、鼻、舌、身五個生理器官，由於受自身的侷限，只能認識相對應的「個別境」；而意則不受什麼侷限，可以認識「一切境」。所謂「一切境」，也即是「法境」，泛指一切事物和現象。「法境」屬於「意」的境界，亦可稱為「意境」。儘管佛教各部派在認識論上有這樣或那樣的差別，然而對於「意」與「境」的關係的重視卻沒有什麼差別。特別是在唐代盛行的淨土宗、天台宗和禪宗等部派那裡，更是重視「意（或心）」與「境」的關係。

　　由於唐代崇佛信佛成為一代之文化風氣，人們對於「意」與「境」關係的認識，便滲透到文藝美學中來了。在這樣一種文化背景下，王昌齡便在《詩格》中第一次創造和使用了「意境」這個符號。五代時後唐的孫光憲，卻把這個符號打了個顛倒，成為「境意」。他在《白蓮集序》中評貫休詩云：「骨氣混成，境意卓異。」這雖是一個符號構形

次序的問題，卻反映了兩代「意境」美學的重心所在，即唐代重意，五代重境。舊題白樂天的《文苑詩格》，羅根澤先生認為，是五代人或北宋初年人所偽作。這本書雖「頗重意境」，但在術語的運用上卻是「境意」符號。比如有兩個小標題就分別是：「杼柄入境意」、「招二境意」，並且明確標示出「先境而入意」的重境思想傾向。由此可證羅氏之說不謬。這種思想傾向一直延續到南宋末年，如釋普聞還在《詩論》中固守著「境意」符號。後來，元人趙汸在評杜甫《江漢》詩時，才將這個符號的次序又還原回來，成為「意境」。這不是符號構形次序的一次簡單回歸，而是「意境」內涵的一次深刻的革命。在中國「意境」美學發展史上，除了王昌齡之外，趙汸是第二次使用「意境」符號。然而，他對「意境」內涵的闡釋，卻與王氏大不相同了，即是「情景混合入化」[12]，更具有科學性和近代性了。趙氏在「意境」符號的構形和內涵的闡釋上，都起了一個「定型」的作用。從此以後，不僅沒有人再倒用「意境」符號，而且基本上認同了「意境」的「情景混合入化」的內涵，出現了「情景交融」說。對於「意境」符號的具體運用，據我的不完全統計，明代二次，清代十五次，到近代猛增到六十四次。由此可見，「意境」成了人們普遍接受的一個文藝美學符號。

那麼，「意境」符號的內涵是什麼呢？如前文所釋，「意」符號內涵域中凸現了「情」，「境」符號內涵域中凸現了「景」，那麼，「意境」符號內涵域中理應凸現「情景」了。布顏圖說：「情景者，境界也。」「境界」即是「意境」，這等於說：「情景者，意境也。」事實上，在明清人的心目中，「情景」成了「意境」的代名詞。可是為什麼「意境」成為美學範疇，而「情景」卻沒有成為一個美學範疇呢？我覺得至少

12　轉引自《古代文學理論研究》第2輯，第55頁。

有這樣幾個原因：一是從使用者直覺上看，「意境」構形緊密，是一個符號，一個美學範疇；而「情景」構形鬆散，是兩個符號，兩個美學範疇。二是從符號構形上看，「意」與「竟」（境）有相同的構件「音」，都與人（心、人）有關，還是相同（上下結構）的構形方式，故構形緊密；而「情」與「景」在構形上卻無任何相同之處，故構形鬆散。三是歷史積澱所形成的操作心理定式。王昌齡第一次創造和使用「意境」符號時，就是將「意」與「境」凝結為一體，作為一個美學範疇使用。儘管在唐宋時，「意境」的構形次序還不固定，可以順著用，也可以倒著用，但是「合二為一」的構形已成定勢。自元人趙汸之後，「意境」範疇符號便普遍使用起來了。自王氏至今一千二百多年來，由於「意境」範疇符號在文藝美學領域內的傳播，經過歷史的積澱，已形成了社會心理的定勢。而「情景」符號卻是另外一種情形。從宋代范晞文《對床夜語》中開始連用，一直到今天，連用者層出不窮，但卻始終都連而不合。王夫之《姜齋詩話》中說：「情、景名為二，而實不可離。」阮葵生《茶餘客話》中也說：「情景二字，談詩所不能離，然難截然分開。」在這裡，「情景」的「不可離」和「難分開」，就是「連」；而「名為二」和「二字」，就是「不合」。「情景」在連與不合的二難困境中傳播，始終為「二」，難以合「一」。經過歷史的積澱，便使我們不自覺地將它們看作兩個符號而不是一個符號，看作兩個範疇而非一個範疇。四是「意境」的內涵域大，覆蓋面寬，理論概括力強，具有範疇意義；而「情景」則恰恰相反。這既表現在「意」與「情」上，也表現在「境」與「景」上。金聖歎說：「『境』字與『景』字不同，『景』字鬧，『境』字靜；『景』字近，『境』字遠；『景』字在淺人面前，『境』字在深人眼底。」（《唱經堂杜詩解》卷之一）五是從符號的構成要素和關係看，「意境」處在「能指」的位置上，而「情景」

卻處在「所指」的位置；前者為主，後者為次；前者是符號，後者只是闡釋符號。所以，有了這五方面的原因，「意境」便成為一個美學範疇，而「情境」則不能。

至於「意境」範疇符號的內涵泛化現象，我以為是這樣造成的：一是「意」、「境」和「意境」符號從構形到內涵，都經歷了漫長的歷史演變過程。然而，論者闡釋這些符號時，往往是孤立地抽取其在某一個歷史時期的內涵，敷衍成論。因為大家是站在不同的歷史層面上「對話」，就自然互相隔膜，難以認同。這種「東向而望，不見西牆」的研究方法是反歷史的。二是「意」與「境」構成「意境」的方式，從內涵上看，不是「相加」和「對接」，而是「化合」。然而，有些論者恰恰是採用了這種孤立的、靜止的和片面的形而上學方法來闡釋「意境」的內涵。如前文所舉，有人將「意」釋為「思想」，將「境」釋為「境界」，兩者相加和對接，便將「意境」釋為「思想境界」。這樣的闡釋，雖沾了一點邊，然由於方法的錯誤，抓不住「意境」本體內涵的實質所在。三是有些論者採用生意場上「造假」的方法，在「意」或「境」的內涵域中只抽取一點點「原料」，然後兌加上成十上百倍的「水分」，來稀釋「意境」的內涵。如前文所舉，有人只從「意」的內涵域中抽取了一點「意」，然後擴而大之成為「意蘊」，便作為「意境」的內涵，而完全不顧及「境」；相反，也有人只從「境」的內涵域中抽取了一點原料即「空間」，然後擴而大之成為「藝術空間」，便作為「意境」的內涵，而完全不顧及「意」。與盲者摸象一般，如此闡釋「意境」內涵，能不泛化嗎？

運用符號學的方法科學地闡釋「意境」內涵，就是根據「能指」即符號的指示，去上下求索，尋找「所指」。在中國古代文藝學和美學發展史上，從「意境」符號的操作實踐看，一是使用「意境」（包括

「意」、「境」）符號的人多到無法統計，而且各人又都處於不同的歷史空間，又都戴著不同時代的文化眼鏡，來觀照和闡釋「意境」符號；二是詩論、詞論、曲論、賦論、文論、書論、畫論、樂論、劇論和園論等眾多文藝美學領域中都在使用「意境」符號，由於所「論」的對象不同，其內涵也就自然各異；三是就某一門類藝術的美學理論來看，在創作論、作品論、鑑賞論、批評論中也都用到了「意境」符號，由於操作環境的不斷變化，「意境」內涵也有所變化。因此，尋找「意境」符號的「所指」，確實是一件很困難的事。

　　因為，我們所面對的是一個「意境」符號操作的歷史世界。在這個世界上，「人腦一個挨一個地和一個跟一個地認識」[13]著，探索著，並且說著不同的「話語」。正如叔本華所說的那樣，「哲學是一個長有許多腦袋的怪物，每個腦袋都說著一種不同的語言」[14]。而我們現在所要做的事，就是在這些「不同的語言」中去尋找他們的「共同話語」，然後再運用「照著說」和「接著說」相結合的方法，為「意境」符號的「所指」定位。

　　那麼，他們的「共同話語」是什麼呢？通過我們尋找，發現便是「情景交融」。諸如：

　　唐代，第一個創造和使用了「意境」符號的王昌齡說：「詩一向言意，則不清及無味；一向言景，亦無味。事須景與意相兼始好。」（《詩格》）

　　宋代，范晞文說：「化景物為情思」，「情景兼融」，「情景相觸而莫分也」。（《對床夜語》）

13　恩格斯：《札記和片斷》，《馬克思恩格斯全集》第20卷，第577頁。

14　叔本華：《作為意志和表象的世界》，第145頁。

元代，趙汸説：「情景混合入化。」[15]

明代，謝榛説：「景乃詩之媒，情乃詩之胚，合而為詩。」（《四溟詩話》）

清代，王夫之説：「景中生情，情中含景，故曰：『景者，情之景；情者，景之情也。』」（《唐詩評選》）

近代，方東樹説：「情景交融，如在目前。」（《昭昧詹言》）

現代，宗白華説：「在一個藝術表現裡，情和景交融互滲，因而發掘出最深的情，一層比一層更深的情，同時也透入了最深的景，一層比一層更晶瑩的景；景中全是情，情具象而為景，因而湧現了一個獨特的宇宙，嶄新的意象，為人類增加了豐富的想像，替世界開闢了新境⋯⋯這是我的所謂『意境』。」[16]

以上這些人各自處在不同的歷史空間，戴著不同的文化眼鏡，運用不同的詞彙，説著「不同的話語」。然而，卻有一個大致相同的思路，這便是關於「情」、「景」關係的共認，即或曰相兼，或曰相觸，或曰混合，或曰合，或曰含，或曰交融，或曰互滲，形成了超越歷史時空的大合唱。雖然，他們用著各自的話語，唱著各自的時代小調，然而卻在超時空的舞台上，共鳴互應，形成了一個鮮明的主旋律，這就是「情景交融」。這是一個具有誘惑力、震撼力和穿透力的精彩絕倫的樂句，從唐代唱到現代，整整一千二百多年了！

這，就是「意境」符號的基本內涵中的精義所在。

二、「語象符號」闡釋

「意境」作為「元符號」，只是標明「能指」。那麼，它的「所指」是什麼呢？我們認為，是由「語象」、「意象」和「境象」所構成的藝

15　轉引自《古代文學理論研究》第2輯，第55頁。

16　宗白華：《藝境》，第153頁。

術審美世界。這是對「意境」進行符號學闡釋的第一層要義。但是，對於讀者來說，藝術作品「意境」中的「語象」、「意象」和「境象」，還有其特定的內涵和「所指」，即是「意境」的「元符號」之外的第二層（「語象」）、第三層（「意象」）和第四層（「境象」）[17]的「子符號」；而且，這些「子符號」又有各自的「子符號」，形成了一個「生生不息」的複雜的藝術符號系統。因為，每一個符號都有其相對應的內涵，由此也形成了一個「生生不息」的豐富的藝術意義系統。前者是「能指」系統，後者是「所指」系統，兩者同構便是藝術意境的符號系統。這便是藝術意境「只可意會、不可言傳」的審美特性。

這是一個多層次的動態的藝術符號系統。它的核心是語象符號。所謂語象符號，是以語言為材料而負載感性信息的符號。當然，我們所說的只是漢語語象符號。因為，在人類的各種語言符號即文字中，只有漢字從古至今地保留著「象」的特點[18]。一般說來，一個漢字符號都由字音、字形、字義三部分構成。

因此，漢語語象符號，也就包括音像符號、字象符號、句象符號和義象符號，是營造中國藝術意境，特別是詩境、詞境、曲境、賦境、文境和書境的主要媒介。下面我們就從音像符號[19]、字象符號和句象符號的結構層面，逐一闡釋「意境」在這些結構層面上的審美內涵。

一、從音像符號角度闡釋藝術意境

「音」來源於「聲」。聲分三類，一是自然聲，二是器聲，三是人聲。其中人聲是語言的原型，也是構成音像符號的基本材料。在前語

17　這類似於皎然所說的「意境」的「二重意」、「三重意」、「四重意」。

18　劉勰《文心雕龍》〈練字〉篇就稱漢字為「文象」（即文字形體）。這是由象形文字的特點所決定的。

19　方玉潤《詩經原始》下冊，第575頁云：「故頌之，音像之。」

言階段，人聲與動物聲差不多，雖也負載著一些原始信息，但基本上屬於自然聲。語言出現以後，天地萬物信息逐漸輸入了人聲系統，人類根據自己的認識編制了標誌各種事物的音碼符號，這便是「音」。《樂記》云：「聲成文，謂之音。」「文」有兩種方式，一是「人文化」，形成語言；一是「音樂化」，形成聲樂。前者，「言含萬象」[20]，便是說「音中有像」。

至於藝術化了的「音」，即口頭文學，更是「求聲於寂寥，寫真於無象」[21]了；後者，除了「言含萬象」，具有內容之象外，還經過清濁、五聲的樂化，具有形式之象。所以，在中國古代藝術中，無論是文學之音，還是音樂（包括器樂）之音，其中都有「象」，也都能表現各種事物之象。荀子《樂論》說，器樂之音，「其清明象天，其廣大象地，其俯仰周旋有似於四時」。這些便是我們所說的音像符號，而且音像符號能夠表現事物之象和人類之意，形成音質意象，並進而構成藝術意境。

中國人很善於創造音像符號。諸如，《說文解字》云：「ㄋ（乃），曳，詞之難也，象氣之出難。」這是個舌尖閉合音，氣流受阻形成一條曲線（如古文寫作ㄋ），最後氣流衝開齒門，宣洩而出。硬是要將無形無象之音具「象」化，創造出「音像」符號來。揚雄說：「言，心聲也；書，心畫也。」（《法言》〈問神〉）「言」是口頭語言，「書」是書面語言，兩者為異質同構之關係。就是說，要將口頭之言轉換為書面之言，也就必須將「聲」轉化為「畫」，變無象為有像，化聽覺為視覺。古代中國人很看重視覺，不僅有「目觀為美」的美學觀點，還形成了

20　《中國古代文論類編》上冊，第9頁。

21　《中國古代文論類編》上冊，第11頁。

善於「目想」的思維方式。聖王仰觀俯察，儒家觀行，道家觀道，釋家觀法。對於藝術，孔子曰「可以觀」，劉勰云要「六觀」。即使現代中國人也是如此，重眼見而輕耳聞，從所用詞彙中就可見出一斑，諸如：世界觀、美學觀、觀察、觀點、觀念、觀感、觀風、觀光、觀音、觀摩、觀賞、觀望、觀止、觀眾等等，仍然是強調一個「觀」。此外，還有天眼、龍眼、慧眼、法眼、詩眼、文眼、詞眼、字眼、句眼等等，突出的還是眼睛，甚至在靜心思「想」之時，還睜著一隻眼睛（「想」中有一「目」）。因此，西方有一位哲人説，中國是一個善於用眼睛的民族。[22]

因為中國人重視眼睛，所以，也就重視眼睛的對象，表現在審美文化上，便是看重易象、字象、樂象、意象和意境等。話説回來，中國人不僅善於創造音像符號，而且還善於觀照音像符號。《黃帝內經》〈靈樞〉〈五音五味〉云：「聖人之通萬物也，若日月之光彩，音聲鼓響，聞其聲而知其形。」季札觀樂，而知諸國之政；鐘子期聽琴，而見高山流水，甚至孔子也從琴聲裡看見了周文王黑瘦的形象。所以，這是一個傳統，一個善於用眼的傳統，或者説一個眼耳並用而互通的審美傳統。

那麼，在音像符號世界裡，又是如何顯現藝術意境的呢？由音像符號構成的藝術世界，主要有音樂（包括聲樂和器樂）、曲藝（包括説書、口技和相聲等）、口頭文學（包括詩文朗誦、講故事等）和廣播藝術（包括廣播劇、廣播音樂、廣播小説之類）等，在古代只有前三者。

22　〔美〕W·愛伯哈德：《中國文化象徵詞典》，陳建憲譯，湖南文藝出版社1990年版。該書導論《中國的象徵語言》中説「中國人是愛用眼睛的人」，見第3頁。又説「中國人是一個喜歡用眼睛來觀察事物的民族，所以他們對眼睛特別注意」，見該書第98頁。

音像符號對於藝術意境的顯現，一般有兩種方式：

（一）具象顯現方式。「聲」是由物體運動而產生的現象。雖然它看不見，摸不著，如空氣和時間一樣，也是一個真實的存在。和任何物質的存在方式一樣，它也有著產生、發展和消亡的過程。就是說，它的存在也具有空間性和時間性。當然，科學地說，「聲」的存在是以空氣傳播媒介作為客觀條件和「耳」的接收功能作為主觀條件的。否則，在真空世界（如月球）裡，即使耳邊放炮，也無所聞。在地球世界上，任何物體都有發聲的可能性，山有山聲，水有水聲，至於風聲、雨聲、雷聲、鳥聲、蟲聲和人聲，舉不勝舉。就是說，一物有一物之聲。甚至在古代中國人看來，還有天聲（天籟）、日聲（「羲和敲日玻璃聲」）、時聲（「時鳴春澗中」）和秋聲等。

所謂具象顯現，就是運用音像符號模擬事物聲響所構成的藝術意境，通過聽眾的審美接受，「聞其聲而知其形」，獲得耳目雙悅的審美感受。如台灣古箏獨奏曲《流水》，就是這樣的美曲。全曲主要由模擬流水的聲音「叮咚咚……」為主樂句，間隔圓潤、空靈、悠遠的樂音構成。起始由一串清脆響亮的模擬音「叮咚咚……」引出一個悠遠空靈的主樂句。模擬音「叮咚咚……」在全曲中出現了二十四次，或長或短，或高或低，或疏或密，或急或緩，描繪出「流水」的各種意象，構成了十分優美的藝術意境。難怪二千四百多年前的鐘子期從伯牙的琴聲中，聽出了「流水」的意境。在本世紀七十年代，美國發射「航天者」號太空飛船時，將代表華夏文明的古琴曲《流水》灌入噴金唱片，帶入太空，將向宇宙人類歌唱十億年。口技藝術幾乎完全依仗模擬事物的音響來創造藝術意境。蒲松齡《聊齋誌異》〈口技〉中就描述了這樣的情景：一個青年女子，模擬簾聲、人物的殷勤聲、問訊聲、寒暄聲、慰勞聲、喜笑聲，以及移坐聲、添坐聲，用音像符號構築了

一個動人的故事世界。口頭文學除了用模擬音之外，主要是利用特指事物的語言符號的讀音，如「ri」（日）、「yue」（月）、「shan」（山）、「shui」（水），來由音顯像，從而構成藝術意境。

（二）抽象顯現方式。世界上的事物是複雜的，多樣的，並不是任何事物都能夠靠音像符號的模擬來表現。諸如事物的神態、運動過程、關係、矛盾等，以及人類的思想、感情和理想等，這些就只能用音像符號的抽象顯現方式來表現。

所謂抽象顯現，就是根據音符的物理屬性，諸如強弱、響啞、圓扁、長短、清濁、剛柔等，按照表現對象的「外在原則」和表現主體的「內在原則」相結合的規律，組合成一個個形式感很強的音符結構。從表面看來，這些音符結構好像是「純形式」的，但其實不然，它作為人類對於對象世界的一種審美顯現方式，其中不僅溶解了客觀事物的信息，也滲透著主體的情感內容，「其中有象，其中有情」。正如老子所説的，「惚兮恍兮，其中有象；恍兮惚兮，其中有物；窈兮冥兮，其中有精」。這是內容積澱於形式，以無象之象顯現對象世界和主體情感從而創造藝術意境的審美方式。

抽象顯現方式的原型應該是漢語口頭語言。漢語語音很講究音調，漢字符號讀音有平、上、去、入四聲，近代又以北方話為標準，改為陰、陽、上、去四聲。漢語音像符號按照「四聲律」組合起來，就會形成抑揚頓挫的語音結構。在詩歌的創作上，從沈約的「四聲」説到劉勰的「聲律」論，及至唐代格律詩的出現，形成了詩的音像符號形式。古人寫詩重「吟」，賞詩重「誦」，已成為傳統。所謂「吟詠之間，吐納珠玉之聲」（《文心雕龍》〈神思〉）；所謂詩「誦要好，聽要好，……誦之行雲流水，聽之金聲玉振」（《四溟詩話》），就是一個很好的印證。詩人將情、景、意、象通過字象符號化入音像符號之

中，從而構成了字象符號與音像符號二重組合的「意境」結構，讀者也是通過這兩種符號的審美品味進入詩歌意境世界。沈德潛《說詩晬語》云：「詩以聲為用者也，其微妙在抑揚抗墜之間。讀者靜氣按節，密詠恬吟，覺前人聲中難寫、響外別傳之妙，一齊俱出。」賀貽孫《詩筏》也說：「誦之不輟，其境愈熟，其味愈長。」可見古人很會「誦」詩，而且在誦詩過程中，口品其味，耳聞其聲，目照其境，心會其意，由是生出一幅幅有聲有色的「聲畫」，構成意味雋永的意境。如《詩經》〈芣苢〉，從文字看，只是一串「采芣苢」動作的鏡頭；從音符看，也只是一串「復沓式」的樂音；總之，是一首很「空靈」的詩。清人方玉潤卻認為，這首詩妙就妙在以音像符號來凸現藝術意境。他在《詩經原始》中說，此詩「自鳴天籟，一片好音，尤足令人低回無限。……讀者試平心靜氣，涵泳此詩，恍聽田家婦女，三三五五，於平原繡野、風和日麗中，群歌互答，餘音裊裊，若遠若近，忽斷忽續，不知其情之何以移而神之何以曠。則此詩可不必細繹而自得其妙焉」。又「眉評」云：「一片元音，羌無故實。通篇只六字變換，而婦女拾菜情形如畫如話。」能從「一片好音」中「聽」出「如畫如話」的藝術意境，真是一雙天才的「慧耳」啊！

然而，我國古代文人以「誦」代賞、因聲得境的傳統的詩文審美方法，目前已面臨著失傳的危險。一九九一年，日本有個「吟誦團」來南京訪問，提出要與我國學者「對吟」，我方只能窮於應付。一九九三年，在呼和浩特市舉行的古代文論國際學術討論會上，來自南京師範大學的陳少松先生精彩的吟誦講演，使與會者耳目為之一快。我們一定要努力將優秀的吟誦傳統繼承下來，並發揚光大。

古樂樂音也很講究樂調，和古詩一樣，它利用宮、商、角、徵、羽五音，構成美妙動聽的樂音結構。在這個結構中，「節奏、和聲、旋

律是音樂的核心，它是形式，也是內容」，「拿它獨特的形式傳達生活的意境」。[23]孔子是音樂鑑賞大家，他對古典樂曲的「意境」結構，作了經典性的描述：「樂，其可知也！始作，翕如也。從之，純如也，皦如也，繹如也，以成。」（《論語》〈八佾〉）。宗白華先生釋云：「起始，眾音齊奏。展開後，協調著向前演進，音調純潔。繼之，聚精會神，達到高峰，主題突出，音調響亮。最後，收聲落調，餘音裊裊，情韻不匱，樂曲在意味雋永裡完成。」[24]這幾乎成為中國民族器樂曲「意境」結構的典型模式，如《春江花月夜》就是一個大家熟悉的例子。

在構成藝術意境的過程中，具象顯現方式與抽象顯現方式往往是結合使用的，音樂中有模擬音，也有非模擬音；口頭文學中，有實指音，也有虛指音。於是，兩種音的奏鳴，便形成了以形式音線索貫串了意象音珍珠的優美曲線，在時間的節奏與空間的跌宕中，形成優美的意境。這其中既有情與景的交響，也有意與象的奏鳴，只要細心品味，便不難把握。

二、從字象符號角度闡釋藝術意境

漢字是很有意味的符號形式。在一個個漢字符號的形式結構中，積澱著歷史的、文化的和心理的內容。從信息論的角度看，漢字又是滿載著聽覺信息、視覺信息和意覺信息的「全息」感性符號。

漢字是世界上最古老的文字符號，從甲骨文發展演變到今天的漢字，其中積澱著深厚的歷史文化內容，是中華民族集體智慧的結晶。所以，歷代學者都很重視對於字象符號內涵和結構形式的研究。孟子說「止戈為武」，表明古代中國人對戰爭的本質，即用戰爭消滅戰爭的

23　宗白華：《藝境》，第303頁。

24　宗白華：《藝境》，第306頁。

深刻認識和期望和平的良好願望；《毛詩序》說「在心為志」，用以闡釋詩的內在本質。許慎也用這種方法「說文解字」，使字象符號的內涵和結構大白於天下。後來，劉勰在《文心雕龍》中，比較系統地研究了字象符號與文學創作的關係，開創了一種新的文藝學方法。從某種意義上說，字象符號是中國上古文化遺傳下來的「活化石」，近代從王國維以來，現代從郭沫若以來，人們都力圖從這些地上文物的「活化石」中，揭示上古乃至史前文化的奧秘。如古文「星」作「曐」，《說文解字》云：「精光也，從三日」，「萬物之精，上為列星」。康殷《文字源流淺說》批評許慎「誤解」、「胡謅」。讓我看，這個批評竟冤枉了許氏，因為他的闡釋才保留了上古文化的真相。這與一段神話有關。《山海經》〈海外東經〉云：「湯谷上有扶桑，十日所浴，在黑齒北，居水中。有大木，九日居下枝，一日居上枝。」又《大荒西經》云：「西海之外，大荒之中，有方山者，上有青樹，名曰櫃格之松，日月所出入也。」在上古人看來，樹木是太陽的家園。還可舉出「莫」為證。《說文解字》云：「日且冥也，從日在茻中。」又釋「茻」云：「眾艸也。」從意象看，一片樹林，便是太陽之家。這是上古人觀察日出日落景觀所得的原始意象。一棵大樹上，有三個太陽。三，指多數。老子說：「三生萬物。」可見「三」是上古最大的一個神祕數字。所以，漢字的疊體結構多以「三」個相同的符號構成，如晶、眾、森、淼、磊、犇、焱、品等，均概言多矣。所以，「三日」指神話中的「十日」，「曐」可能就是中國上古太陽神話的原型了。至於「萬物之精，上為列星」也非「胡謅」之言。上古中國人的宇宙觀都具有人間的品格，天在山上，日生樹中，正是中國原始觀念的表述。眾日（列星）由「萬物」的「精」（氣）生成，這也是古人的唯物解釋，與當今的「天體生成」論和「人造衛星」的科學實踐竟不謀而合。因此，許說是一種超前性的閃爍著

智慧光芒的解釋。

那麼，在漢語字象符號裡是否也潛藏著「意境」的祕密呢？有。這正是我們試圖尋找的闡釋「意境」的一個新角度。我們認為，關於「意境」的話題，從古說到今，且見仁見智，似無窮盡。其間有多少種祕密姑且不論，但這一切祕密的總根源就在漢字符號裡。漢字符號是中國藝術意境和「意境」美學的最基本的原型。這是因為：

（一）字中有像。《尚書》〈益稷〉云：「予欲觀古人之象：日、月、星、辰、山、龍、華、蟲……」舊題白居易《金針詩格》云：「象，謂物象之象，日、月、山、河、蟲、魚、草、木之類是也。」「外意欲盡其象。」《列子》〈黃帝〉亦云：「凡有貌象、聲音者，皆物也。」漢字是在「象形」基礎上發展起來的字象符號，因而它從形、聲、意（義）三個維度對外物實施全方位的模仿，產生了象形字、象聲字和象義字。即使在同一個漢字中，也包含著象形、象聲、象義的成分。或者換句話說，每個漢字都是對外物進行象形、象聲和象義的三維合構而成的。如日、月、水、火、山、石、蟲、魚等字皆是也。所以，漢字最具有「象」（即形象、聲象、義象）的特點，簡直可以說字即是象，象即是字。所以，王夫之《尚書引義》卷六〈畢命〉云：「象者，文也。」劉勰《文心雕龍》〈練字〉將文字稱為「文象」。我們認為，漢字是世界現行文字中唯一的字象符號。

（二）字中有意。孫過庭《書譜》云：「書契之作，適以記言。」所以，漢字的本質就是表達思想感情的語言符號。這一點，清人陳澧在《東塾讀書記》中說得更為清楚：「聲不能傳於異地，留於異時，於是乎書之為文字。文字者，所以為意與聲之跡也。」可見「字」是「意」的外化，是負載「意」的符號。正如劉勰《文心雕龍》〈練字〉所云：「心既托聲於言，言亦寄形於字。」也如揚雄《法言》〈問神〉所說：「故

言，心聲也；書，心畫也。」就是說，字中有音（讀音），是心靈的聲音；字中有像（字形），是心靈的圖畫。這一切都是「意」化了的，是主體心靈的外顯。對書法藝術推崇備至的唐太宗就認為：「字以神為精魄……以心為筋骨。」[25]劉熙載《藝概》〈書概〉也認為：「寫字者，寫志也。」舉一個例子：「休」，《說文解字》云：「，息止也，從人依木。」人在樹蔭下休息，或在室內床上休息（「休」，《說文解字》又作「」）。所以，這個字既是休息之「象」，又是休息之「意」，是人類心靈的符號。由此可見，漢字是上古人心靈，即感覺、思維和認識的外顯，如借用宗白華先生的話說，就是一個「生命單位」。[26]

（三）字中有境。屠隆說：「綜物為象。」[27]這裡的「象」其實是「境」，即由兩個或兩個以上的物像綜合為一個空間景象。香港著名的文字學家安子介先生認為，漢字的構形特點是「拼形表意」。每個漢字是由兩個或兩個以上的字象符號「拼形」而成，即構成一個「字境」，其「意」就包含在「其組成部分的相互關係」[28]中。這就是「漢字意境」。如上文所舉的「休」字，是由字象符號「人」與「木」相拼而成，好像電影的兩個鏡頭相接，其意「休息」便從這種構形關係中顯現了出來。又如「明」，無論是日月相合，還是月照窗上，都將一個抽象的極難表達的「意」活生生地顯現了出來。所以，每個漢字都是一幅繪畫，用揚雄話說是「心畫」，用劉勰話說是「聲畫」，都可以看作是一個微型的畫的意境，即「漢字意境」。儘管通過簡化以後的漢字，有些已看不出「畫」來了，但其實這「畫」就積澱在抽象的形式中。

25　《中國美學史資料選編》上冊，第236頁。

26　宗白華：《藝境》，第104頁。

27　《中國古代文論類編》上冊，第11頁。

28　引自劉光裕：《「漢字需要再認識」》，《文史哲》1995年第1期。

　　（四）字中有美。蔡元培先生説：「中國人是富於美感的民族。」[29]
這個民族特點也集中地表現在漢字上。日本著名的漢學家笠原仲二先
生通過大量的漢字考證，從「美」字與真、善、多、長、大、高、充、
盈、實、秀、華等近百個字的關係，論述了古代中國人的審美意識。[30]
這已足以説明，在漢字符號的活化石中積澱著古代中國人的美意識，
也就是説「字中有美」。《説文解字序》云：「倉頡之初作書，蓋依類象
形，故謂之文。」即模擬事物的文字畫，就是文。可見「文」即「畫」，
「畫」即「文」。康殷《文字源流淺説》認為，「書」與「畫」本來就是
一個字。「書畫同源」之説是有歷史根據的。漢文字有「心畫」、「聲畫」
之別稱，也是情理中事。「文」與「畫」有關係，也就與「美」有了關
係，因為「畫」是審美創造的產物。可見「字中有美」是必然之事。
古人説：「博采眾美，合而為字。」（張懷瓘《十體書斷》）這是説，漢
字是天美、地美、物美、人美的集大成者；就每個字象符號言，也是
聲美、形美、義美籠為一體。

　　綜上所述，漢字有像，有意，有境，有美，也就必然有「意境」
之美了。如「湖」字，由「水」、「古」、「月」三個字象符號拼成，如
三個電影鏡頭的組接，形成一個很富有詩意的優美意境：深夜，在平
靜如鏡的水面上，映照著一輪明月。水邊佇立著一位詩人，他一會舉
頭賞月，一會俯首觀水，頓覺心清意朗。此情此景使他不由地吟起唐
人的詩句：「江天一色無纖塵，皎皎空中孤月輪。江畔何人初見月？江
月何年初照人？」這一輪水中之月，既是眼前之月，又是古時之月，
是一幅靜謐悠遠的美麗圖畫。這就是「湖」字的意境美。而且從構形

29　《蔡元培美學文選》，北京大學出版社1983年版，第181頁。

30　參見其所著《古代中國人的美意識》一書。

上看，「湖」是左、中、右結構，筆畫分別是三、五、四，在空間分割和筆畫分佈上，既有變化又能平穩，便有了構形的形式美。這是一個「博采眾美，合而為字」的典型例子。

所以，從王國維以來，聞一多、宗白華、錢穆、鄧以蟄、沈尹默和劉綱紀等人，都不同程度地注意到了漢字符號的「意境」問題。如宗白華先生認為，漢字中有「意」，是一個「生命單位」；漢字中有「境」，是一個「空間單位」。所以，每個漢字符號都是一個藝術品。因為，它成就了「一個有生命有空間立體味」的「空間意境」[31]。錢穆先生認為，「中國文字，因為能用曲線來描繪物像、事象、聲象和意象」，「是由中國人獨特創造而又別具風格的一種代表中國性的藝術品」。它與中國畫、中國文學「走在同一路徑上」，他們都「尚象」，「同樣想用簡單的代表出繁復，用空靈的象徵出具體」，從而創造出美的意境來。[32]鄧以蟄先生論述漢字諸體的結構形式時說，「凡此皆字之於形式之外，所以致乎美之意境也」[33]。近年，林衡勳先生也分別探討了漢字的「六書意境」[34]。

漢字符號作為史前文化和上古文化的遺產，是藝術「意境」範疇的基本原型。它的價值遠遠超越了「漢語符號」的功能，對於原始思維的定型和中華民族思維方式的特殊建構，對於中國古代審美文化形態的創生，特別是將「漢字意境」帶入文學和藝術領域以後，對於「意境」美學思想和範疇的形成，都起到了至今還無法估量的作用。

31　宗白華：《藝境》，第104頁。

32　錢穆：《中國文化史導論》，第72-73頁。

33　鄧以蟄：《書法之欣賞》，引自宗白華：《藝境》，第283頁。

34　參見《古代文學理論研究》第14輯，第259頁；又參見林衡勳《中國藝術意境論》第二章第二節，新疆大學出版社1993年版。

三、從句象符號角度闡釋藝術意境

劉勰《文心雕龍》〈章句〉對「句」作了很精彩的論述。他説:「夫設情有宅,置言有位;宅情日章,位言日句。」、「夫人之立言,因字而生句。」這是説,文章是作家情感的建築,而「句」則是這情感建築的基本元素和材料。在這裡,「設情」、「立言」,均指文學創作活動。「心既托聲於言,言亦寄形於字。」(《文心雕龍》〈練字〉)「言」以「聲」為體,是口頭語言,它在空間上無形無體,在時間上轉瞬即逝;而「字」以「形」為體,具有超時空的存在方式,因而成為記錄「言」的符號形式。作家的「情」按照「→言→字→句→章(篇)」的外化路徑表現出來。然而,在「字→句」這個路段上,是如何「因字而生句」的呢?「因字」和「生句」的主體是「立言之人」(作家),而其本體則是「情」,其方法是「局言者,聯字以分疆」;「句司數字,待相接以為用」。這裡「立言」、「置言」、「位言」和「局言」,都是指在文學創作中尋找和限定語言文字的位置,即營造文本之「句」。然而,支配「造句」活動的動力和內在原則是「情」。所以,「設情」與「置言」,雖有隱顯之分、內外之別,但本質上是一致的,故云「區畛相異,而衢路交通矣」。再説,「設情有宅」,「宅」即「言」,就是認為,語言文字是「情」的家園(宅)。這與海德格爾的看法很相似。他説:「語言是存在的家,人便居住在這個家中。那些進行思考和創作詩歌的人們,就是這個家的看家人。」[35]

由此可見,「句」的基本構造單位是「字」,這與國畫之於線條,油畫之於色彩,音樂之於音符一樣,都是營造藝術作品的基本媒介。

---

35 〔英〕喬治・斯坦納:《海德格爾》,李河、劉繼譯,中國社會科學出版社1987年版,第195-196頁。

因為，漢字有音像、有字象、有義象，甚至還有「色象」，而且是音、形、色、義的有機同構，「博采眾美，合而為字」，最終成為世界藝術史上獨一無二的漢字書法藝術。所以，著名書法家沈尹默先生說：「中國書法是最高藝術，就是因為它能顯示驚人奇蹟，無色而具畫圖的燦爛，無聲而有音樂的和諧，引人欣賞，心暢神怡。」[36]一九三〇年，有位名叫尼可烈的俄籍法國朋友，也說「漢字是世界上最美麗的文字」。[37]

　　用這種有聲有像的美麗文字寫作詩文，就好像彈鋼琴，字字敲得響，奏出美妙的樂曲；亦比如繪畫圖，字字立得起，繪出傳神的動畫。至於所造之「句」，那是一串圓潤閃光的珍珠，一個柔婉動聽的樂句，一筆栩栩如生的速寫，皆含有美的意境。因此，古人煉字造句，特別講究美觀之象、動聽之音和攝魂之境。黃子雲《野鴻詩的》云：「造句時尚須用全力以助其氣，庶字字立得起敲得響。」其實，講究美觀之象，還包括文句字形結構的形式意境。如劉勰在《文心雕龍》〈練字〉篇所講的：「綴字屬篇」（作文）時，一定要對文字進行審美「揀擇」，避免「詭異」、「聯邊」、「重出」和「單復」的弊病，使文字本身的結構有美觀的視覺之美，從而構成形式美意境。至於要營造內容與形式結合完美的意境則更難。方薰《山靜居詩話》云：「造句須有追魂攝魄之妙為工。」洪亮吉《北江詩話》也云：「作詩造句難，造字更難，若造境、造意，則非大家不能。」由此可見，要在字句中創造出美的意境，著實是件難事。

　　但是，古代的作家們卻以「總寫一句自有一句之意境」（朱庭珍《筱園詩話》卷四）作為高標，嘔心瀝血，在句象符號中創造出了許許多

36　沈尹默：《現代書法論文選》，上海書畫出版社1980年版，第123頁。

37　引自楊一之文《漢字存廢問題之我見》，見《中華文化縱橫談》，華中理工大學出版社1986年版，第155頁。

多美的意境。詩句、詞句是這樣，賦句、文句是這樣，就連小說句子
也是這樣。如《水滸傳》第九回，林沖尋思：「又沒打火處」句下，金
聖歎批云：「又算出一『火』字，寫得紙上奕奕有光。」又第三十回，
金聖歎在某句下批曰：「妙絕妙絕，遂令讀者疑字縫裡或有武松劈面直
跳出來。」又第二十二回：「武松吃了道：『好酒！』」袁本在此句下批
曰：「紙上出聲。」《紅樓夢》第十九回：「寶玉忙笑道：『你說那幾件
我都依你，好姐姐，好親姐姐！』」脂評曰：「疊二語，活見從紙上走
一寶玉下來，如聞其呼，見其笑。」

　　總結這些經驗，發現古人以句造境的奧秘關鍵還是用字。正如劉
勰《文心雕龍》〈指瑕〉所說：「若夫立文之道，惟字與義。」漢字本
身就是意象俱全的藝術品，有很強的造型性和表現性。在用「字」造
「句」的方法上，也如劉勰說的是「聯字以分疆」，「相接以為用」。試
想想，若把一個個「意象字」連接為一句，那將會是什麼樣的美感效
果。中國人的感覺是「山川草木反覆於寸紙之間，日月星辰迴環於尺
牘之上」（蔡希綜《書法論》）。其中有像，有聲，有境，有畫，一言以
蔽之曰有美。外國人的美感也是如此。費諾羅薩認為，中國漢字由意
象構成，因此，中國詩人在紙上寫的是組合的圖畫。[38]龐德窺破中國詩
歌意境的奧秘，創作了西方的意象詩，形成了意象派。[39]艾森斯坦受漢
字結構的啟發，發明了電影「蒙太奇」技術。他在《電影拍攝原理與
象形文字》（1929）一文中說：「兩個象形元素的交合不應視為一加一
的總和，而是一個新的成品，即是說，它具有另一個層面、另一個程
度的價值；每一個象形元素各自應合一件事物；但組合起來，則應合

38　劉九洲：《藝術意境概論》，第10頁。

39　趙毅衡：《意象派與中國古典詩歌》，《外國文學研究》1979年第4期。

一個意念⋯⋯這就是『蒙太奇』。是的，這正是我們在電影裡所要做的，把意義單一、內容中立的畫面（鏡頭）組合成意念性的脈絡與系列。」[40]葉維廉又轉受艾氏啟發，由字句結構研究意境；林衡勳也受此啟發，研究漢字的「六書意境」。[41]

按照句象符號的組合規律，便形成如下幾種句境形態：

（一）境句意境。宋代普聞《詩論》從句象符號角度，將詩的意境結構分為「意句」和「境句」。所謂「境句」，即是由一個個描摹自然風景的「景字」連接而成的句型意境。如「雞聲茅店月，人跡板橋霜」二句詩，就是由雞聲、茅店、月、人跡、板橋、霜等景字（詞）構成，動靜咸宜，聲色並茂，意境清幽淒苦。李東陽《麓堂詩話》云：「二句中，不用一二閒字，止提掇出緊關物色字樣，而音韻鏗鏘，意象具足，始為難得。」又如「碧瓦初寒外」一句詩，只用一個「瓦」字和一個「寒」字，加之表示時間的「初」字和表示空間的「外」字，還有一個表示色彩的「碧」字，便構成了一個情景交融的審美時空結構。葉燮《原詩》云：「『初寒』無象無形，『碧瓦』有物有質，合虛實而分內外，吾不知其辨，恐至此亦窮矣。然設身而處當時之境會，覺此五字之情景，恍如天造地設，呈於象，感於目，會於心。」此類句象符號，因景字構句象，因句象得意境，質實而可感，故普聞說：「境句易琢，人皆得之。」

（二）意句意境。所謂意句，或因情字組合而直致心跡；或在景字與景字之間介入情字，使句象符號情化意化，由此構成的句象意境，就是意句意境。如「上陽人，苦最多」一句，質而無文，空而無象，

40　轉引自葉維廉：《中國詩學》，第24頁。

41　林衡勳：《中國藝術意境論》，新疆大學出版社1993年版，第131-143頁。

但卻寫盡了上陽宮女的苦情，意境還是鮮明的。白居易的「新樂府」詩，在營造藝術意境上具有「句無定字，繫於意，不繫於文」（《新樂府序》）的特點。這句詩也是這樣。後者如「幾見秋風捲岸沙」句，普聞《詩論》認為，這句詩中「秋風捲岸沙」是境，「著『幾見』二字便成意句」。因為「秋風捲岸沙」是天地間之常境，你看見也好，看不見也好，它都存在，這是「外境」；然而加上「幾見」二字，這個句象符號中便出現了人的「一雙眼睛」（即「見」字），隨之「外境」也就變成了人「眼中之境」和「意中之境」（內境）了，故而「意」化了，成為意句，也有了意境。

當然，這些都是相對而言的，因為純粹的「境句意境」和「意句意境」是不存在的。正如祝允明說的，「身與事接而境生，境與身接而情生」[42]。不論「境生」，還是「情生」，都是主體投「身」其中審美創造的結果。所以，更多的情形是「意中帶境」、「境中帶意」（普聞語），情景交融，意與境會。這也就是劉熙載所說的：「情句中有景字，景句中有情字。」（《藝概》〈詩概〉）如王夫之在《夕堂永日緒論》中所例析的那樣：「景中情者，如『長安一片月』。自然是孤棲憶遠之情；『影靜千官裡』，自然是喜達行在之情。情中景，尤難曲寫，如『詩成珠玉在揮毫』，寫出才人翰墨淋漓、自心欣賞之景。」

（三）句境之「眼」。中華民族既是重情感的民族，又是重眼睛的民族。前者世人皆曉，後者知者不多，故為本書所強調。如從主體感覺看，有眼光、眼尖、眼拙、眼花、眼界、眼色、眼神、眼饞、眼福、眼跳、眼波、眼紅、眼力、重視、目前、眼下、瞑目；從人際關係看，有眼生、眼熟、青眼、白眼、看得起、看不起、小看、另眼相

42　《中國古代文論類編》上冊，第379頁。

看、看望、看病等；甚至詩有詩眼，文有文眼，曲有板眼，畫有點睛，散文和小說也重視對人物眼睛的描寫。這是一種民族心理，也是一種文化現象。重情感和重眼睛的民族心理，表現在文藝創作和美學理論中，便是對抒情色彩和視覺效果的追求，即對藝術意境的營造和理論概括。

這種富有民族特色的文藝美學現象，在句象符號中，便是對「句眼」的營造和追求。聖經《馬太福音》說：「眼睛就是身上的燈。你的眼睛若了亮，全身就光明；你的眼睛若昏花，全身就黑暗。」詩眼和文眼之說，也是這樣。徐文長《論中》云：「何謂眼？如人體然，百體相率似膚毛，臣妾輩相似也。至眸子則豁然，朗而異，突以警。文貴眼者，此也。」[43]劉熙載《藝概》〈詞曲概〉也說：「余謂眼乃神光所聚，故有通體之眼，有數句之眼，前前後後無不待眼光照耀。」在詩文句象符號中，所謂句眼，就是一句詩文中最工、最亮、最美的一個字象符號。仇兆鰲《杜少陵集詳注》卷六云：「唐人五言，工在一字，謂之句眼。」關於「句眼」的說法，學界以為始於宋代黃庭堅等人；但我認為，其源頭應在齊梁時代。劉勰《文心雕龍》〈指瑕〉云：「每單舉一字，指以為情。」又《文心雕龍》〈練字〉云：「富於萬篇，貧於一字。」這「一字」，統攝全句，恐是「句眼」較原始的說法。至於鍾嶸《句眼》，據錢鍾書先生考證雖為依託之說[44]，但也不是完全沒有緣由的。

古人很重視「句眼」在「句境」創造中的作用。它是燈，照耀全句；它是眼，字字神光所聚；它是文句中向讀者敞開的一扇窗戶。對於詩文造句點睛之法，近人劉坡公《學詞百法》有具體的說明：「眼要

---

43 轉引自錢鍾書：《談藝錄》（補訂本），中華書局1984年版，第330頁。

44 錢鍾書：《管錐編》第4冊，中華書局1979年版，第1452頁。

挺要響，用實字則挺，用動字則響。全在下筆之時，細細揣摩。」歐陽修《醉翁亭記》：「峰迴路轉，有亭翼然臨於泉上者，醉翁亭也。」明李騰芳《文字法三十五則》評云：「一『翼』字，將亭之情、亭之景、亭之形象俱寫出，如在目前，可謂妙絕矣。」這是「用實字則挺」的例子，至於「用動字則響」的看法更為普遍。王國維《人間詞話》云：「『紅杏枝頭春意鬧』，著一『鬧』字而境界全出；『雲破月來花弄影』，著一『弄』字而境界全出矣。」賈島「僧推月下門」句，用「推」字好？還是用「敲」字好？朱光潛先生對此作了十分精彩的分析：

　　古今人也都讚賞「敲」字比「推」字下得好，其實這不僅是文字上的分別，同時也是意境上的分別。「推」固然顯得魯莽一點，但是它表示孤僧步月歸寺，門原來是他自己掩的，於今他「推」。他須自掩自推，足見寺裡只有他孤零零的一個和尚。在這冷寂的場合，他有興致出來步月，興盡而返，獨往獨來，自在無礙，他也自有一副胸襟氣度。「敲」就顯得他拘禮些，也就顯得寺裡有人應門。他彷彿是乘月夜訪友，他自己不甘寂寞，那寺裡假如不是熱鬧場合，至少也有一些溫暖的人情。比較起來，「敲」的空氣沒有「推」的那麼冷寂。就上句「鳥宿池邊樹」看來，「推」似乎比「敲」要調和些。「推」可以無聲，「敲」就不免剝啄有聲，驚起了宿鳥，打破了岑寂，也似乎頻添了攪擾。所以，我很懷疑韓愈的修改是否真如古今所稱賞的那麼妥當。究竟哪一種意境是賈島當時在心裡玩索而要表現的，只有他自己知道。[45]

　　「推」是一種意境，「敲」又是一種意境，並非先有「敲」的意境

45　朱光潛：《談美・談文學》，人民文學出版社1988年版，第189-190頁。

而想到「推」字，嫌「推」字不適合，然後再尋出「敲」字來改它。[46]

　　由此可見，詩文句眼中的這一個「字」是太關鍵了。有了它，則全句生輝，意境鮮活；沒有它，則全句暗淡，意境呆滯。在古人那裡，以句生眼，以眼照句，句眼融為一體，形成一個有機的生命單位。它擲地有聲，拆不散，打不爛。但是，這樣的句眼卻得之不易。皮日休說：「百煉成字，千煉成句。」（引自王世貞《藝苑卮言》卷一）古人往往以心源為爐，以意為鐵，以識見才力為錘，像馬雅可夫斯基所說的那樣，在一千噸礦藏中才煉出一個字，這就是「眼」。「眼」使藝術意境由粗疏走向精微，由平面走向立體，由暗淡走向敞亮，一句話，走向美的極致。「眼」是中國藝術「意境」美學精神的昇華。

三、「意象符號」闡釋

　　中華民族從文明初始就是一個「尚象」[47]的民族，上觀天象，下察地象，中看人像和物像，先後創造了卦象（易象）→文象（字象）→樂象（音像）等燦爛的「象」文化，這與中華民族看重眼睛的特點相一致；中華民族也是一個「尚意」（如孟子所說的「尚志」）的民族，故以卦象盡意、文象盡心、樂象盡情，創造了主體性和表現性皆很強的「意」文化，這又與中華民族看重情感的特點相一致。這兩者是魚和筌、兔和蹄的關係，「象」是達「意」的符號，正如王弼《周易略例・明象》所云，「象」能「出意」、「存意」，是「意之筌也」。因此，中國古代文化從本質上講，是一種意象文化。「意象」和「意境」也成為中國古代美學的靈魂。

46　朱光潛：《詩論》，三聯書店1984年版，第100頁。

47　《易》〈繫辭上〉云：「易有聖人之道四焉，以言者尚其辭，以動者尚其變，以製器者尚其象，以卜筮者尚其占。」其中，就有「尚象」一說。

　　我們在前文中，分別從語象符號的音像符號、字象符號和句象符號等不同層面，來闡釋「意境」內涵。另外，還有一個義象符號層面，從本質上看，它既屬於語象符號，又屬於「意象」符號，故與後者放在一起論述。這樣，在本節的「意象」符號闡釋中，也包含著「義象」符號的問題。

　　為了使我們的闡釋更準確、順暢和深刻地進入「意境」的堂奧，就須分別對「象」、「義象」和「意象」這些美學術語作出精確的闡釋。

　　釋「象」。古代中國的「象」觀念，起源於觀察天象（諸如日象、月象、星象、雲象、風象）的活動，是一種可以看見而難以把握的虛幻性的存在。《易》〈繫辭上〉云：「在天成象，在地成形。」又〈繫辭下〉云：「觀象於天。」又謝靈運《山居賦》云：「觀風瞻雲，方知厥所。」可見早期的「象」專指稱「天象」，與「形」相對。北魏張淵《觀象賦》云：「陟秀峰以遐眺，望靈象於九霄。」故知「象」離人遠，虛幻；「形」距人近，質實。當時兩者已不容相混。《易》〈繫辭上〉云：「見乃謂之象，形乃謂之器。」又云：「形而上者謂之道，形而下者謂之器。」由此可知，「象」具有「形而上」的虛幻性，雖有一定的視覺（見）效果，然又不好把握，這與「道」處於相似的位置。所以，《老子》云：「道之為物，惟恍惟惚；惚兮恍兮，其中有象。」宋代李昉等編的《文苑英華》卷二〇「天象」賦類中，收有《氣賦》、《象賦》、《空賦》、《光賦》、《明賦》等。至少在編者看來，「象」與「氣」、「空」、「光」、「明」等相似，都是虛幻的「天象」。吳澄注《老子》云：「形之可見者，成物；氣之可見者，成象。」林琨《象賦》云：「仰察天文」，「燦爛星布」，「借如玉京上天，金闕中海，其名可識，其象安在？象以影隨，影圖象遍，居闇莫察，因明則見」。「既拆之於混沌，亦聞之於惚恍。」、「或毓靈而稟氣，或照耀而氛氳；不因象而可睹，

豈無聲而得聞。」這些正是「象」的原始觀念。

後來，隨著文化的演進，「象」觀念也有所發展。具體地說，有兩點變化：

一是由「天象」演變為「天下之象」（《易》〈繫辭上〉），包括「地象」、「萬物之象」的一切存在之象，用章學誠《文史通義》〈易教下〉的話說，就是「天地自然之象」。如《易》〈繫辭上〉云：「法象莫大乎天地，懸象著明莫大乎日月。」於人事，則有「失得之象」、「憂虞之象」、「進退之象」和「晝夜之象」等。《樂記》〈樂象〉篇云：「清明象天，廣大象地，終始象四時，周還像風雨。」又如林琨《象賦》云：「功辟二儀，物標萬象」，「江河草木，日月煙雲」，「物皆有象，象必可觀」。在這時，人們認為：凡是有形有狀的事物，皆有「象」可觀。所以，這時的「象」雖比「天象」來得實在些，與「人」的距離拉近了，更貼近人的生活實際；然而，「象」仍與「事」、「物」不同。具體地說，是「事」、「物」在人類心鏡上的投影，仍具有虛幻性。正如林琨《象賦》所說：「象以影隨，影圖象遍，居闇莫察，因明則見。」所以，「象」即是「影像」，類似於薩特《影像論》中的「影像」[48]，它不是「存在」，而是「虛無」，具有「形而上」的意識形態性。

二是由「天地自然之象」再演變為「人心營構之象」（章學誠語）。《易》〈繫辭上〉云：「聖人有以見天下之賾，而擬諸其形容，像其物宜，是故謂之象。」這是說，「象」是「物」在聖人心鏡中的投「影」及其他的外化形態，如卦象。又云：「天垂象，見吉凶，聖人象之。」這裡的「象」是動詞，即章氏所云的「營構」，故而「象」亦成為「人

---

48 薩特：《影像論》，魏金聲譯，中國人民大學出版社1986年版。其實，中國古代人也談到了「影像」。如《劉子》〈心隱〉云：「故有象可觀，不能匿其影。」

心營構之象」。因為，人的思維（即「人心」）有意象思維和邏輯思維。所以，思維的成果即「象」也便有具象形態和抽象形態。所謂具象之象，亦即是有象之象。《易》〈繫辭下〉云：「象也者，像此者也。」又云：「象也者，像也。」就是說，「人心營構之象」與其對象「天地自然之象」的關係，是照相的關係，繪畫的關係，「比」的關係，如字象、樂象和詩象。所謂抽象之象，亦即是無象之象。《易》〈繫辭下〉云：「爻也者，效此者也。」、「效」的對象是什麼？《易》〈繫辭上〉云：「天地變化，聖人效之。」用陽爻（—）或陰爻（--）構成卦象，以「效」、「天地變化」。而卦象皆是些抽象的符號，其實其中無「象」可觀，然而它卻變化神通，能盡「天地自然的變化之象」。所以，《易》〈繫辭下〉云：「八卦成列，像在其中矣。」尚秉和也說：「凡萬物之象，皆包括於八卦之中。」[49]這樣，「人心營構之象」（即卦象）與其對象「天地自然之象」的關係，就不是「像」的關係，而是「似」的關係，亦即書法的關係，「興」的關係。這是一種「超以象外，得其環中」（司空圖語）的「似與不似之間」（齊白石語）的「象」。它類似於原始彩陶中的幾何紋飾，是一種極「有意味的形式」（貝爾語）。它雖淡化了視覺效果，然而卻深深地積澱著「天地自然之象」，閃爍著東方式理性光芒的哲學精神，因而成為中國古代藝術和美學的最高的理想。體現這種精神和理想的卦象、漢字和書法藝術，不僅為中國人所推崇，也為西方人所敬仰。

　　具象之象與抽象之象，只是表現方式的差異，而其來源和本質卻是相同的。如章學誠所說：「人心營構之象，亦出天地自然之象也。」「天地自然」是其共同的來源，「人心營構」又是其共同的本質。林琨

49　尚秉和：《周易尚氏學》，中華書局1980年版，第320頁。

《象賦》云：「物皆有象，象必可觀」；「眾象之德，唯人是則」。人是構象的主體，也是觀象的主體。《韓詩外傳》卷八有一段關於「象」的文字很有趣：

　　黃帝即位，宇內和平，未見鳳凰，惟思其象。乃召天老而問之，曰：「鳳象何如？」

　　天老對曰：「夫鳳象，鴻前麟後，蛇頸而魚尾，龍文而龜身，燕領而雞喙，五色備舉，出於東方君子之國。」

鳳凰是中國古代神話傳說中的祥瑞之鳥，也是一種原始圖騰符號。它的形象如何，就連尊貴的黃帝也沒有見過，然而鳳象又確實存在著。顯然，它是一種「人心營構之象」，即以孔雀為原型而又薈萃龍、龜、蛇、魚、燕、雞之特徵的審美創造的產物。因此，「象」作為「人心營構」的產物，它只是「天地自然」的影子，處於有無、虛實和似與不似之間。所以，林琨《象賦》說，「象」具有虛幻性，「雖處中而可求，信居外而能想」。「聽之則易，審之則難。」這是「象」最具本質的特點，也是「意境」美學的邏輯生長點，即由「象」衍生出「象外」再衍生出「意象」和「意境」來。

　　我們還可以通過漢語字象符號的角度來釋「象」。如漢字「象」，雖已抽象化了，但細細品味仍可辨出積澱在其中的大象形態。所以，「象」這個符號本身就具有寫實的特點，正如《易》〈繫辭下〉所說，「象也者，像也」，是古代中國人對於「大象」的「人心營構之象」。這說明古代中國人觀察事物的著眼點和表現事物的會心點，都是事物形態之「象」。這正是中華民族的「尚象」特點。許慎《說文解字序》云：「倉頡之初作書，蓋依類象形，故謂之文。」又云：「象形者，畫成其

物，隨體詰詘。」由此可見，「六書」中的象形為文，而指事、形聲、會意、轉注、假借為字；從表現事物和人類意識的對象以及漢字結構特點看，即是單體為文，合體為字。王夫之《尚書引義》卷六《畢命》云：「物生而形形焉，形者質也；形生而象象焉，象者文也。形則必成象矣，象者像其形矣。在天成象而或未有形，在地成形而無有無象。視之則形也，察之則象也。」、「形」、「象」兼備的象形字，既是「文」，也是「象」。所以，劉勰稱漢字是「文象」。許慎又說：「文者，物像之本。」

因此，漢字中的日、月、水、火、山、木、田、鳥、魚等二百多個單體象形字都是「象」；所以，虛中《流類手鑑》云：「真詩之人，心合造化，言含萬象，且天、地、日、月、草、木、煙、雲，皆隨我用。」詩人好像不是用文字（言）寫詩，而是用「象」寫詩。因而，一句詩便成為一串「象鏈」，如「小橋流水人家」。同樣，詩文中所描寫的一個個單個的物像，也是「象」。我們還可以進而得出這樣的結論：單體為象，合體為境。明人屠隆提出的「綜物為象」的觀點是錯的，準確地說是「境」而不是「象」。

綜上所述，從字源學的觀點看，「象」是「物」的寫實畫，具有再現性；從語義學的觀點看，「象」觀念起源於觀察天象的活動，是「天象」虛幻的心靈投影，具有表現性。前者，是實像，重在「象內」之構形；後者，是虛像，重在「象外」之遐想。[50]這種既實（具象）且虛（抽象）、既內（近）又外（遠）的「人心營構之象」，就是「象」的本質特徵。「象」還有一個「量」的規定性，就是它必須是單體的，而不是合體的。

50　用顧愷之《魏晉勝流畫贊》所說的「遷想妙得」之「遷想」。

　　釋「義象」[51]。如前文所釋，「意」是主體的「心音」或「心態」
的話，那麼，「義」則是客體存在的意義和價值。所以，「義象」只是
構成「物像」的一個內在的層面。一般來說，一個物像由聲象、形象、
色象和義象四個層面合構而成。對於反映物像的漢語字象符號來說，
一個字象符號也是由音像、字象和義象合構而成，此外還包括色象。
聲象、音像、字象前文已論及，這裡稍提一下「形象」、「色象」，然後
再回到「義象」上來。

　　關於「形象」。先秦時，「形」與「象」，一個在天上（在天成象），
一個在地上（在地成形）；一個實在（視之則形），一個虛幻（察之則
像），具有霄壤之別。秦漢以後，隨著「象」內涵的擴展，「形」與
「象」不僅沒有什麼明顯的區別，而且還合構成「形象」一詞。如漢代
劉安《淮南子》〈原道訓〉所說的「物穆無窮，變無形象」。「形象」的
內涵有四：一是指人物肖像。孔安國《尚書註疏》卷十：「審所夢之
人，刻其形象，以四方旁求之於民間。」二是指宗教塑像。李世民《斷
賣佛像敕》：「佛道形象，事極尊嚴，伎巧之家，多有造鑄。」三是泛
指事物之形象。孔穎達《周易正義》卷七云：「凡自有形象者，不可以
制他物之形象。猶若海不能制山之形象，山不能制海之形象。遺忘己
象者，乃能制眾物之形象也。」四是指造型藝術形象。李日華《論畫》
云：「繪事要明取予。取者，形象彷彿處，以筆勾取之。」沈括《夢溪
筆談》卷十七《書畫》云：「世之觀畫者，多能指摘其間形象、位置、
彩色瑕疵而已，至於奧理冥造者，罕見其人。」這是談論繪畫藝術形
象。唐釋道宣《列塔象神瑞跡並序》：「涼州南百里崖中，泥塑行像者。
昔沮渠蒙遜，王有涼土，專弘福事，於此崖中，大造形象，千變萬

51　皎然《詩式》云：「取象曰比，取義曰興，義即象下之意。」

化，驚人炫目。」這是談論雕塑藝術形象。由此可見，中國古代美學中的「形象」，只是造型藝術的一個美學範疇，又多指人物藝術形像。所以，與西方美學中的「形象」範疇相比，它的內涵和使用範圍要小些。又由於「形象」範疇多指涉人物，故與「意境」範疇的關係也比較遠些。

關於「色象」。這個術語，至今還未被人拈出。其實，這是中國古代美學思想的一個重要方面。李重華《貞一齋詩說》云：「詩有三要，曰：發竅於音，征色於象，運神於意。」其中「征色於象」，就可拈出「色象」這個術語來。[52]他又說：「物有聲即有色，象者，摹色以稱音也。」從客體看，物有形、色、聲、義；從主體看，人有目、耳、心；這種主客體統一的認知和審美關係，古代中國人早就意識到了。所以，事物的形、色、聲、義，很早就進入到古代中國人的審美視野中來，形成了各以形、色、聲、義為「元觀念」的審美觀念。《說文解字》云：「色，𢒈，顏氣也，從人從卩。」它最早指人的臉色，後指女色，再後來就泛指事物的各種顏色。就是說，這個字象符號的內涵演變，走過了「人類生命的色彩」→「愛情的色彩」→「美的色彩」的歷程。所以，古代中國人的「美」意識，便與「色」有著密切的關係。墨子《非樂》云：「目知其美」。又云：「非以刻鏤華文章之色，以為不美也。」孟子《告子上》也說：「目之於色也，有同美焉。」可見「美」的觀念亦來源於「色」。所以，先秦時期，在「五行」觀念的影響下，「五色」與「五聲」、「五味」一起構建了中國上古美學思想體系。這是中華民族對於世界美學史的傑出貢獻。

---

52 明人袁黃《詩賦》云「詞能動物兮，色象俱空」，其「色象」雖作兩字用，亦可作一個術語拈出。

在古代文獻中，最早談到「色象」的應是《左傳》。《左傳‧桓公二年》云：「火、龍、黼、黻，昭其文也。五色比象，昭其物也。」我們除了從「五色比象」中拈出「色象」外，這兩句話裡的所有文字，幾乎都與「色」有關。又《左傳》〈昭公二十五年〉云：「為九文、六彩、五章，以奉五色。」火為紅亮之色；龍亦有色。王充《論衡》〈書解〉篇云：「龍鱗有文，於蛇為神；鳳羽五色，於鳥為君。」又《考工記》云：「青與赤謂之文，赤與白謂之章，白與黑謂之黼，黑與青謂之黻，五彩備謂之繡。」此外，象，有「色象」；物，有「物色」。由此可見，中華民族也是一個愛好色彩的民族。因為，在古代中國人看來，萬物皆有色彩：天玄，地黃，日紅，月白；方位亦有色彩：東青，南赤，西白，北黑，如加上天玄，地黃，中國人的「六合」宇宙便是一個色彩斑斕的宇宙。中國人所信仰的圖騰符號「龍」、「鳳」也是五彩繽紛的符號。至於在觀念上，「文明」、「文化」、「文學」、「文藝」、「文采」、「文質」等，崇尚一個「文」字，也即是崇尚一個「色」字。又如上所舉，「美」、「象」、「物」、「黼」、「黻」、「章」等，與「色」關係尤為密切。

因此，「色象」也是「意境」美學研究中的應有之義。劉勰就很重視「色象」。他在《文心雕龍》〈原道〉篇中說：

文之為德也大矣，與天地並生者何哉？夫玄黃色雜，方圓體分，日月疊璧，以垂麗天之象；山川煥綺，以鋪理地之形：此蓋道之文也。

傍及萬品，動植皆文：龍鳳以藻繪呈瑞，虎豹以炳蔚凝姿；雲霞雕色，有逾畫工之妙；草木賁華，無待錦匠之奇。……夫以無識之物，郁然有彩；有心之器，其無文歟？

　　劉勰以天、地、日、月、山、水、龍、鳳、虎、豹、雲、霞、草、木等眾多的自然「色象」，來談人文之色彩。這是劉氏論文的一個根本的出發點。所以，他為自己的論著取了一個色彩斑斕的美名，即《文心雕龍》，其中，還以〈物色〉、〈情采〉、〈麗辭〉等篇章論述文學的「色象」問題。如他提出「文采所以飾言」的美學觀點，和「正采耀乎朱藍，間色屏於紅紫」的美學原則，以及「凡摛表五色，貴在時見；若青黃屢出，則繁而不珍」的文藝創作方法。

　　現在，再來談「義象」。「義象」是構成「物像」和「字象」的一個最隱蔽的層面，然而也是最本質的層面。「義象」這個術語，隱含在皎然的一句話裡，也至今無人拈出。皎然《詩式》云：「取象曰比，取義曰興，義即象下之意。凡禽魚草木人物名數萬象之中，義類同者，盡入比興，〈關雎〉即其義也。」此外，劉勰《文心雕龍》〈比興〉也提到了「義象」。他說：「屍鳩貞一，故夫人像義。」根據這兩條材料，我們拈出「義象」這個術語來。其中「義即像下之意」，有兩解：一是「義象」是隱蔽的，是至虛之象。就是說，除了物像的形象、色象和聲象之外，它沒有單獨的存在方式。或者要有，它也只是一種無象之象，存在於人的心理層面。二則「義象」是主客體統一的產物。具體說，「義」是客體存在的意義和價值，「象」是客體形貌在主體心鏡裡的投「影」。所以，「義象」就既是客觀的，又是主觀的，是主客觀的統一。如關雎鳥「生有定偶而不相亂」（朱熹語），鳲鳩鳥專心居住在鵲巢裡，這是物像的客觀之「義」，不以人的意志為轉移；但人認識了這種「義」並與此鳥之「象」連繫起來，構成的「義象」卻是主客觀統一的產物。「義象」只是一種未被表達的內在之象，因而是很隱蔽的、模糊的和不穩定的。它是構成「意象」和「意境」的最基本的元素。

　　釋「意象」。「意」是主體的「心音」和「心態」，「象」是客體形貌在主體心鏡裡的投「影」。所以，「意象」便是一個主體性很強的美學範疇。有人將它理解為「意中之象」，也是有道理的。「義象」與「意象」有區別，如「義象」客觀性強些，「意象」主觀性強些；「義象」小些，「意象」大些。當然，兩者也有連繫，即「義象」是構成「意象」的基本元素之一。如上所舉：關雎偶爾不亂，是「義象」，但與「后妃之德」連繫起來，就成為「意象」了；鳲鳩專居鵲巢，是「義象」，若與「夫人貞情」發生關係，也成了「意象」。因為，詩人除在鳥「義」中貫注人「意」外，還在鳥「象」中疊入人「象」，從而將「義象」意化了。因此，「義象」便成為三棲性的東西，即既是構成「物像」的一個內在的層面，也是構成「語象」的一個內在的層面，還是構成「意象」的一個基本元素。

　　一般說來，凡是表示事物名稱的漢字都是意象符號，如日、月、風、雲、山、水、魚、鳥等。在沒有進入文學語境之前，這些意象符號還只是一些靜止的構境「零件」，如朱光潛先生所說，還是一些「死文字」。如將這些意象符號，結構在特定的文學語境中，它們便一個個「活」了起來，即由一個個「意象」的動畫融匯成一幅優美的「意境圖」。如溫庭筠《南湖》中的詩句「水鳥帶波飛夕陽」，其中水、鳥、波、夕、陽都是單個的意象，進入詩歌語境之後，便以「鳥」為主意象，其他意象都向鳥意象聚合。從文字結構看，形成了「水鳥→帶波→飛夕陽」的意象串，即線型的意境結構；但透過文字符號，我們又看到了一個意象符號的立體的動態結構：「水」意象與「鳥」意象組合，凸現出主意象的形貌習性；「帶波」，暗點「湖」意象，是由湖中起飛的鏡頭；「飛夕陽」，是在晚霞夕照的空間飛行，愈顯水鳥之美。一個「帶」字，一個「飛」字，由空間的轉換描畫出水鳥活動的軌跡。

在這一片美境裡，滲透著詩人的悲涼之意和思鄉之情，是一個很美的意境。金聖歎《答陸予載志興》云：「凡寫景處所用一切花、木、蟲、鳥等物，彼俱細細知其名字、相貌、性情、香氣，……先時羅列胸中，一齊奔走腕下，故有時合用幾物，卻是只成一義。」這句詩即是合用水、鳥、波、夕、陽等幾物，只成一意，即思鄉。

　　因此，「所謂意象，簡而言之，可以把它稱之為：以可感性語詞為語言外殼的審美符號」[53]，即意象符號。它是中國文學審美創造中主觀與客觀、表現與再現審美統一的產物，也是中國文學意境構成的基本元素。從上文分析中可以看出，如音樂家用一個個音符的審美組合構成音樂意境，繪畫家用一根根線條或一點點色彩的審美組合構成繪畫意境，園藝家用山、水、花、草、亭、廊等的審美組合構成園林意境一樣，文學家「也讓字和字自己去互相融洽，互相輝映」（聞一多語）而構成文學意境。所以，在古代詩文中，往往一字一象，一象一意，象與象合，意與意會，便構成一個審美「意境」來了。金聖歎對此似有所悟。他在評宋之問《和趙員外桂陽橋遇佳人》中的「江雨朝飛湿細塵，陽橋花柳不勝春」兩句詩時，説：「一二寫橋者，他『橋』下添一『江』字，江上添一『雨』字，雨上帶一『朝』字，朝上帶一『春』字，春上平添『花柳』等字，於是此橋便使不遇佳人，早是無邊駘蕩。」[54]就是説，「橋」是主意象，其他意象都或上或下、或前或後地向「橋」聚合：「江」為橋所處之空間，「春」為橋所處之時間，又「朝」為「雨」之時間，「雨」、「花」、「柳」為「春」之意象，於是便出現了由意象符號所構成的「春橋意境圖」。

53　潘知常：《中國美學精神》，第366頁。

54　《金聖歎選批唐詩》，浙江古籍出版社1985年版，第11-12頁。

　　人與自然的審美關係是「意境」的靈魂。在中國文化史上，人與自然的關係歷來是一條主要的線索。具體說，這條線索經過了由圖騰到比德到暢神再到審美的縱向發展；在這條線索上，又從橫向衍生出易象（八卦）哲學、字象（漢字）符號、樂象和詩象等審美文化。正如宗白華先生說的：「風聲、水聲、松聲、潮聲，都是詩歌的樂譜；花草的精神，水月的顏色，都是詩意、詩境的範本。」[55]因此，在中國人的眼裡，自然意象就既是文化，又是藝術。唐初詩人沈佺期有句詩云：「一草一木棲神明。」幾千年來，在日、月、風、雲、山、水、花、草、蟲、魚等自然意象之上，積澱著十分厚重的人性內容，形成了意象符號的模式化。士人悲秋，女子傷春；仁者樂山，智者樂水；折柳相別，望月思歸；紅豆寄情，綠水愁心；杜鵑泣血，鴛鴦為婚；梅、蘭、竹、菊是君子，鳥、獸、蟲、魚亦入詩。大自然意象被人化、詩化和審美化的結果，成為歷代中國人情感的對應物，並且逐漸積澱、定型而成為模式化和符號化的東西了。

　　意象的積澱過程，即是人與自然審美歷史的發展過程。中國人自古以來就有愛好自然的審美傳統。所以，在祖國的大地上，名山大川，不知留下了歷代多少遊人的足跡；旭日夜月，自古以來又有多少人心目所繫。至於進入文藝作品世界中的自然審美意象，一山一水，一花一草，都凝結著古今無數文人墨客的審美情緒。就是說，在中國文藝中，任何一個自然審美意象，都有著成百上千年的歷史，還有許多帶有史前社會的文化信息，因而成為沉甸甸的活化石。從自然山水到藝術山水，其間積澱著古今多少人的靈思美意啊！因此，一個意象，如山、水、花、月，就是一個審美的世界，就是一個中國文化史

55　宗白華：《藝境》，第21頁。

的縮影。

　　關於這一點，古今中外已有許多人看到了，也悟徹了。金聖歎說：「我今日所坐之地，古之人其先坐之；我今日所立之地，古之人之立之者，不可以數計矣。」[56]郭沫若說，「泰山應該說是中國文化史的一個局部縮影。」余秋雨也說：「每到一個地方，總有一種沉重的歷史氣壓罩住我的全身，使我無端地感動，無端地喟嘆。……我站在古人一定站過的那些方位上，用與先輩差不多的黑眼珠打量著很少會有變化的自然景觀，靜聽著與千百年前沒有絲毫差異的風聲鳥聲。」因而認為，作為意象形態的山水，「並不完全是自然山水，而是一種『人文山水』」。比如西湖，「簡直成了中國文化中的一個常用意象，摩挲中國文化一久，心頭都會有這個湖」。[57]本世紀四十年代中期，聞一多先生就對「魚」意象的積澱作了系統的研究。近十年來，人們對自然意象的研究愈來愈重視，葉維廉的《中國詩學》和潘知常的《中國美學精神》有精彩的論述；王立對中國古代文學中的「九大意象」作了系統研究；特別是趙沛霖的《興的源起》一書，對自然意象的積澱，作了精深的考察。此外，美國加利福尼亞大學教授W‧愛伯哈德先生在《中國文化象徵詞典》裡，也較為詳細地闡釋了自然意象的文化內涵。

　　綜上所述，中華民族是一個「尚象」的民族。這種特色表現在中國文化的方方面面，諸如「易象」、「字象」、「樂象」和「詩象」等等。在中國美學方面，就以「象」為元符號，形成了「形象」、「色象」、「義象」、「興象」和「意象」等術語；它們與「意境」都有關係，特別是「意象」，是「意境」構成的基本元素。

56　張國光校註：《金聖歎批本西廂記》，上海古籍出版社1986年版，第2頁。

57　余秋雨：《文化苦旅》，知識出版社1992年版，「自序」第3頁、正文第127頁。

四、「境象符號」闡釋

「境象」這一術語，出自王昌齡《詩格》。他說：「了然境象，故得形似。」皎然在《詩議》中也說：「夫境象非一，虛實難明。」此後，在中國古代美學中，「境象」便成為一個常用術語，尤其是清人使用得最多。如翁方綱《石洲詩話》云：「盛唐諸公，全在境象超詣。」戴熙《習苦齋題畫》說：「庶幾境象獨超，筆墨俱化矣。」

那麼，什麼是「境象」呢？劉九洲先生認為，所謂「境象」，主要指「境中之象」，即「意境」中的意象。[58]我的看法與此不同。與「形象」、「色象」、「音像」、「字象」、「句象」、「義象」和「意象」一樣，「境象」也是一種「象」，即「境之象」。所以，理解「境象」的關鍵是「境」。劉禹錫在《董氏武陵集紀》中說：「境生於象外。」單體為「象」，如泉、石、雲、峰即為四象；合體為「境」，泉石雲峰合為一境。所以，「境」比「象」大，故不能在「象內」生成；而只有在「象外」，由「象」與「象」構成。今人把「象外之境」都理解為「虛無」，這與唐人的看法是不相符的。在唐人看來，「象外」之「境」是「虛而有」，不是「虛而無」。王昌齡、皎然和劉禹錫的看法是這樣，即使一味弘揚「韻外」、「味外」、「象外」和「景外」的司空圖也認為，「外」雖虛而並非「無」。具體說便是「象外」有「象」，「景外」有「景」（《與極浦書》），「超以象外，得其環中」（《二十四詩品》）。

因此，「境象」雖是一種「象」，但它與「形象」、「色象」、「義象」和「意象」不同，而是一種綜合之「象」，類似於明人屠隆所說的「綜物為象」的「象」。由「象」與「象」合成「境」的過程，實際上是一個創造過程，即從「取象」到「構境」都貫穿著創造主體的「意」。所

58　劉九洲：《藝術意境概論》，第69頁。

以，這「境象」其實就是「意境」。如清人也是把「境象」當作「意境」來使用的。

「境象符號」的最早形式，是原始陶畫和漢字符號。如半坡彩陶中的「人面含魚圖」，就是由「人像」與「魚象」構成的一個具有原始神祕意味的「境象」。漢字符號更是如此。如「王」字，《說文解字》釋云：「天下所歸往也。董仲舒曰：『古人造文者，三畫而連其中，謂之王。三者，天、地、人也，而參通之者，王也。』孔子曰：『一貫三為王。』」按「三才」的說法，三者，上為天道，下為地道，中為人道；一者，頂天立地，縱貫三道，故為王者之象。這個字是由天象、人像、地象、王象四個抽象之象，合構成一個抽象的「境象」符號。這是中國古代宇宙觀和王道觀的一個縮影。又如「仁」字，《說文解字》云：「親也，從人從二。」人者，具象的「象」；二者，一則可看作「上天下地」之象，二則可看作數字「二」。若前者，《周易》云：「本乎天者，親上；本乎地者，親下。」[59]那麼，「仁」就是上下級即君與臣、官與民之間的一種親和關係。若後者，則是「仁者，二人也」，強調「人」與「人」之間的親和關係。儒家倫理思想的核心就是「仁」。孔子曰：「仁者，愛人。」二人者，在儒家那裡則是君臣、父子、夫妻、兄弟等；「仁」就是強調這些人與人之間的親愛關係。這個字是由「二」、「人」構成的「境象符號」。這是中國古代倫理觀的一個縮影。又如「門」，《說文解字》釋云：「從二戶，象形。」這是一個關於「門」的形象符號，即「門」的元符號。古代造字者，在此基礎上，創造出了一系列「境象符號」：如「閒」，《說文解字》釋云：「隙也，從門從月。」徐鍇釋云：「夫門夜閉，閉而見月光，是有間隙也。」如「閒」，

59　《周易尚氏學》，第24頁。

《説文解字》釋云：「門中有木。」如「閃」，《説文解字》釋云：「闚頭門中也，從人在門中。」如「闖」，《説文》釋云：「馬出門貌，從馬在門中。」如「聞」，即門外有耳。這是以「門」為元符號，由兩個「象」構成的一串「境象符號」。如按林衡勳先生的話説，漢字符號是「意境發展原始狀態的一種建構形式」[60]。

我們不僅從漢字符號中可以找到「境象符號」的原初形式，也可以找到構建「境象符號」的原初心理。這是一種強調感性的五官互通共用的審美觀照心理。如「聽」（聽），在這個字的境象符號裡，有一隻「耳」，有一隻「目」，還有一個「心」。就是説，在古代中國人看來，不僅要用耳聽，還要用目聽、用心聽（如劉勰所説的「內聽」）。或者説，聽音時，要耳、目、心並用。這是符合心理學思想的。《莊子》〈人間世〉説：「無聽之以耳，而聽之以心。」這是説「心」亦可「聽」。《荀子》〈正名〉云：「心憂恐，……耳聽鐘鼓而不知其聲。」《劉子》〈專學〉也説：「是以心駐於目，必忘其耳，則聽不聞；心駐於耳，必遺其目，則視不見也。」所以，在「聽」這個境象符號裡，至少隱含著四個方面的傳統文化精神：一是眼、耳、心並用，必然產生主體感受心理上的通感現象，因而中國人在詩文意境的營造上很重視通感美，錢鍾書先生《通感》一文例舉尚多；二是中國人認識自然與社會的一種獨特的「博觀圓照」的觀照方式和思維方式；三是營造藝術意境（境象）的原初心理方式；四是藝術審美活動中，強調全方位美感享受的審美精神。因此，「聽」便成為一個凸現了主體審美創造和欣賞心理的「境象符號」。

在中國古代原初的文化意識包括審美意識中，就特別重視視覺、

60　《古代文學理論研究》第14輯，第252頁。

聽覺、嗅覺、味覺和心覺的五覺感受。他們依仗五覺與外部世界溝通，並獲得各種信息；他們依仗五覺對外部世界進行審美，並獲得各種美感享受；他們強調主體的五官修養，即養目、養耳、養鼻、養口、養心，並依仗五覺創造文化和藝術，甚至將五覺意識貫注在一切人文活動的方方面面。這些便形成了獨具民族特色的文化傳統和民族精神。《左傳》〈昭公二十五年〉云：「氣為五味，發為五色，章為五聲。」墨子〈非樂〉云：「身知其安也，口知其甘也，目知其美也，耳知其樂也。」孟子〈告子上〉云：「口之於味也，有同嗜焉；耳之於聲也，有同聽焉；目之於色也，有同美焉。至於心，獨無所同然乎？」老子云：「五色令人目盲，五音令人耳聾，五味令人口爽；馳騁畋獵，令人心發狂。」《莊子》〈天地〉云：「且夫失性有五：一曰五色亂目，使目不明；二曰五聲亂耳，使耳不聰；三曰五臭薰鼻，困惾中顙；四曰五味濁口，使口厲爽；五曰趣舍滑心，使性飛揚。此五者，皆生之害也。」荀子〈王霸〉云：「故人之情，口好味，而臭味莫美焉；耳好聲，而聲樂莫大焉；目好色，而文章致繁婦女莫眾焉；形體好佚，而安重閑靜莫愉焉；心好利，而谷祿莫厚焉。」這樣的例子還可以舉出許多。由此可見，以上所舉諸子的看法儘管並不一致，但是他們幾乎使用了同一種思維方式。這與「聽」這個境象符號中所隱含的原型思維方式很相似。

古代中國人的這種五官互通共用的思維方式，從某種意義上也可說是「境象思維方式」。因為，「象」是時空中的存在，五官所對皆為象，視覺所對為形象，聽覺所對為音像，嗅覺所對為氣象，心覺所對為義象。一個境象的感知，往往是視覺、聽覺和心覺的交融整合。同樣，一個境象的創造也大多是由形象、音像和義象合構而成的。因此，在這種思維方式的具體操作過程中，對象化著豐富多彩的文化產

品和文化意識，其中也包含了藝術產品和審美意識。漢字是運用這種思維方式所創造的最早的文化產品。如「大」字，《說文解字》釋云：「天大，地大，人亦大，故大像人形。」「大」字，篆書寫作「木」，像人四肢伸展形，故與「人」同，「人」即是「大」，「大」即是「人」。「天」，《說文解字》釋云：「顛也，至高無上，從一大。」這是個會意字，「一」者，天也，意即人人頭上都頂著一片藍天。所以說，「天大」。又「立」字，《說文解字》釋云：「立，住也，從大立一之上。」徐鉉曰：「大，人也；一，地也。」這也是個會意字，意即人人腳下都立著一片黃地，而且「立」本應為「地」字，故曰「地大」。構成「天、地、人」的元符號是「人（木）」，所以說：「天大，地大，人亦大。」這是古代人本思想的一個縮影。而且「大」字，從構形上看，上一豎頭，中一平橫，下一撇一捺，顯得很平穩。「大」字五個頭，對空間的切割也較為勻等，若連接一週五個點，即可構成一個很美的五角星。所以，「大」字具有音美、形美、義美的特點，真可謂「博采眾美，合成一字」。又如《黃帝內經》也是用這種思維方式所寫作的一部古典中醫名著。如〈素問〉云：「中央生濕……脾主口……在色為黃，在音為宮，在聲為歌……在味為甘，在志為思。」又云：「五藏之象，可以類推；五藏相音，可以意識；五色微診，可以目察。」又如「詩」，一個漢字就是一個「境象」，用若干漢字境象構成的一首詩，就是一個大「境象」，即一個「意境」。詩是中國古代文學皇冠上的明珠，也是一種歷史悠久的美文學體裁。在上古時期，它與樂、舞一起構成了審美文化景觀。到中古時期，它進入了發展的黃金時期，並且達到了登峰造極的境界。雖然在近古時期，它的發展不盡如人意，但卻仍然是中國傳統文學的優秀代表。所以，古人在詩創作和欣賞方面的審美觀念，在很大程度上也代表了中國古代文學的普遍的審美觀念走向。在「漢

字境象」基礎上創造的「詩境象」，主要是通過三條途徑來營造美感的：一條是「形象」（字象與意象），以修辭手法向「繪畫」靠攏，將詩的語言繪畫化，滿足視覺美，達到「詩中有畫」的審美效果；一條是「音像」（聲律與節奏），以諧聲押韻的方法向「音樂」靠攏，將詩的語言音樂化，滿足聽覺美，達到「詩中有樂」的審美效果；還有一條是「意象」（情象與志象），以抒情言志的方法向「心靈」掘進，將詩的語言心靈化，滿足心覺美，達到「詩中有我」的審美效果。

　　因此，在古代中國人看來，詩的創作，要耳、目、口、心並用。舊題白居易《金針詩格》云：「詩有三本：……以聲律為竅，……以物像為骨，……以意格為髓。」李重華《貞一齋詩說》云：「詩有三要，曰：發竅於音，征色於象，運神於意。」詩的欣賞，也要耳、目、口、心共美。劉勰《文心雕龍》〈總術〉云：「視之則錦繪，聽之則絲簧，味之則甘腴，佩之則芬芳：斷章之功，於斯盛矣。」謝榛《四溟詩話》云「誦之行雲流水，聽之金聲玉振，觀之明霞散綺，講之獨繭抽絲」，只有這樣，詩才「全美」。錢謙益另主「鼻觀說」。他在《香觀說》中云：「聲、色、香、味四者，一以鼻穴聞辨之。」以主體感官為中心的境象思維，實質上是一種主體論思維。與西方美學將審美感官作為藝術形態學分類的根據一樣，中國古代美學也以目、耳、口、心等審美感官為根據，進行藝術形態學的分類。如劉勰《文心雕龍》〈情采〉就對「文」（藝術）進行了如此劃分。他說：「故立文之道，其理有三：一曰形文，五色是也；二曰聲文，五音是也；三曰情文，五性是也。五色雜而成黼黻，五音比而成《韶》、《夏》，五情發而為辭章，神理之數也。」黼黻，彩繡工藝品，為形文；《韶》、《夏》，音樂，為聲文；辭章，文學，為情文。

　　綜上所述，從境象觀念到境象思維的運用，特別是在文化和藝術

方面的傑出表現，說到底是反映了一個民族的審美意識問題。中國人在美感結構中，始終堅持了主體「五覺互通共用」的認識論原則，並沒有隨著藝術的昇華而分化。正如上文論述到的漢字境象、詩境象和藝術那樣，中國人對於文化和藝術的審美，也始終堅持了「五覺合通」（主要是視、聽、心覺的合通）的「全美」（全方位美感滿足）的審美原則，即要求達到「目悅」、「耳悅」和「心悅」（劉向語）的審美統一。這是境象思維在審美方面的表現，體現了中國美學的民族特色。

這種審美精神也表現在藝術意境的觀念上。皎然《詩議》云：「夫境象非一，虛實難明。有可睹而不可取，景也；可聞而不可見，風也；雖繫乎我形，而妙用無體，心也；義貫眾象，而無定質，色也。凡此等，可以偶虛，亦可以偶實。」在這段話中，有兩個術語，與佛教有關。一是「心」。丁福保《佛學大辭典》云：「心以身為亭，故曰心亭。」又云：「（心）又以身為城郭，故曰心城。」所以，皎然曰：「（心）繫乎我形。」佛教《大日經》從心之「妙用」角度，將「心相」劃分為六十種，名曰「六十心」。所以，皎然曰：「（心）妙用無體。」二是「色」。《宗鏡錄》七十五將「色」分為兩種，一為內色，指眼、耳、鼻、舌、身五根；二為外色，指色、聲、香、味、觸五境。又《俱舍論》下也將「色」分為兩種，一為顯色，指青、黃、赤、白四種顏色；二為形色，指長、短、方、圓、高、下、正、不正八種形狀。此外，還有分「三種色」、「十一色」、「十四色」的。由此可見，「色」是指包括人在內的一切事物的顏色、形狀和義象。所以，皎然曰：「義貫眾象，而無定質，色也。」皎然認為，「境」、「象」並不一樣，景、風、色、心單獨存在，為「象」；合而為用，是「境」。「境」生於「象」外，故象實而境虛。

「象」是物在主體心鏡裡的投影，又為虛；「境」雖生於「象外」，

但又是由「象」與「象」構成，亦可為實。再者，景、風、色、心，作為客體的存在，為實；作為主體心鏡裡的投影即「象」，又為虛。所以說：「境象非一，虛實難明。」、「可以偶虛，亦可以偶實。」虛實不僅是相對的，而且還可以互相轉化。

皎然還告訴我們，藝術意境是由虛虛實實的「境、象」構成的；具體說，是由「可睹」之「景」、「可聞」之「風」以及「色」、「心」的「眾象」構成的。就是說，「意境」的構成既是主體眼、耳、鼻、舌、身五根的相互溝通，又是對客體色、聲、香、味、觸五境的綜合感應。藝術意境的構成，從主體之「意」方面看，是目、耳、口、心審美感官同步的全方位的美感融會；從客體之「境」方面看，又是「形象」、「音像」、「語象」、「意象」等審美意象的同構共融；然後，再主客交融、意與境會，便構成了藝術意境。具體說，「音像」與「意象」審美融會，構成音樂意境；「形象」、「色象」和「意象」審美融會，構成繪畫意境；「音像」、「語象」和「意象」審美融會，構成口頭文學意境；「音像」、「字象」、「句象」、「義象」與「意象」審美融會，構成書面文學意境。

清人以「情景交融」闡釋「意境」，很受今人讚同。因為它簡明扼要，有很強的理論概括力。但是，「意境」內涵的實際情形，要比這豐富得多，也複雜得多。「意境」由「意」、「象」、「境」構成。「意」中有「志」，有「理」，有「情」；「象」則有「聲象」、「音像」、「字象」、「句象」、「義象」、「語象」、「形象」、「色象」、「物像」、「事象」、「情象」、「意象」；「境」則有「內境」、「外境」、「物境」、「情境」、「事境」、「意境」。所以，我們從語象符號、「意象」符號特別是「境象」符號入手來闡釋「意境」，就是想另開新局，以求真知。審美主體的五個感官，心理學叫「五官」，佛學叫「五根」，我們把它稱為「五官感

應原則」。它是溝通主客體之間認識和審美關係的中介，也是進行文化和藝術創造的基本原則。古人做菜餚，講究色、香、味、形俱佳。這種精神也貫穿在藝術創造活動中。詩、文講究「聲韻」、「文采」、「意象」、「滋味」等，已為人所知。詞也是這樣。劉熙載《藝概》〈詞曲概〉云：「詞之為物，色、香、味、宜，無所不具。」藝術意境更是如此。李重華《貞一齋詩說》云：「意立而像與音隨之」，「象者，摹色以稱音也」。「意象」中有色、有形、有音，可以看，也可以聽。所以，「意境」是客體「五象」與主體「五覺」的全方位的審美融會狀態的同構效應。

現在，讓我們通過王維的《鳥鳴澗》一詩，來看「意境」的審美內涵。「人閒桂花落」，「人」是誰？與「桂花」是什麼關係？此「人」是刻山中月下之人，是詩人自己，或是唐代任何一位山中之人，甚至就是讀者。「桂花」亦可實解，亦可虛解。實解者，桂花自古就是我國人民觀賞的名花之一。但只有四季桂才在春天二月開花，色澤黃白，有淡淡的香味。只有「人閒」，才能觀賞桂樹的花開花落；虛解者，「桂花」並不是「桂花」，而是月光或者說月華。自古以來，我國人民就將桂樹與月亮連繫在一起，編織了許多美妙的神話、傳說和故事，還有「月落桂子」、「月宮折桂」的詩化意境。在詩詞中，稱月亮為「桂魄」，叫月光為「桂花」，已成習慣意象。周美成《解語花》：「桂華流瓦，纖云散，耿耿素娥欲下。」王國維《人間詞話》評曰：「『桂華流瓦』，境界極妙，惜以『桂華』二字代『月』耳。」那麼，這句又可解為：只有「人閒」，才能坐看「月落」。

「夜靜春山空」，「春山」之中原本不空，有花，有風，有春，有月，有草木，有鳥獸，有人，還有流水聲，只因「夜靜」，萬籟俱息，故顯得「山空」。王維晚年篤志奉佛，「晚年惟好靜，萬事不關心」(《酬

此張少府》）。所以，「人閒」，「好靜」，故詩中多「空山」、「空林」意象。如《鹿柴》：「空山不見人」；《山居秋暝》：「空山新雨後」；《桃源行》：「世中遙望空雲山」。又如《積雨輞川莊作》：「積雨空林煙火遲」；《過乘如禪師蕭居士嵩丘蘭若》：「行踏空林落葉聲」。「夜靜」，「山空」，「春」亦顯得素雅異常，一句寫出空山靈境來了。

「月出驚山鳥，時鳴春澗中。」「月出」本無聲，卻將「山鳥」「驚」飛了。這句用一個「驚」字，寫活了一隻鳥，也寫活了一輪月，而且以動寫靜，點出「鳥鳴澗」的題旨，更顯出「夜靜人閒」的意境。

這首詩屬五言絕句體，每個字的音像符號相互勾連，組成一串抑揚頓挫、順口悅耳的音像鏈；從字象符號看，幾乎一字一象，五字構成一個句象符號，四個句象符號又合構成一個境象符號，是用一個個字象符號描繪的意境圖；從意象符號看，春、夜、山、水、花、鳥、月和人合構成一幅「春澗花月夜」的意境圖，而且有像、聲、色、味、動、靜，五根交融顯現。這些負載著音、象、境、義、內在意和外射意的字，走在一起，形成了不同層面和不同維度的象與音的合奏交響，最後構成了全詩的意境。正如葉維廉所說：「我們在這首詩的前面，那些字，彷彿是一個開闊的空間裡的一些物像，由於事先沒有預設的意義與關係的『圈定』，我們可以自由進出其間，可以從不同的角度進出，而每進可以獲致不同層次的美感。」[61]對於這首詩，我們目觀可得視覺意境，獲得視覺美感；耳聽可得聽覺意境，獲得聽覺美感；口吟可得味覺意境，獲得味覺美感；心想可得心覺意境，獲得心覺美感；目、耳、口、心並用，可得通感意境，獲得全方位的全息美感。

61　葉維廉：《中國詩學》，第17頁。

第三節　「意境」內涵的詩學闡釋

以上我們從符號學的角度對「意境」內涵闡釋，只是局部的微觀的考察；從本節開始，我們將從詩學、美學和文化學的角度，對「意境」內涵進行整體的宏觀的闡釋。這只是研究方法和角度的多元轉換，但是，我們的宗旨只有一條，就是接近和揭示「意境」內涵的「本體」。

「意境」範疇出自於詩學，發展於詩學，所以，從詩學角度來闡釋「意境」內涵，就能接近和揭示它的「本體」。

在詩學中，「意境」是一個由語象符號構成的內涵豐富的審美世界。但是，從唐代以來，人們對「意境」內涵的把握，只看到了詩歌作品中的「意境」，而忽視了詩人和讀者心中的「意境」，把「意境」看作一個靜止的死東西。用如此簡單的意境觀研究詩學，必然會帶來不必要的理論困擾和障礙。

早在一九三二年，朱光潛先生就在他的《談美》一書中，對「意境」內涵作了全面地闡釋。他說：

創造和欣賞都是要見出一種意境，辟出一種形相，都要根據想象與情感。比如說姜白石的「數峰清苦，商略黃昏雨」一句詞，含有一個受情感飽和的意境。姜白石在做這句詞時，先須從自然中見出這種意境，然後拿這九個字把它翻譯出來。在見到意境的一刹那中，他是在創造也是在欣賞。我在讀這句詞時，這九個字對於我只是一種符號，我要能認識這種符號，要憑想像與情感從這種符號中領略出姜白石原來所見到的意境，須把他的譯文翻回到原文。我在見到他的意境

一剎那中，我是在欣賞也是在創造。[62]

在這段精彩的論述中，朱先生將「意境」放置到「創造和欣賞」的動態過程中去進行內涵定位，即一個完整的「意境」內涵，應包括作者意境、作品意境和讀者意境。這一點，在近年的「意境」美學研究中，由於受西方接受美學的啟發和影響，逐漸被人們所認識。具有代表性的看法是袁行霈先生提出的：「有詩人之意境，有詩歌之意境，有讀者之意境。」[63]這是對「意境」美學研究的一個重要的貢獻。

一、詩人意境

詩人意境，產生於「心」與「物」的審美關係之中。在古代中國人看來，「物」指一切存在。《周易》〈序卦〉云：「有天地，然後萬物生焉。盈天地之間者，唯萬物。」《朱子語類》卷十五云，「物」泛指一切存在，「上而無極、太極，下而至於一草一木一昆蟲之微」。可見「物」是客觀存在的一個總符號。所以，荀子〈正名〉云：「物也者，大共名也。」人與物的審美關係建構在人與物的感應關係之上。這就是〈樂記〉所說的，「人心之動，物使之然也」。「心」何以「動」？「物」何以「使之然」？關鍵在一個「感」字，即「感於物而動」。從這裡產生出了一個獨具特色的偉大學說，即「感物」說，為中國古代心理學、文藝學、美學、哲學和文化學奠定了一個「公分母」式的理論基礎。

何以「感物」？古人認為，「物者，外境也」[64]；心者，內境也。所以，感物就是心與物的溝通和對話，或者說內境與外境的溝通和對話。

62　朱光潛：《談美·談文學》，人民文學出版社1988年版，第69頁。

63　袁行霈：《中國詩歌藝術研究》，北京大學出版社1987年版，第49頁。

64　《中國古代文論類編》下冊，第6頁。

　　至於人如何感物，先舉一個例子：人對落葉的感應就是如此。落葉紛紛墜地，有形，有聲，甚至還有氣味。人目觀其形，而感於心，產生落葉的形象；耳聽其聲，而感於心，產生落葉的聲象；鼻嗅其香，而感於心，產生落葉的香象；心感其義，產生落葉的義象；或興起紅顏凋零之情，或興起人生遲暮之情，又產生了落葉的情象。就是說，在人的心幕上，不斷映現著落葉的形象、色象、聲象、香象、義象和情象。這些意象活躍自如地運動著，或碰撞，或重疊，或交錯，最終整合而形成人心中的落葉意境。由此可見，所謂感物，就是心與物的溝通和對話。這是通過雙向運動完成的，即一方面物向心運動。「物」作為一個客觀存在，它的實體是無法進入人的內心世界的。它只有將自己的信息分為形、色、聲、氣、味、義，然後這些信息通過光波、聲波和氣波的傳播，沿著人的目、耳、鼻、口、體的「神經走廊」，內化到人的心理世界之中，先變成「形意象」、「色意象」、「聲意象」、「氣意象」、「味意象」、「義意象」等，然後合成「意境」。現在人們所談的「意象」，實際上只是「形意象」或「色意象」，或者說是「視覺意象」，而忽略了其他意象。這可能是中國人過於看重眼睛的緣故。朱光潛先生對此早有精妙的論述。他說：「所謂意象，原不必全由視覺產生，各種感覺器官都可以產生意象。不過多數人形成意象，以來自視覺者為最豐富，在欣賞詩或創造詩時，視覺意象也最為重要。」[65]另一方面，心向物運動。心即腦，在人之內，是一個「黑箱結構」。它與外界之物的溝通和對話，是通過目、耳、鼻、口、體的「神經走廊」進行的。如果堵塞和斷絕這些「神經走廊」，那麼，心就成為一個空洞的存在，它就無法「感」，也無法「思」了。孟子〈告子〉云：

65　朱光潛：《詩論》，第55頁。

「心之官則思。思，則得之；不思，則不得也。」心要思得，就必須對外敞開「五官神經走廊」。只有這樣，才如《劉子》〈心隱〉中所說的那樣，「心在人之內，物亦照焉。……心在人之內，而智又在其內，神亦照焉」。物由外向內照心，心由內向外照物，心與物溝通了，才能「感」，才能產生五官意象，也才能構成「意境」。「故有象可觀，不能匿其影；有形可見，不能限其跡；有聲可聞，不能藏其響；有色可察，不能滅其情。」

總之，物有形、色、聲、味、氣，沿著人的目、耳、口、鼻等「神經走廊」內化到心幕之上，便成象成境；人有目、耳、口、鼻、體，心由此向外與物的形、色、聲、味、氣接通，感而生意生情。內境與外境相合便形成了詩人意境。關於這一點，自古至今，論者較多。劉勰《文心雕龍》〈神思〉云：「故思理為妙，神與物游。神居胸臆，而志氣統其關鍵；物沿耳目，而辭令管其樞機。樞機方通，則物無隱貌。」鹿乾岳《儉持堂詩序》云：「神智才情，詩所探之內境也；山川草木，詩所借之外境也。」陳匪石《聲執》卷上云：「有身外之境，風雨山川花鳥之一切相，皆是；有身內之境，為因乎風雨山川花鳥發於中而不自覺之一念；身內身外，融合為一，即詞境也。」這些便是詩人所感、所思和所得之意境。

二、詩歌意境

詩人意境還是一種內在的「意境」，類似於鄭板橋的「胸中之竹」。它只為詩人自己所感知，所享用，所占有。它也是一種飄忽不定的東西，極不穩定，稍縱即逝。因而，它還不是藝術，不是詩歌意境。詩人只有用一定的藝術技巧和方法，將心中的意境外化出來，才構成詩歌意境。詩歌意境產生於「心」與「物」、「情」與「象」和「意」與「境」的審美關係之中。這是一種極為複雜和活躍的藝術思維活動，王

昌齡將此叫作「境思」，即「意境思維」。如云：「目睹其物，即入於心，心通其物，物通即言。」又云：「夫置意作詩，即須凝心，目擊其物，便以心擊之，深穿其境。」「思若不來，即須放情卻寬之，令境生。然後以境照之，思則便來，來即作文。如其境思不來，不可作也。」（《文鏡秘府論》）又云：「搜求於象，心入於境，神會於物，因心而得。」（《詩格》）經過詩人一番思維後，「物」「入於心」內化為「意象」，「意象」與「意象」審美組合又生出「意境」，然後「窺意象而運斤」，用「言」的形式將心中的「意境」外化出來，便成為詩歌意境。

內在的「意境」，「至於一物，皆成光色」（《文鏡秘府論》），即形、色、聲、氣、味融為一體，活脫出一個外在的「意」來，如上文所舉的「落葉意境」。詩人也要有一支追光攝影的生花妙筆，將心中的「意境」儘可能完美地外化出來。如范仲淹《御街行》〈離懷〉一詞云「紛紛墜葉飄香砌，夜寂靜，寒聲碎」，在紙面上繪出落葉之形、落葉之聲和落葉之香，一個「寒」字又點出「秋」、化出「愁」，繪出落葉之義和詩人之情，於是落葉的形意象、聲意象、香意象、義意象和情意象經過審美組合，在十三個漢字符號中就活現出一個詩歌中的落葉意境來了。這真是個「一葉知秋」的意境、靈境和詩境。

在詩歌意境中，既要表現出外在物境和內在意境（如落葉與落葉意境）的形、色、聲、味、義；而且漢字本身就是一個個像或境，也有其自身的形、色、聲、味、義。所以，在詩歌意境中，又要表現詩歌語言本身的形（字形與詩體）、色（表顏色的字與文采）、聲（律與韻）、味（意味）、義（字義與情意）。前者是詩歌內容的形、色、聲、味、義，後者是詩歌形式的形、色、聲、味、義，這兩者可以統一，也可以不統一。當然，統一者為美，不統一者為不美。統一者，有「形意境」，有「色意境」，具繪畫美；有「聲意境」，具音樂美；有「味意

境」，有「義意境」，具文學美。所以，詩中有畫，詩中有樂，詩中有文，在審美的高度上向原始回歸，即回歸到詩、樂、舞、文混沌不分的原初美的境界之中。因此，詩歌意境，博采眾美，合為一體，具有極高的審美價值，於是詩便成為中國文學藝術皇冠上的明珠。

詩歌意境，從表現對象分，有「物意境」、「事意境」、「情意境」、「理意境」；從藝術手法分，有「賦意境」、「比意境」、「興意境」。所謂「物意境」，也叫「物境」，就是以「物」為表現對象的審美意境。山水詩、詠物詩、山水畫、花鳥畫中多有此類意境。王昌齡《詩格》云：「一曰物境。欲為山水詩，則張泉、石、雲、峰之境，極麗絕秀者，神之於心，處身於境，視境於心，瑩然掌中，然後用思，了然境象，故得形似。」物境具有令人身臨其境的「形似」的審美特點。如：「天蒼蒼，野茫茫，風吹草低見牛羊。」、「風乍起，吹皺一池春水。」、「小荷才露尖尖角，早有蜻蜓立上頭。」、「葉上初陽干宿雨，水面清圓，一一風荷舉。」、「桃花春水淥，水上鴛鴦浴。」這些都是物境名句，一個個逼真如畫，歷歷在目，令人有「處身於境」、目悅神怡之美感。

所謂「事意境」，也叫「事境」，就是以「事」為表現對象的審美意境。敘事詩、詠史詩和寫人詩中多有此類意境，此外古典戲曲、小說和散文中也往往有此類佳作。祝允明說，「身與事接而境生，……境之生乎事也」[66]。這是談事境的產生。方東樹《昭昧詹言》卷二十一云：「凡詩寫事境宜近，……近則親切不泛。」這是談事境的創作。事境有大有小，有時一句詩就是一個事境，如「少小離家老大回」、「風雪夜歸人」、「落花時節又逢君」；有時一首詩是一個事境，如《孔雀東

66　《中國古代文論類編》上冊，第379頁。

南飛》《長恨歌》和《賣炭翁》。白居易是寫事境的聖手。李贄評點《水滸傳》第一回：「又拖去山路邊村酒店裡吃了十數碗酒」一句時說：「近情儘興，絕好事境，絕好文情。」金聖歎批評《西廂記》〈賴簡〉鶯鶯走出花園時說：「是好園亭，是好夜色，是好女兒；是境中人，是人中境，是境中情。寫來色色都有，色色入妙！」事境的審美特點是「近」，即貼近生活，真實可信，所以才能獲得「親切不泛」的美感享受。

所謂「情意境」，也叫「情境」，就是以「情」為表現對象的審美意境。抒情詩、抒情小賦、抒情散文和音樂、戲曲中多有此類意境。王昌齡《詩格》云：「二曰情境。娛樂愁怨，皆張於意而處於身，然後馳思，深得其情。」王國維《人間詞話》云：「喜、怒、哀、樂，亦人心中之一境界。」在古典詩歌中，有直抒其情成境者。如屈原《九章・抽思》：

「心鬱鬱之憂思兮，獨永嘆乎增傷。」又如趙嘏《憶山陽》：「折柳城邊起暮愁，可憐春色獨懷憂。傷心正嘆人間事，回首多慚江上鷗。」金聖歎評云：「看他四七二十八字，中間雜用『愁』字、『憐』字、『憂』字、『傷』字、『嘆』字、『慚』字，凡若干悲苦字成詩，知先生懷憂，真有甚深者也。」[67]又如李清照《聲聲慢》：「尋尋覓覓，冷冷清清，淒淒慘慘慼慼！」靳極蒼先生評云：「這七個重疊詞，是四個層次，有以上四種情境。」[68]但更多的是借景抒情而成境者。如漢樂府《西洲曲》：「南風知我意，吹夢到西洲。」張南史《陸勝宅秋雨中探韻》：「同人永日自相將，深竹閑園偶辟疆。已被秋風教憶鱠，更聞寒雨勸飛觴。」幾

67　《金聖歎選批唐詩》，浙江古籍出版社1985年版，第342頁。

68　靳極蒼：《唐宋詞百首詳解》，山西人民出版社1982年版，第186頁。

位懷才不遇之人走到一起，借酒澆愁。沒有人來安慰和理解他們，只有風雨是他們的朋友。正如金聖歎所評：「寫得風雨一片情理，一段興致，正復諸公一段牢騷，一片敗壞也。」真可謂「字字眼淚」。[69] 又如蘇軾《水龍吟》：「細看來，不是楊花，點點是離人淚。」史達祖《秋霽》：「江水蒼蒼，望倦柳愁荷，共感秋色。」又《齊天樂》：「更分破秋光，盡成悲境。」李白是寫情境的聖手。他有許多這方面的名句，諸如：「秋風吹不盡，總玉關情。」、「請君試問東流水，別意與之誰短長。」、「湖月照我影，送我至剡溪。」、「仍憐故鄉水，萬里送行舟。」、「我寄愁心與明月，隨君直到夜郎西。」、「桃花潭水深千尺，不及汪倫送我情。」、「狂風吹我心，西掛咸陽樹。」在李白筆下，風、水、月，皆成為情的化身，而又是那樣親切自然，盡情盡理，真是大家風範。

所謂「理意境」，也叫「理境」，就是以「理」為表現對象的審美意境。王昌齡《詩格》云：「三曰意境。亦張之於意而思之於心，則得其真矣。」這裡的「意境」實際上就是「理境」。「理境」所表現的對象不是一般的「意」，而是「思之於心」的深刻之「意」。如果說，「情境」的審美特點是求「美」的話，那麼，「理境」的審美特點則是求「真」。

玄言詩、哲理詩、議論散文、寓言、寫意畫中多有此類意境。如：「海內存知己，天涯若比鄰。」、「前不見古人，後不見來者。」、「江畔何人初見月？江月何年初照人？人生代代無窮已，江月年年只相似。」、「欲窮千里目，更上一層樓。」、「棄我去者，昨日之日不可留；亂我心者，今日之日是多煩憂。」、「會當凌絕頂，一覽眾山小。」這些都是直言其理的名句，還有借景言理的。如崔顥的《黃鶴樓》一詩，

69　《金聖歎選批唐詩》，第160頁。

金聖歎評云：「他何曾是作詩，直是直上直下放眼恣看，看見道理卻是如此。」[70]什麼「道理」呢？就是「黃鶴」飛了，「昔人」去了，甚至他們早都死了，而「樓」還存在著。生命是有限的，「空」的，只有「樓」是無限的，實的。所以，感嘆生命無常、人生短暫，便是這首詩的「道理」。這些「道理」是通過昔人、黃鶴、樓、白雲、此地、千載等時空意象表現出來的。杜甫是寫「理境」的聖手，如《前出塞》其六就是一首典型的代表作。前者所舉名句，或理，或意，都浸泡在濃郁的感情裡；後者所舉的「道理」則隱含在意象之中。所以，朱光潛先生說：「詩有說理的，但是它的『理』融化在赤熱的情感和燦爛的意象之中，它絕不說抽象的未受情感飽和的理。」[71]

所謂「賦意境」，也叫「賦境」，就是用「賦」的藝術手法所創造的藝術意境，辭賦、詩詞、散文、戲曲和小說中皆有此類「意境」。劉勰《文心雕龍》〈詮賦〉論「賦」頗為精湛。云：「賦者，鋪也，鋪采摛文，體物寫志也。」鍾嶸《詩品序》云：「直書其事，寓言寫物，賦也。」李仲蒙云：「敘物以言情，謂之賦，情物盡也。」[72]可見「賦境」的構成有兩個方面的內容：一為主觀的，或志，或情；一為客觀的，或事，或物。但這些又須用「言」為媒介表現出來。在藝術手法上也有兩個特點：一為直敘，即對事、對物均採取正面敘述和描寫的方法；一為鋪敘，十分講究文采和修辭，猶如天女散花、鋪為一地，追求文采、意象的密度和濃度，達到華麗美觀的藝術效果。正如劉勰《文心雕龍》〈詮賦〉所云：「麗詞雅義，符采相勝，如組織之品朱紫，繪之著玄黃，文雖新而有質，色雖糅而有本，此立賦之大體也。」如吳均

70　《金聖歎選批唐詩》，第68頁。

71　朱光潛：《詩論》，第235頁。

72　見胡寅：《致李叔易書》，《斐然集》卷十八，四庫全書珍本初集本。

《山中雜詩》：「山際見來煙，竹中窺落日。鳥向簷上飛，雲從窗裡出。」
由山、煙、竹、日、鳥、簷、雲、窗八個意象，構成了一幅「山居美
景圖」。但這「圖」是直敘出來的，明白如話；每句五個字中就含有兩
個意象，全詩二十個字中，就有八個主意象；從「見」、「窺」二字中，
可知在這幅畫外還站著一個「人」，就成了九個主意象。其餘十一個字
都分別從屬於各主意象，是次意象。這樣，全詩字字有象，是用一個
個意象「鋪」成一幅意境優美的圖畫。這便體現了「鋪采」的特點。
然而，全詩又顯得淡雅自然，沒有絲毫的人工斧跡。所以，這是一首
賦境優美的詩。借用劉勰的話來評價，便是「寫物圖貌，蔚似雕畫」。

所謂「比意境」，也叫「比境」，就是用「比」的藝術手法所創造
的藝術意境，詩、詞、曲、賦、散文和小說中皆有此類「意境」。「比」
在中國具有十分悠遠的歷史。在甲骨文中，就有「比」字，表示並列
之義，強調兩種事物的並列關係。這是「比」字的本義。《說文解字》
云：「比（𣥮），密也。二人為從，反從為比。」這是符合甲骨文「比」
（𤔔）實際情形的。朱熹《詩集傳》云：「比者，以彼物比此物也。」
如《詩經》〈螽斯〉一詩云：「螽斯羽，詵詵兮；宜爾子孫，振振兮。」
按朱熹注釋：螽斯，是一種蝗蟲，一次可產很多子。所以，便由螽斯
多子與后妃多子連繫一起，構成比境。「螽斯」是「彼物」，「后妃」是
「此物」，兩者便是相併相類的關係。「彼物」為「比物」，「此物」為
「所比物」，可見比境是由兩物或兩種意象同時在場所構成的一種審美
「意境」。如韋莊《菩薩蠻》「綠窗人似花」一句中，「人」為實像，「花」
為虛像。盡管在現實中，「人」與「花」並不在同一個現場，然而卻在
詩人韋莊的眼裡、心裡和詞裡同時映現，再加上「人」的環境「綠
窗」，即窗綠人紅，構成一個色象很美的比境。在這類比境中，詩人之
「意」往往不顯露，而是融化在兩種審美意象相比的關係之中。如「綠

窗人似花」，詩人對「綠窗人」的讚美之意，已不言而喻。因此，構成
比境的因素中，除了兩物或兩種意象外，還有一個潛在的「意」。有了
這個潛在的「意」，才是名副其實的「比意境」；否則，就只有「境」
而沒有「意」了。所以，人們歷來對比境中的「意」也很強調。劉勰
《文心雕龍》〈比興〉云：「且何謂為『比』，蓋寫物以附意、颺言以切
事者也。」鍾嶸《詩品序》云：「因物喻志，比也。」李仲蒙云：「索物
以托情，謂之比，情附物者也。」或意，或志，或情，從強調詩人的主
體性看，「比境」與「賦境」、「興境」是一致的，體現了同一種詩學精
神。我們還應當看到，中國不僅有悠遠的「比」的歷史，而且有優秀
的「比」的傳統，是一個善於用「比」的民族。從「惠子善譬」的故
事中，可見「善譬」也是中國人獨特的思維方式和表達方式。字中有
比（如「炅」字，《說文解字》云：「見也，從火日。」可釋為：「日光
如火」，也可釋為「火光如日」。「日」與「火」就是一種「比」的關係。
所以，「炅」字便是一個具有「比境」的字象符號），《易》中有「比」
（見《周易》〈序卦〉云：「比者，比也，比必有所畜。」），《禮》中有
「比」，《詩》中有「比」，諸子百家中也有「比」。儒家有「比德」之
說，道家有「比道」之論，釋家有「百喻」之經。至於文藝，「比」則
成為一種廣泛的存在。陳騤《文則》所論「十喻之法」，就是一個證
明。可見中國人對「比」的重視，已到了一個無可復加的境界。所以，
劉勰說，「日用乎比」（《文心雕龍》〈比興〉），甚至「王使無譬，則不
能言矣」（劉向《說苑》〈善說〉）。我們曾經說過，中國是一個「尚象」
的民族，此刻又可說是一個「善比」的民族。那麼，「象」與「比」是
一種什麼關係呢？皎然《詩式》云：「取象曰比。」陳騤《文則》也云：
「《易》之有像，以盡其意；《詩》之有比，以達其情。」所以，「尚象」
必然「善比」。因此，「比境」在中國文藝中也是一種廣泛的存在。

　　所謂「興意境」，也叫「興境」，就是用「興」的藝術手法所創造的藝術意境，詩、詞、曲、賦和戲曲中皆有此類「意境」。「興」亦有十分悠遠的歷史和優秀的傳統。甲骨文「興（ 𦥑 ）」，「像四手提起抬盤，會『興起』之意」。[73]安陽一〇〇一號大墓曾出土三件這樣的抬盤，是一種原始祭具。這說明「興」與原始宗教有關。所以，趙沛霖先生說：「興的起源植根於原始宗教生活的土壤中。」[74]劉勰《文心雕龍》〈比興〉云：「興者，起也。」這正是用「興」的本義。「起」什麼？曰「起情」。如何「起」？曰：「詩人比興，觸物圓覽。」這等於說，「觸物起情」。又《文心雕龍》〈詮賦〉云「睹物興情」。其實是情與物、主體與客體的雙向溝通和對話。所以，從主體看，「情以物興」；從客體看，「物以情觀」；從主客體溝通和對話的角度看，則是「情往似贈，興來如答」（《文心雕龍》〈物色〉）。可見劉氏的看法極為精湛，奠定了古今草木略序》云：「鳥、獸、草、木乃發興之本。」李重華《貞一齋詩說》論「興」的理論基礎。如李仲蒙云：「觸物以起情，謂之興，物動情者也。」舊題賈島《二南密旨》〈興論〉云：「外感於物，內動於情，情不可遏，故曰興。」都明顯受了劉氏的影響。「物」只是在沒有「人」參與下的客體自在狀態；它一旦與「人」構成觀照、認識和審美關係，就是「象」。具體說，在主體眼中，為「影像」；在主體心中，為「意象」；在主體的藝術作品中，則為「藝象」[75]。所以，《集韻》釋云：「興，象也。」即「興」為「象」，「象」為「興」，故鑄成「興象」術語。由此可見，與「比」的構成＝物（比物）＋意＋物（所比物）不同，「興」的構成＝物×情。所以，除了釋「興，象也」之外，《二南密旨》

73　《甲骨文簡明詞典》，第122頁。

74　趙沛霖：《興的源起》，中國社會科學出版社1987年版，第247頁。

75　「藝象」，指字象、易象、詩象、文象、畫像、音像等。

還釋為「興者，情也」。這兩種看法各走向一個極端。其實，「興」中既有「象（物）」，又有「情」，兩者不可偏廢，才能構成「興境」。

這裡所說的「物」，主要指自然景物。孔穎達《毛詩序正義》云：「詩文諸舉草、木、鳥、獸以見意者，皆興辭也。」鄭樵《通志》〈昆蟲〉云：「興之為義，是詩家大半得力處。無端說一件鳥獸草木，不明指天時而天時恍在其中，不顯言地境而地境宛在其中，且不實說人事而人事已隱約流露其中。」所以，自然景物是像是景，與情與意一起構成「興境」。諸如：「玉顏不及寒鴉色，猶帶昭陽日影來。」、「為奴吹散月邊雲，照見負心人。」、「淚眼問花花不語，亂紅飛過鞦韆去。」在這些詩詞中，鴉、月、花等自然景物引起詩人之情，並與情化為一片，構成詩味濃郁的「興境」，含蓄蘊藉，耐人玩味。「比境」的創作是因情生景，即先有情，再根據情感表達的「內在原則」，去「索物托情」。這個「物」並非現場之物，而是積澱在詩人內心世界之物，即「意象」。所以，「情」與「物」的關係，是一種單向選擇、一廂情願的關係，而「情」是主動的，「物」是被動的。兩者之間可以默契欣合，也可以南轅北轍，全看詩人的藝術功力了。但是，「興境」卻不同了。它是產生在「觸物起情」的那一瞬間，「物」與「情」如電光石火，一「觸」即發，不需要誰選擇誰，就很合適。如曹植的《七步詩》，就是這樣一首興境隱微的詩。因此，「興境」中的「物」與「情」的關係，是同時在場、雙向互動、一見如故的關係，所以結合得天衣無縫，無隙可鑽，新鮮動人。

總之，「賦境」直，「比境」顯，「興境」隱。歷來談「賦境」，或曰直鋪，或曰直陳，或曰直述，或曰直書，或曰直言，均點出「直」的特點。至於「比境」與「興境」，劉勰《文心雕龍》〈比興〉云「比顯而興隱」，一錘定音，又點出了兩者的特點。這些特點既表現在情與

物感興和表達的層面上，又表現在美感的層面上。這只是區別，也有共同的地方，就是三境的構成都離不開情與物的交融。正是在這一點上，也有兩種境相合構成一個「兼境」的。所謂「兼境」，就是一個「意境」具有或「賦」或「比」、或「賦」或「興」、或「比」或「興」等，兩者兼之的特性。吳沆《環溪詩話》云：「又如秦少游詩云『此客念家渾不睡，荒山一夜雨吹風』，此直說客中而有思家之情，乃賦中之興也。……至如『誰言南海無霜雪，試向愁人兩鬢斑』，此以愁人頭白比霜雪，而發思家之情，比中興也。」前者可稱「賦興境」，後者可稱「比興境」，都是「兼境」。

此外，在詩歌意境中，還有「象徵意境」、「變形意境」和「朦朧意境」。[76]所謂「象徵意境」，就是用象徵手法所創造的藝術意境。它是將「人」的意寄寓到「非人」的境中，使意境的空間層次感和立體感增強。比如「興觀群怨，皆一一委之於草木鳥獸」的〈碩鼠〉，又如「虯龍鸞鳳，以托君子；飄風雲霓，以為小人」的《離騷》，就是「象徵意境」的傑作。

所謂「變形意境」，就是用變形手法所創造的藝術意境。它是使詩更成為詩的一條途徑。其實，形變境變乃是詩人意變情變的結果。所謂「意之所至，無不可也」；「心之營構，則情之變易為之也」（章學誠《文史通義》〈易教下〉），正是指此而言。諸如「野曠天低樹，江清月近人」，這是錯覺變形意境；「間關鶯語花底滑，幽咽泉流冰下難」，這是通感變形意境；「南風知我意，吹夢到西洲」，「狂風吹我心，西掛咸

76　參見拙文《「詩言志」的歷史魅力與當代意義》，《社會科學戰線》1991年第2期。

陽樹」，這是聯想變形意境；「香稻啄余鸚鵡粒[77]，碧梧棲老鳳凰枝」，
這是語言變形意境；「山歌纏在鞭桿上，馬車送來一個秋」，這是具象
變形意境，等等。變形意境，是一種超常性的審美意境，王國維將這
叫作「詩人之境」。它使詩味更濃，濃得滴滴流淌；又使詩句微妙，微
妙得句句攝魂。但也不能走向極端。劉熙載《詩概》云：「詩中固須得
微妙語，然語語微妙，便不微妙。須是一路坦易中，忽然觸著，乃足
令人神遠。」

　　所謂「朦朧意境」，就是用朦朧手法所創造的藝術意境，也叫「含
糊意境」。它猶如戴面紗的美女，或如雲中之龍、水中之月和雪中之
梅，更為人喜愛。詩人對事物的感受和體驗，並不都是清晰的，還有
朦朧的。作為詩的意境，明朗有明朗之美，朦朧也有朦朧之美。謝榛
說：「作詩妙在含糊。」湯顯祖也說：「詩以若有若無為美。」（《如蘭
一集序》）這種意境的產生，是詩人「幽渺以為理，想像以為事，惝恍
以為情」的結果。比如杜甫的「月傍九霄多」的詩句，是月多乎？九
霄多乎？還是月照之境多乎？又如「晨鐘云外濕」詩句，是鐘濕乎？
鐘聲濕乎？還是「云外之物濕乎」？（葉燮《原詩》）這種「意境」在
當代朦朧詩人那裡更是舉不勝舉。欣賞這樣的詩，令人有「如朝行遠
望，青山佳色，隱然可愛，其煙霞變幻，難於名狀」（《四溟詩話》）
的美感。

　　三、讀者意境

77　一作「紅豆啄余鸚鵡粒」。關於所引這兩句詩，胡適先生以為不合文法，葉嘉瑩先生
　　認為是語句倒裝。我在1987年發表的《試論詩詞的語句結構》（見《延安大學學報》
　　第2期），對此有詳細的論述。認為，詩人為了突出「香稻」、「碧梧」，先倒裝，後倒
　　插，製作了一個「偏正包孕句」。近來，又看到賴春泉先生和余福智先生，分別在廣
　　州《詩詞報》第271期、第274期發文討論，余先生認為是主題句。

　　中國人以「五官並用」的方法，創造了漢字，創造了詩，也創造了讀者意境。草木鳥獸，社會人事，「觸於目，入於耳，會於心，宣之於口，而為言，惟詩則然」（葉燮《赤霞樓詩集序》）。這是談詩歌意境的創造。[78]詩人把「心中意境」用「言」的形式外化出來，「一朝綜文，千年凝錦」（《文心雕龍》〈才略〉），便成為一個永恆的藝術存在。它須面對世世代代各種各樣的讀者，化身千億，在每個讀者的心裡都映顯出一片意境來。袁枚《隨園詩話》云：「其言動心，其色奪目，其味適口，其音悅耳，便是佳詩。」就是說，詩是用文字為材料所創造的一尊紙上雕塑藝術品，讀者只有調動起自己的五官與心靈，對其進行左觀右聞、前味後思的「圓照」，由目而得「色意境」，以求悅目；於耳而得「音意境」，以求悅耳；以口而得「味意境」，以求悅口；因心而得「情意境」，以求悅心。此外，蒲松齡《聊齋誌異》〈司文郎〉說，有一個瞎眼和尚，能以鼻觀文，可分優劣。這是編故事，並寓有諷刺之意。但在蒲氏之前，錢謙益就提出了「以鼻嗅詩」的方法，而得「香意境」，以求悅鼻。朱光潛先生又另創了一種鑑賞方法。他說，對於詩文的聲音節奏的審美，「耳朵固然要緊，但是還不如周身筋肉。我讀音調鏗鏘、節奏流暢的文章，周身筋肉彷彿作同樣有節奏的運動；緊張，或是舒緩，都產生出極愉快的感覺。……我自己在作文時，如果碰上興會，筋肉方面也彷彿在奏樂，在跑馬，在盪舟，想停也停不住」[79]。這種詩的節奏，是一種內在的節奏，生命的節奏，因而要用周身筋肉的每一個神經細胞來感受，所得便是「節奏意境」，以求悅體。

78　李夢陽《梅月先生詩序》也云：「梅月者，遇乎月者也，遇乎月則見之目怡，聆之耳悅，嗅之鼻安，口之為吟，手之為詩。」可見一詩之成，五官齊動，五感融會，乃為詩歌之意境。

79　朱光潛：《談美・談文學》，第195-196頁。

其實，這是「詩」與「舞」的關係。《毛詩序》對此早有經典的論述。
由是可見，讀者主體的眼、耳、鼻、口、體、心都能觀詩，都能得到
各自不同層面的意境。但事實上，人的五官同處於一個腦袋，同受轄
於一個心靈，其神經的末梢細節又同網絡交會於一個人體，因而也彼
此難以分得你清我白的。所以，錢鍾書先生說：「在日常經驗裡，視
覺、聽覺、觸覺、嗅覺、味覺往往可以彼此打通或交通，眼、耳、
舌、鼻、身各個官能的領域可以不分界限。」[80]在詩歌的欣賞中，眼、
耳、舌、鼻、身與心彼此溝通，互相協作，所得之意境，便是「通感
意境」。諸如晏幾道《臨江仙》：「風吹梅蕊鬧，雨細杏花香。」李世熊
《劍浦陸發次林守一》：「月涼夢破雞聲白，楓霽煙醒鳥話紅。」嚴遂成
《滿城道中》：「風隨柳轉聲皆綠，麥受塵欺色易黃。」前為春境，次為
晨境，後為夏境，均是由各種「意象」和各種感覺構成的「通感意境」。

　　讀者所面對的詩歌意境，是由字象符號在紙面上排列構成的。它
是詩人情感的雕塑，也是詩人所處的時代生活與自然景物的留影。所
以，讀者欣賞詩歌意境時，就是「披文入情」，與詩人對話，與詩的時
代生活和自然景物的意象對話。既然是對話，就得有共同的話題，這
便是詩歌意境。在欣賞中，讀者不僅進入到詩歌意境裡，而且還「知
人論世」，窺見詩人眼中和心中的意境，從而達到深層的對話和共鳴。
從這個角度來看讀者意境，主要有「同情意境」、「同象意境」和「同
境意境」三種類型。

　　所謂「同情意境」，就是讀者之情與詩情並進而與詩人之情發生同
鳴共振，於是在讀者心中和鑑賞文章中所形成的「意境」。構成這種
「意境」的心理基礎是共同的人性。不論詩人是古代人，還是與讀者是

80　錢鍾書：《舊文四篇》，上海古籍出版社1979年版，第52頁。

同代人；也不論詩人是外國人，還是與讀者是同國人；他們都是人，有共同的生理和心理特點，即共同的人性。這是讀者與詩歌和與詩人進行溝通和對話的一個重要的前提。從創作看，詩人寫詩，既是抒發一己之情，同時也是抒發全人類的感情。用孔穎達的話說，是「詩人覽一國之意，以為己心；……總天下之心、四方風俗，以為己意」(《毛詩序正義》)。用王國維的話說，是「若夫真正之大詩人，則又以人類之感情為其一己之感情」[81]。從欣賞的角度看，讀者讀詩，既是滿足一己之情，同時也是滿足全人類的感情。李夢陽說：「夫天下百慮而一致，故人不必同，同於心；言不必同，同於情。……至其情則無不同也，何也？出諸心者一也。故曰：『詩可以觀』。」[82]方玉潤《詩經原始》〈凡例〉說，讀詩時須「以振讀者之精神，使與古人之精神合而為一焉耳」。朱東潤先生也說：「讀《詩》者必先盡置諸家之詩說，而深求乎古代詩人之情性，然後乃能知古人之詩，此則所謂詩心也。」[83]這樣，讀者所得之意境，就是「同情意境」。

所謂「同象意境」，就是讀者心中的「意象」與詩的「意象」並進而與詩人心中的「意象」同形同構，於是在讀者心中和鑑賞文章中所形成的「意境」。構成這種「意境」的心理基礎是「意象」的歷史積澱。「意境」的本質是人與自然的審美統一。所以，構成「意境」的「意象」大多是自然意象。錢穆先生說：「三千年來之中國文學，無不涉及鳥獸草木。」[84]諸如《詩經》的草木鳥獸，楚辭的香草雲霓，漢樂府的魚水花鳥，魏晉詩的山水田園，唐詩宋詞的風花雪月等。三千年來，自然

81　胡經之主編：《中國古典美學叢編》下冊，第695頁。

82　胡經之主編：《中國古典美學叢編》下編，第628頁。

83　朱東潤：《詩三百篇探故》，第104頁。

84　錢穆：《現代中國學術論衡》，第132頁。

意像在詩的創作、欣賞和傳播的文化氛圍中，得到了深厚的積澱。諸如明月、夕陽、白雲、黃昏、殘照、春、秋、雁、鶴、雀、燕、杜鵑、鴉、鴛鴦、鸚鵡、鳳凰、孔雀、龍、麟、龜、魚、流水、柳、桃花、桂花、菊花、荷花、蘭花、梅花、松、竹、落花、猿啼、雨、霜等等。每一個自然意象都具有悠遠的歷史和豐厚的積澱，甚至成為一個個內涵相對穩定的詩化的符號。詩人寫詩和讀者讀詩所賦予這些「意象」的意義基本上是一致的。此外，還有代字型的自然意象，諸如「桂華」代月光，「紅雨」、「劉郎」代桃，「章台」、「灞岸」代柳，「玉龍」代劍，等等；和典故型自然意象，諸如玉兔、月老、風月、雲雨、瑤台、巫山、蓬萊、黃泉、桃李、神鴉、青鳥、野鶴、鴻鵠、青雲、閑云、紅豆、桃源、柳營、梅妻、濠魚、蓮步等等。這些自然意象也是由歷史積澱形成的。這些意象語言通過縱向和橫向的積澱，便構成了中國古典詩歌百花盛開的「意境」美的世界。

因為，詩人與讀者生活在一個共同的文化傳統之下，有著共同的文化心理趨向。所以，只要他不是一位「零度的讀者」，即具有欣賞詩歌的基本知識，那麼，當他面對詩歌意境時，就會由詩的意象語言引發他心中的意象積累，即其他詩歌中與此相類似的意象都一齊湧上心頭，出現了「萬象競萌」的審美心理現象。這時，便由這首詩的一個意象迭映出無數個意象，由此增強了詩歌意境的寬度、深度和美感。葉維廉先生對這種讀者意境作了精彩的描述。他說：「打開一本書，接觸一篇文，其他書的另一些篇章，古代的、近代的、甚至異國的，都同時被打開，同時呈現在腦海裡，在那裡顫然欲語。一個聲音從黑字白紙間躍出，向我們說話，其他的聲音，或遠遠地迴響，或細語提醒，或高聲抗議，或由應和而向更廣的空間伸張，或重疊而劇變，像一個龐大的交響樂隊，在我們肉耳無法聽見的演奏裡，交匯成洶湧而

綿密的音樂。」因此,「我們讀的不是一首詩,而是許多詩或聲音的合奏與交響」。[85]

　　西方美學家富蘭克林‧福爾索姆也有過精彩的論述。他認為,每個意象就是一個神祕的盒子。一旦這個意象進入欣賞活動,就好像打開了盒子蓋。如「狗」這個意象,盒蓋打開後,就會從裡邊跑出各種各樣的狗來,白狗,花狗,褐色狗,北方狗,甚至俄國牧羊狗,墨西哥狗……這些「狗多極了,房間已容不下,擠滿院子,但它們都出自一個小盒——來自『狗』這個詞」。[86]這種「秘響旁通,伏采潛發」(《文心雕龍》〈隱秀〉)的審美意境,就是「同象意境」。

　　所謂「同境意境」,就是讀者或有著與詩人相同的境遇,或處於與詩人相同的環境,或面對與詩人所見相同的自然景物,或設身處地、一心投入到詩人所創造的意境中去,於是在讀者心中和鑑賞文章中所形成的與詩人意境和詩歌意境相同的審美意境。構成這種意境的心理基礎是人類共同的生存環境和共同的命運。「江畔何人初見月?江月何年初照人?人生代代無窮已,江月年年只相似。」如果把「江月」看作人類的生存環境,一代代望月之人都成為歷史的過客,相對而言「江月」卻年年相似,成為一個永恆的存在。這是《詩經》〈月出〉「月出皎兮,佼人僚兮」之月;也是屈原《天問》「夜光何德,死則又育」所問之月;這是張若虛所悟之月,這是李白所詠之月,這也是歷代讀者所見之月。人人心中有了這一輪明月,再去讀詠月詩,便會產生「同境意境」。諸如春夏秋冬,風花雪月,山水鳥魚等,正如李漁《閑情偶寄》所云「景乃眾人之景」,讀者「每遇遊山、玩水、賞月、觀花等

85　葉維廉:《中國詩學》,第65、70頁。

86　富蘭克林‧福爾索姆:《語言的故事》,山東大學出版社1985年版,第163-164頁。

曲」，就容易產生「同境意境」。周紫芝《竹坡詩話》云：

> 余頃年游蔣山，夜上寶公塔，時天已昏黑，而月猶未出，前臨大
> 江，下視佛屋崢嶸，時聞風鈴，鏗然有聲。忽記杜少陵詩：「夜深殿突
> 兀，風動金琅璫。」恍然如己語也。又嘗獨行山谷間，古木夾道交陰，
> 惟聞子規相應木間，乃知「兩邊山木合，終日子規啼」之為佳句也。
> 又署中瀕溪，與客納涼，時夕陽在山，蟬聲滿樹，觀二人洗馬於溪
> 中。曰：此少陵所謂「晚涼看洗馬，森木亂鳴蟬」者也，此詩平日誦
> 之，不見其工，惟當所見處，乃始知其為妙。

另外，這人有古人今人，達官百姓，但人的生活卻有規律性：衣
食住行，男耕女織，生老病死，悲歡離合；或春風得意，或懷才不
遇，或浪跡天涯，或英雄失路，所以人類的命運也有相似之處。當讀
者的命運與詩人的命運相同時，讀其詩就能產生「同境意境」。如李開
先《悼內同情集序》所云：

> 往讀喪內志文，雖其甚痛切者，此心亦不為動，以未嘗歷其苦
> 也。及予妻張宜人亡後，復讀其文，則垂涕不能已。均一鄰笛也，惟
> 懷鄉之心獨感焉；均一秋雨也，惟愁人之耳偏入焉。

還有劉向《說苑》中所載的「孟嘗君欣賞雍門周琴曲而悲」的故
事，也是一個有趣的例證。至於那些與詩人既無相同的生存環境，又
無相同的命運的讀者，欣賞詩歌意境時，只要如金聖歎所說的那樣，
「須將自己眼光直射千百年上，與當日古人捉筆一剎那頃精神融成水

乳」[87]，即設身處地地進入到詩人的情境中去時，才能得到「同境意境」的美感享受。

　　「讀者意境」產生於讀者與詩歌意境的審美關係之中。在這個關係中，「詩歌意境」是個恆量，而「讀者」卻是個變量。如張若虛的《春江花月夜》這首詩，唐代的讀者看是這首詩，宋代的讀者看是這首詩；今天的讀者看是這首詩，後世的讀者看還是這首詩。這一點是永遠也不會變了。作為一個藝術的客觀存在，它為面對著它的所有讀者規定了一個共同的美的情境，這便是它的詩歌意境，即由二百五十二個字象符號所雕鑄成的心靈的雕塑，這只是一個「死」東西。它還須到讀者的心靈世界裡去「復活」，即顯現為一種水靈靈活生生的「讀者意境」。因為，每個讀者都有一個只屬於他自己的心靈世界，所以，這首詩的意境進入到每個讀者的心靈世界之後，或者染上讀者的情感色彩，或者按照讀者的想像變形。因而，「讀者意境」並不等於詩歌意境，它是由詩歌意境在讀者心中所化出的一幅幅新的生命圖畫。盛於斯《〈牡丹亭〉後跋》云：「小青詩：『冷雨幽窗不可聽，挑燈閒看牡丹亭，人間亦有痴於我，不獨傷心是小青。』千古有百千小青，千古無兩麗娘。」確實如此，在戲曲意境裡沒有第二個麗娘，但在觀者和讀者的意境中，卻百千個小青就有百千個麗娘。從這個角度看，在「讀者意境」中，除了三類「同境」外，還有三類「異境」，即「異情意境」、「異識意境」和「異境意境」。

　　所謂「異情意境」，就是讀者帶著與詩情和詩人之情不同的情感去讀詩時所形成的「意境」。人悲哀時，讀意境歡愉之詩詞，所得則是悲境；人喜悅時，讀意境淒婉之詩詞，所得則是喜境。喜者可悲，悲者

87　《金聖歎選批杜詩》，成都古籍書店1983年版，第112頁。

可喜，全由讀者的心境所致。也就是說，詩歌意境進入讀者的心靈世界之後，由於讀者感情色彩的渲染而變了色，而成為一種新的意境。如張若虛《春江花月夜》這首詩，閨中之人讀之，是一片傷春之境；天涯遊子讀之，是一片思鄉之境；哲人讀之，是人生苦短之境；文人讀之，是清麗芊綿之境；淺人讀之，是月境；深人讀之，是愁境；不一而足。對此古人論之較多。《淮南子》〈齊俗訓〉云：「夫載哀者，聞歌聲而泣；載樂者，見哭者而笑。哀可樂者，笑可哀者，載使然也。」嵇康《琴賦》說，同一琴曲，懷戚者聞之，莫不愀愴傷心；康樂者聞之，則叩愉歡釋；和平者聞之，則怡虛淡靜。梁啟超《自由書》〈惟心〉也說，同一詩境，「憂者見之謂之憂，樂者見之謂之樂」。「境則一也，樂之，憂之，驚之，喜之，全在人心。」

所謂「異識意境」，就是讀者帶著自己與眾不同的心理結構觀照詩境時所形成的意境。每個讀者的生理──心理結構都不盡相同，這是由不同的性格、習慣、興趣、閱歷和知識等構成的。劉勰《文心雕龍》認為，從讀者主體來看，「才有庸俊」，「學有淺深」（〈體性〉篇），「性各異稟」（〈才略〉篇），「知多偏好」（〈知音〉篇），由是形成了與眾不同的審美心理結構。以這樣的審美心理結構去觀照詩境時，則「隨性適分，鮮能通圓」（〈明詩〉篇），形成各自不同的讀者意境。如面對同一曲音樂意境，則「慷慨者逆聲而擊節，醞藉者見密而高蹈，浮慧者觀綺而躍心，愛奇者聞詭而驚聽」（〈知音〉篇）；面對同一首《離騷》意境，「才高者菀其鴻裁，中巧者獵其豔辭，吟諷者銜其山川，童蒙者拾其香草」（〈辨騷〉篇）。薛雪《一瓢詩話》也說，解讀杜詩者不下數百家，而「兵家讀之為兵，道家讀之為道，治天下國家者讀之為政」。梁啟超《自由書》〈惟心〉說得更為精湛，同一詩境，「有百人於此同受其感觸，而其心境所現者百焉；千人同受此感觸，而其心境所現者

千焉；億萬人乃至無量數人同受此感觸，而其心境所現者億萬焉，乃至無量數焉」。這話說得雖有些過頭，但對我們認識「異識意境」卻有很大的啟發。

　　所謂「異境意境」，就是指不同歷史環境、地理環境、社會環境和文化環境中的讀者，共同面對一首詩境時所形成的各自心目中的「意境」。每個讀者都有各自具體的生存環境。這些生存環境的不斷內化，即形成了各自獨特的審美心理結構，即由個體心理和集體心理融匯而成的審美心理結構。「可堪孤館閉春寒，杜鵑聲裡斜陽暮。」為什麼聽到杜鵑聲而有孤寒的傷感呢？「忽見陌頭楊柳色，悔教夫婿覓封侯。」又為什麼看見楊柳色而有悔意呢？「杜鵑啼血」的思歸意象，和「折柳相別」的傷別意象，是為古代的讀者所熟悉的，而今天的讀者卻很陌生。所以，古今讀者欣賞這些詩境時，便會產生不同的讀者意境。這是由歷史環境的不同所形成的。「平沙莽莽黃入天」，「隨風滿地石亂走」，大西北的讀者感到這些詩境親切自然，歷歷如畫；而南方的讀者對此詩境只能望文生義、終隔一層。同樣，「日出江花紅勝火，春來江水綠如藍」，南方的讀者感到這些詩境親切自然，歷歷如畫；而大西北的讀者卻對此詩境只能望文生義、終隔一層。這是由地理環境的不同所形成的。「玉顏不及寒鴉色，猶帶昭陽日影來」，「綠衣監使守宮門，一閉上陽多少春」，生活在帝制之下的古代讀者，對這些詩境並不陌生；而今天生活在社會主義制度下的讀者，對這些詩境卻感到陌生。這是由社會環境的不同所形成的。「莫道不銷魂，簾卷西風，人比黃花瘦」，「何處合成愁？離人心上秋。縱芭蕉不雨也颼颼」，面對這些詞境，具有悲秋文化傳統的中國讀者和漢文化圈以外的西方讀者，在其心中所形成的意境是不同的。這是由文化環境的不同所形成的。這些都是異境中讀者的「異境意境」。如秦觀的《踏莎行》一詞。蘇東坡多

次被貶，所以很欣賞「郴江幸自繞郴山，為誰流下瀟湘去」。秦觀死後，他將這兩句詞自書於扇，並非常沉痛地說：「少游已矣，雖萬人何贖！」（《冷齋夜話》）但是，作為封建帝制遺老的王國維，當時已感受到大清朝氣息奄奄，臨亡不遠了，滿目淒涼，故以為「可堪孤館閉春寒，杜鵑聲裡斜陽暮」兩句很美。因為這「淒厲」的意境與他淒涼的心境吻合了。所以，他說：「東坡賞其後二語，猶為皮相。」（《人間詞話》）蘇東坡和王國維處於不同的歷史環境之中，故所得「意境」便是異境中的「異境意境」。也有同境中的「異境意境」。歐陽修比黃庭堅大38歲，但都生活在北宋的歷史環境之中。兩人同賞林逋的詠梅詩，歐陽修認為「疏影橫斜水清淺，暗香浮動月黃昏」一聯佳，黃庭堅卻認為「雪後園林才半樹，水邊籬落忽橫枝」一聯佳，並說：「不知文忠公何緣棄此而賞彼。文章大概亦如女色，好惡止繫於人。」（《書林和靖詩》）這話說得很對，異境的產生並不取決於詩境本身，而是取決於觀詩之「人」。

因此，「讀者意境」也是由觀詩之「人」，根據自己的「好惡」觀即審美觀念創造所得。它是屬於讀者本人的。金聖歎對此有很好的論述。他說：「聖歎批《西廂記》，是聖歎文字，不是《西廂記》文字；天下萬世錦繡才子讀聖歎所批《西廂記》，是天下萬世才子文字，不是聖歎文字。」所以，他得出結論說：「《西廂記》不是姓王、字實父此一人所造，但自平心斂氣讀之，便是我適來自造。」[88]這種觀點如晴天霹靂，在三百多年前的學壇上炸響，當時西方的美學家們卻連此都未夢見，儘管在三百年後他們創立了接受美學。朱光潛先生也認為：「欣賞一首詩就是再造一首詩。每次再造時，都要憑當時當境的整個的情

88　《金聖歎批本西廂記》，第21-22頁。

趣和經驗做基礎。所以，每時每境所再造的都必定是一首新鮮的詩。」
「一首詩的生命不是作者一個人所能維持住，也要讀者幫忙才行。讀者
的想像和情感是生生不息的，一首詩的生命也就是生生不息的。」因
此，「情景契合的意境，時時刻刻都在『創化』中。創造永不會是復
演，欣賞也永不會是復演。真正的詩的境界是無限的，永遠新鮮
的」。[89]比如杜甫的詩歌意境，你二十歲讀它是一種意境，四十歲讀它
是另一種意境，到八十歲時再去讀它是又一種意境。甚至春天讀它是
一種意境，秋天讀它是一種意境；喜時讀它是一種意境，悲時讀它是
一種意境；得意時讀它是一種意境，失意時讀它是一種意境；等等。

　　當然，並不是每一位讀者都有如此豐富的意境「創化」能力。對
於那些目不識丁的所謂「零度的讀者」，他一輩子也進入不了詩歌意
境。即使你識字了，也很難説能夠進去。如前所論，詩歌意境是由音
像符號、字象符號、形象符號、色象符號、義象符號和意象符號所構
成的瑤台仙閣，即一個立體的、空靈的和全美的審美世界。古時候曾
流行過一種觀點，認為只有詩人才能進入詩歌的意境世界。這好像有
點苛刻。其實讓我看，這種觀點不僅是對的，而且還苛刻得不夠。古
人認為，詩中有畫，詩中有樂。今人葉維廉先生認為，詩中還有雕
塑，有電影。[90]因此，詩成了一種囊括群藝的「超綜合藝術」。那麼，
詩歌意境又是由詩意境、文意境、詞意境、曲意境、賦意境、樂意
境、畫意境、雕塑意境和電影意境綜合融匯而成的審美世界。這個審
美世界，猶如蓬萊瑤台之上的一座富麗堂皇的古典建築。它有不同的
審美層次。有的讀者只能遙遙相望，有的讀者只能摸到牆根，有的讀

89　參見《詩論》第52-53頁，《談美・談文學》第70頁。

90　葉維廉：《中國詩學》，第167頁。

者能進門，有的讀者可繞廊，只有文化修養和藝術修養比較全面的讀者，才能登堂入室，窺視詩境的奧秘。

　　所以，古人很重視讀者的文化和藝術修養。劉勰認為，讀者要博學多識，成為「獨照」和「圓照」之人；金聖歎認為，讀者要修練足力、目力和心力，成為具有「別才」、「別眼」之人[91]。王楙《野客叢書》說：「不行一萬里，不讀萬卷書，不可看老杜詩也。」如讀一首詩，不僅要動用此時此刻的目力、心力，還要動用往日所積累下來的目力、心力，用金聖歎的話說，便是「將罄若干日之足力、目力、心力而於以從事」[92]，才能創化出全美的讀者意境來。如《紅樓夢》第二十三回林黛玉欣賞《牡丹亭》戲文時，寫道：

　　再聽時，恰唱到：「只為你如花美眷，似水流年……」黛玉聽了這兩句，不覺心動神搖。又聽道：「你在幽閨自憐……」等句，越發如醉如痴，站立不住，便一蹲身坐在一塊山子石上，細嚼「如花美眷，似水流年」八個字的滋味。忽又想起前日見古人詩中，有「水流花謝兩無情」之句；再詞中又有「流水落花春去也，天上人間」之句；又兼方才所見《西廂記》中「花落水流紅，閒愁萬種」之句：都一時想起來，湊聚在一處。仔細忖度，不覺心痛神馳，眼中落淚。

　　這是對讀者意境形成過程的精彩描寫，抵得上一篇美學論文。審美信息由聽覺進入，比境中的「花」、「水」意象，引發了林黛玉心中「落花」意象和「流水」意象的積累。隨著一道心靈的閃光，一串串意

91　《金聖歎批本西廂記》，第107頁。
92　《金聖歎批本西廂記》，第107頁。

象或杳然，或曩然，或豁然，紛紛飄來：往日的，前日的，方才的；詩中的，詞中的，戲曲中的；聽到的，看到的，想到的；或聲，或象，或味；或心動，或陶醉，或落淚。此刻，在黛玉的心靈世界裡，意象與意象交遊，心靈與心靈對話，情感與情感融匯，這一切都結合著黛玉自己的身世命運，沿著黛玉的情感主旋律，即「心動神搖」→「如醉如痴」→「心痛神馳」→「眼中落淚」，湊聚和交響，形成了豐富多彩的審美意境，即一個融化了古典才女不幸命運的「生命靈境」。這就是讀者意境。

　　黛玉畢竟是大觀園中的才女，博學多識，不僅是優秀的詩人，而且是「理想的讀者」。世上這樣的讀者不多。徐增《而庵詩話》云：「今人好論唐詩，論得著者幾個？譬如人立於山之中間，山頂上是一種境界，山腳下又是一種境界，此三種境界各各不同。中間境界人論上境界人之詩，或有影子；至若最下境界人而論最上境界人之詩，直未夢見也。」可見，讀者有一種見識，就有一種意境；見識高，則意境高；見識低，則意境低。所以，讀者有不同的層次，讀者意境也有不同的層次。同一首詩境，在雅人眼底是陽春白雪，在俗子心頭卻成了下里巴人。因此，要加強讀者的文化修養和審美修養。

　　綜上所述，詩人意境的外化，便是詩歌意境；詩歌意境的復活和創化，便是讀者意境。詩歌意境，是詩人意境的攝影和定型；讀者意境，又是詩人意境的還原和創化。在這個藝術意境創造活動的「三段論」中，兩頭是「人」，中間是「物」（即詩）。所以，詩歌意境是中介，是核心。它一頭連著詩人意境，一頭連著讀者意境。詩人意境和讀者意境是虛的，動的，活的，即是過去式和將來式的生命靈境。它是內容豐富的，也是極不穩定的。詩歌意境是實的，靜的，死的，即

是現在式的符號意境。它的內容雖是凝定了的，但每個意象都是裝有億萬藝術精靈的魔盒。一旦盒蓋開啟，就會召喚出無數異彩紛呈的意境世界。詩人意境是表現層的意境，詩歌意境是文本層的意境，讀者意境則是接受層的意境，三者可以統一，故「詩可以觀」；三者也可以不統一，故「詩可以興」。詩歌意境是詩人意境的藝術顯現，讀者意境是詩歌意境的審美彰顯。詩人意境到詩歌意境已經完成了；但詩歌意境到讀者意境卻永遠沒有完成。讀者每欣賞它一次，它就彰顯一次；欣賞它十次百次，它就彰顯十次百次，而且每次都不會一樣。讀者甲面對它，它就在讀者甲心中彰顯；讀者乙面對它，它就在讀者乙心中彰顯。一百個讀者面對它，它就在一百個讀者心中彰顯；一千個讀者面對它，它就在一千個讀者心中彰顯，而且在每個讀者心中的彰顯都不會一樣。所以，藝術意境生生不息，這是藝術魅力無窮的奧秘所在。

總之，從詩學角度看，詩人意境、詩歌意境和讀者意境三者一起交融滲透，便是「意境」的全部內涵。

第四節　「意境」內涵的美學闡釋

宗白華先生說，藝術意境主於美。這是說，美是藝術意境的靈魂。「意境」，作為中國美學的核心範疇，我們從美學角度闡釋其內涵，就更能切入它的「本體」。

我們認為，人與自然的審美統一，是「意境」的審美本質，也是「意境」的美學內涵之一。

中國人對自然的審美有著悠遠而優秀的傳統。那繪製在原始陶器上的「人面含魚」圖，便是最早地宣佈了人與自然審美統一的信息。它省略了人體的其他部分，而只取能夠代表人類本質的「人面」；它也

省略了魚的眼睛、口、鱗、鰭、尾等部分，而只取其體徵輪廓；然後由人面與魚體構成一個「半人半魚」的意境。這是一幅由具象和抽象結合的圖畫，即人面有寫實的傾向，而魚則畫得很概括，僅僅以線條構成三角形，背腹皆畫有刺狀。這可能是一種鯪魚。《初學記》卷三十云：「鯪魚背腹皆有刺，如三角菱。」這種人魚合構的圖形，可能與關於「人魚」的神話傳說有關。《山海經》卷十二云：「陵魚，人面，手足，魚身，在海中。」該書關於人魚的記載有7處。陵魚，即鯪魚，又即人魚，後來演化為美人魚。《洽聞記》云：「海人魚，狀如人，眉目口鼻手爪，皆為美麗女子。」可見「人面含魚」圖裡隱含著一個原始的神話傳說。但是，這個圖並不是對「人魚」神話的照搬。因為它是由一個人面和三條魚體構成，與「人魚」神話不符，顯然是一種新的創造。所以，從取材看，它典型化了；從構圖看，它幾何化了。而且，黑與白、虛與實、變形與誇張，以及人與魚，構成了一個完美的意境。就是説，人們儘管可以對這個圖形作這樣或那樣的闡釋，但是，並不能忽視隱含於其中的意境意識和審美意識。「美人魚」的出現就是一個明證。

在「美人魚」的古老傳説中，隱含著「魚人為美」的原始觀念。這個觀念，我們從「美」字符號本身便能得到證明。《説文解字》云：「美，甘也，從羊從大。」徐鉉注云：「羊大則美，故從大。」我們前邊説過，「大」是「人」的正面形象，故「大」即「人」。所以，「羊大則美」即是「羊人則美」。李澤厚等人認為，「美的原來含義是冠戴羊形或羊頭裝飾的大人（「大」是正面而立的人，這裡指進行圖騰扮演、圖騰樂舞、圖騰巫術的祭司或酋長）。……他執掌種種巫術儀式，把羊頭或羊角戴在頭上以顯示其神祕和權威。……美字就是這種動物扮演或

圖騰巫術在文字上的表現」[93]。「魚」、「羊」泛指一切非人的自然物。那麼，我們從這兩個例子中，可以提取出一個原始的美學觀念，即以人與自然合一為美。這個觀念，用莊子的話表述，是「萬物與我為一」；用荀子的話表述，是「天人合一」。這個觀點，是符合美學基本原理的。青山綠水，幽境古梅，作為自然物，是客觀的存在。它固然很美，但這「美」只是一種潛在的價值。它只有與人構成審美關係時，它才成為真正的審美對象，也才能真正實現它美的價值。所以，離開了人的審美，自然物就無所謂美與不美了。這一點，葉燮論述得很精到。他說：「且天地之生是山水也，其幽遠奇險，天地亦不能一一自剖其妙，自有此人之耳目手足一歷之，而山水之妙始洩。」（《原詩》〈外篇〉）因此，他得出這樣的結論：「凡物之美者，盈天地間皆是也，然必待人之神明才慧而見。」（《集唐詩序》）

應該說，中國人從「人面含魚」圖開始，就拉開了人與自然審美統一的序幕。在人類社會的早期，人與自然的審美統一的原始形式是：取人體的一部分，再取自然物即大多為動物的一部分，然後再根據主體「內在的原則」，將兩者合成一個東西。諸如中國古代神話中的「人面魚身」、「人面鳥身」、「人面蛇身」、「人面獸身」等，或者如「鳥首人身」、「牛頭人身」、「馬頭人身」、「獸頭人身」等。[94]進入文明社會後，這種原始的怪異性和神祕性逐漸地退去了，「人」的形體從這種原始圖式裡隱去了，而代之以「心」。因此，人與自然的審美統一形式，

93　這個觀點最早由蕭兵在《楚辭審美觀瑣記》一文中提出。李澤厚、劉綱紀主編的《中國美學史》第1卷（中國社會科學出版社1984年版）第80-81頁對此作了詳細的論述。

94　這種現象在《水滸傳》108將的綽號和當今廣大農村的人名中仍有遺留。如「虎娃」，是「虎」與「人」合一為名。類似的人名還很多，且男性多以動物命名，女性多以植物命名。

便成為「心」與「物」的審美統一。這一點，從《詩經》中便看得很明白。如《詩經》〈雄雉〉：「瞻彼日月，悠悠我思。」朱熹《詩集傳》釋云：「賦也。悠悠，思之長也。見日月之往來，而思其君子從役之久也。」人之心思與日月之象審美統一，便構成一片月下懷人的詩境。又如《詩經》〈月出〉：「月出皎兮，佼人僚兮，舒窈糾兮，勞心悄兮。」朱熹《詩集傳》釋云：「皎，月光也。佼人，美人也。糾，愁結也。悄，憂也。」這又是一幅充滿憂愁之情的月下懷人的詩境。方玉潤《詩經原始》釋云：「而一種幽思牢愁之意，固結莫解。情念雖深，心非淫蕩。且從男意虛想，活現出一月下美人。」月光，美人，憂愁之情，構成一片冷豔淒麗的詩美意境。《尚書》〈堯典〉云：「詩言志。」孔子說，《詩》有「鳥獸草木之名」。詩人之「志」與「鳥獸草木」的審美統一，便是詩的意境。所以，潘德輿《養一齋詩話》認為，在《詩》三百篇裡，已經產生了「意境」。

　　由於漢代經學家們的胸中只裝有一副儒家「詩教」的肝腸，重志輕情，重君輕民，重國輕家，以政治的倫理的眼光看詩，這也溫柔，那也敦厚；此有所托，彼有所諷。正如朱東潤先生所批評的：「經生治《詩》，知有『經』而不知有『詩』。」[95]因而，他們所談如《詩經》〈關雎〉等，只是倫理的意境和政治的意境，而不是審美的意境。到了魏晉時，社會的大動盪，結束了儒家經學獨霸天下的局面，隨著「人」的覺醒和「文」的自覺，迎來了一個審美的新時代。《世說新語》云，王右軍「濯濯如春月柳」，嵇康「肅肅如松下風」。又云：「顧長康從會稽還。人問山川之美，顧云：『千巖競秀，萬壑爭流，草木蒙籠其上，若雲興霞蔚。』」他們對於「人」和「自然」都採取了「純審美」的態

95　朱東潤：《詩三百篇探故》，上海古籍出版社1981年版，第98頁。

度。就是說，他們將漢儒所薰染的倫理氣和政治氣排除殆盡，從而淨化了審美王國。這是中國「意境」美學史上的又一重大的進步。

這時，人與自然的審美統一，便表現為「情」與「物」、「意」與「境」的統一。這一點，從《文心雕龍》中就看得很清楚：詩，「婉轉附物，怊悵切情」（〈明詩〉篇），情與物審美統一構成詩境；賦，「草區禽旅，庶品雜類，則觸興致情」（〈詮賦〉篇），情與草木鳥獸的審美統一便構成賦境。這是劉勰對於「意境」美學的傑出貢獻。

唐宋以後，隨著人對自然審美範圍的擴展，有越來越多的自然物進入人的審美視野。明人高濂《稚尚齋四時幽賞目錄》云：

（春）孤山月下看梅花，八卦田看菜花，虎跑泉試新茶，保俶塔看曉山，西溪樓啖煨筍，登東城望桑麻，三塔基看春草，初陽台望春樹，山滿樓觀柳，蘇堤看桃花，西泠橋玩落月，天然閣上看雨。

（夏）蘇堤看新綠，東郊玩蠶山，三生石談月，飛來洞避暑，壓堤橋夜宿，湖心亭采蓴，晴湖視水面流虹，山晚聽輕雷斷雨，乘露剖蓮滌藕，空亭坐月鳴琴，觀湖上風雨欲來，步山徑野花幽鳥。

（秋）西泠橋畔醉紅樹，寶石山下看塔燈，滿家弄賞桂花，三塔基聽落雁，勝果寺月岩望月，水樂洞雨後聽泉，資岩山下看石筍，北高峰頂觀雲海，策杖林園訪菊，乘舟風雨聽蘆，保俶塔頂觀海日，六和塔夜玩風潮。

（冬）湖凍初晴遠泛，雪霽策蹇尋梅，三節山頂望江天雪霽，西溪道中玩雪，山頭玩賞茗花，登眺天目絕頂，山居聽人說書，掃雪烹茶玩畫，雪夜煨芋談禪，山窗聽雪敲竹，除夕登吳山看松盆，雪後鎮海樓看晚飲。

　　由此看來，春夏秋冬，山水石泉，風花雪月，草木鳥獸，都是中國人的審美對象。郁達夫先生説：「欣賞自然，欣賞山水，就是人與萬物調和，人與宇宙合一的一種諧合作用。」「所以，欣賞山水以及自然景物的心情，就是欣賞藝術與人生的心情。」[96]如高濂的《幽賞錄》中，就有自然，有藝術（玩畫，鳴琴），有人生（塔燈，晚飲）。到這時，人與自然的審美統一，又進而成為情與景的統一。從唐代開始，人們拈出「景」這個字，作為一個「意境」美學術語來使用。「情」，不是指人的一般感情，而是指人的藝術感情和審美感情。它是審美主體從意海中煉出的一粒丹，是從情河裡提取出的一顆珠，是審美選擇和審美創造的產物。徐禎卿《談藝錄》云：「情者，心之精也。」同樣，「景」者，物之精也。它不是指一般的自然景物，而是指藝術化和審美化了的自然景物。它是審美主體從物海中煉出的一粒金，也是審美選擇和審美創造的產物。就是説，「情」與「景」都是經過審美主體「心爐」中熔煉的結果。劉禹錫《董氏武陵集紀》云：「心源為爐，筆端為炭，鍛煉元本，雕鎪群形。」劉熙載《詩概》也説：「要其胸中具有爐錘，不是金銀銅鐵強令混合也。」自然物與人的自然情感固然美，但它還只是一種天然的美，只有經過審美主體「心爐」的熔煉和「爐錘」的鍛造，才能成為藝術意境之美。正如葉燮説的，「凡物之生而美者，美本乎天者也」。但是，這種美「不如集眾芳以為美。待乎集事，在乎人者也。夫眾芳非各有美，即美之類而集之。集之云者，生之植之，養之培之，使天地之芳無遺美，而其美始大」（《滋園記》）。進入藝術意境世界的「情」與「景」，猶如進入園林世界的花與草，是審美主體經過

96　郁達夫：《山水及自然景物的欣賞》，《中國現代散文精品‧郁達夫卷》，陝西人民出版社1992年版，第231頁。

審美集中、培養和創造的結果。正如宗白華先生説的，「在一個藝術表現裡，情和景交融互浸，因而發掘出最深的情，一層比一層更深的情，同時也透入了最深的景，一層比一層更晶瑩的景；景中全是情，情具象而為景，因而湧現了一個獨特的宇宙，嶄新的意象，為人類增加了豐富的想像，替世界開闢了新境。……這是我的所謂『意境』。」[97]

那麼，中國文人墨客抒情，為什麼一定要通過草木鳥獸、風花雪月等自然景象來抒呢？或者説，為什麼一定要創造意境呢？這其中的原因很多，此處只談談美學上的原因。大致説來，有以下幾點：

一、「情」是一種內在的東西，它只有外化出來，才能成為審美的對象。朱彝尊《天愚山人詩集序》云：「顧有幽憂隱痛，不能自明，漫托之風雲月露、美人花草，以遣其無聊。」憂痛之情，是一種內在的心理狀態，故幽而隱，不能自明於人，只有寄託於風雲花草之間，才能達到宣洩。因此，劉永濟先生説：「蓋神居胸臆之中，苟無外物以資之，則喜怒哀樂之情，無由見焉。」[98]

二、「情」是一種抽象的東西，它只有具象化，才有審美價值。劉熙載《詩概》云：「『昔我往矣，楊柳依依。今我來思，雨雪霏霏。』雅人深致，正在借景言情。若舍景不言，不過曰春往冬來耳，有何意味？」如果將「情」赤裸裸地抒發出來，便令讀者味同嚼蠟，美感喪失殆盡。因此，「借景言情」成為文藝美學的一條基本原則。黑格爾説：「要用感性材料去表現心靈性的東西。」[99]劉大櫆《論文偶記》也説：「理，不可以直指也，故即物以明理；情，不可以顯出也，故即事以寓情。」所以，「借彼物理，抒我心胸」（廖燕語），成為中國古代文

97　宗白華：《藝境》，第153頁。

98　劉永濟：《詞論》，上海古籍出版社1981年版，第71頁。

99　黑格爾：《美學》第1卷，商務印書館1979年版，第361頁。

藝美學的一條創作原則。吳衡照《蓮子居詞話》云：「言情之詞，必藉景色映托，乃具深宛流美之致。」如王昌齡《長信怨》：「奉帚平明金殿開，且將團扇共徘徊。玉顏不及寒鴉色，猶帶昭陽日影來。」朱光潛先生説：「『怨』字是一個抽象的字，他的詩卻畫出一個如在目前的具體的情境，不言怨而怨自見。藝術不同哲學，它最忌諱抽象。抽象的概念在藝術家的腦裡，都要先翻譯成具體的意象，然後才表現於作品。具體的意象才能引起深切的情感。」[100]從而獲得審美價值。

三、「情」寄託於「景」之中，是由古代中國人「美」的觀念所決定的。在古人看來，羊人為美，魚人為美，蛇人為美，鳥人為美，一言蔽之曰：天人合一為美；或者説，人與非人即自然的審美統一，就是美。古人還認為，物能動心，情由物興。其實質，「情」產生於「事」（人事），屬於社會範疇的內容多；「情」亦產生於「物」，屬於自然範疇的內容少。但從本質上看，「情」是人與事（社會）結合（或對立結合，或統一結合）後的產物。所以，情距事近，距物遠；情與事同，與物異。故情與事合則直，則顯，則不美；情與物（景）合則曲，則隱，則美。這是中國古代文藝美學的一條規律。李漁《香草亭傳奇序》云：「從來遊戲神通，盡出文人之手。或寄情草木，或托興昆蟲，無口而使之言，無知識情慾而使之悲歡離合，總以極文情之變，而使我胸中磊塊唾出殆盡而後已。」陸時雍《古詩鏡總論》認為：「夫微而能通，婉而可諷者，《風》之為道，美也。」這種藝術表現手法為什麼美呢？關鍵是「風人善托」，「夫所謂托者，正之不足而旁行之，直之不能而曲致之。情動於中，郁勃莫已，而勢又不能自達，故托為一意，托為一物，托為一境以出之，故其言直而不訐，曲而不污也」。

---

100 朱光潛：《談美・談文學》，第78頁。

　　四、借景言情，還與「比興」手法的廣泛使用有關。比興濫觴於《詩經》，以後從《楚辭》、漢賦、《古詩十九首》、唐詩、宋詞、元曲，一直到近代詩文，甚至在古代音樂、舞蹈、戲劇、繪畫、建築、園林、雕塑等藝術創作領域都得到了廣泛的使用。即使在現當代藝術中也是這樣。毛澤東主席在給陳毅的一封信中就說過：「詩要用形象思維，不能如散文那樣直說，所以比興兩法是不能不用的。」當代的攝影、影視藝術也經常使用這些方法。一九八七年秋，我在上海看到一次攝影藝術展覽。有一幅作品是：一位青春少女的美麗臉龐，從窗戶中映顯出來，加之美妙的光色處理，題曰：「一枝紅杏出牆來。」於是呈現出美妙動人的意境。因此，中國是一個善於用「比興」的民族。劉勰《文心雕龍》〈比興〉云：「詩人比興，觸物圓覽。物雖胡越，合則肝膽。」這是「比興」的本質特點，即「比興」的使用，離不開自然景物；人與自然或情與景的審美關係，不論是「比」的關係，還是「興」的關係，在構成這種關係之前，是胡與越、風馬牛不相及的；一旦兩者達到審美統一（即「合」），就構成「肝膽相照」式的審美意境。情與物遠，與景異，故借景言情，情景交融，符合「比興」的美學原則。所以，朱筠《古詩十九首說》云：「詩有比興，鳥獸草木是也。」

　　五、從自然美、藝術美的本源和審美心理學角度看，「情」與「景」（物）一開始就有密切的關係。葉燮說：「凡物之美者，盈天地間皆是也，然必待人之神明才慧而見。」離開了審美主體情感的照耀，景物之美如被置於漆黑之夜，就顯示不出來。所以，自然景物之美既存在於它自身，也存在於審美主體的情感世界裡。情與景缺少了哪一方，美都不存在。可見從自然美的本源看，情與景不可分。劉勰《文心雕龍》〈物色〉說：「若乃山林皋壤，實文思之奧府。……然則屈平所以能洞監《風》、《騷》之情者，抑亦江山之助乎？」這是說，作家的文思，

作品的文情，也是從自然景物中來的。廖燕《李謙三十九秋詩題詞》云：「即物而我之性情俱在，然則物非物也，一我之性情變幻而成者也。性情散而為萬物，萬物復聚而為性情。」可見從藝術美的本源看，情與景也不可分。從審美心理學角度看，只有審美主、客體達到互相溝通和對話，才能構成審美關係。從審美主體看，是「情以物興」；從審美客體看，是「物以情觀」（劉勰語）。劉永濟先生對此論述頗精湛。他說：

物在耳目之前，苟無神思以觀之，則聲音容色之美，無由發焉。是故神、物交接之際，有以神感物者焉，有以物動神者焉。以神感物者，物固與神而徘徊；以物動神者，神亦隨物而宛轉。迨神、物交會，情、景融合，即神即物，兩不可分，文家得之，自成妙境。知此，則情在景中之論，有我、無我之說，寫實、理想之旨，詞境、意境之義，皆明矣。[101]

可見從審美心理學角度看，情與景也不可分。所以，借景言情，情景交融，創造意境，絕不是某位詩人的心血來潮，也不是某一時代的審美要求，而是受中國自然美、藝術美和審美心理學規律決定的。因此，「意境」範疇的形成和發展，絕不是偶然的。

六、自然景物本身的美，不僅造就了人類的審美感官和審美心理，而且成為人類情感的載體和符號。古代中國人都一直認為，自然界的美是一種客觀存在。劉勰《文心雕龍》〈原道〉云：「夫玄黃色雜，方圓體分，日月疊璧，以垂麗天之象；山川煥綺，以鋪理地之形，此蓋道之文也。……傍及萬品，動植皆文：龍鳳以藻繪呈瑞，虎豹以炳

---

101 劉永濟：《詞論》，第71頁。

蔚凝姿；雲霞雕色，有逾畫工之妙；草木賁華，無待錦匠之奇。夫豈外飾，蓋自然耳。至於林籟結響，調如竽瑟；泉石激韻，和若球鍠：故形立則章成矣，聲發則文生矣。」自然界是一個花團錦簇的美的世界。它以五彩繽紛的色彩，美化了一代又一代中國人的眼睛；它以和諧美妙的音響，美化了一代又一代中國人的耳朵；它以精微幽深的義理，美化了一代又一代中國人的心靈。因此，它創造了一個鍾情於它的美魂的民族。這是一個錦心繡口的民族。他們不僅善於欣賞自然美，而且也善於創造自然美。於是，自然界的鳥獸草木、風花雪月，便走進岩石，走進彩陶，走進詩騷，走進散文，走進小說，走進繪畫和音樂，一次又一次地永恆構築了一個花團錦簇的意境世界。這是一個具有東方特色的藝術美的世界。它經過一次又一次的積澱，成為負載中國人審美情感的載體和符號。

歐陽修的《六一詩話》記載了一件有趣的詩壇逸事：在宋代和尚中，以詩名世者有九人，曾編詩集為《九僧詩》。當時的進士許洞，也是一位善為辭章的俊逸之士。一天，他邀請九位詩僧一起賦詩，遂出一紙相約，說：「不得犯此一字。」眾僧看時，只見紙上寫著「山、水、風、云、竹、石、花、草、雪、霜、星、月、禽、鳥」之類，於是眾僧皆擱筆。為什麼「眾僧皆擱筆」呢？這是一個極複雜的理論問題，其中有美學上的原因，也有文化學上的原因。這裡只作美學上的闡釋，下節再作文化學的闡釋。

大量的自然審美意象進入到文學藝術領域之後，便形成了一個具有中國特色的文藝景觀，即一個意境美的世界。具體說，人與自然審美統一形成藝術意境。如果它統一於詩，就形成詩境；統一於畫，就形成畫境；統一於樂，就形成樂境；統一於文，就形成文境；統一於戲，就形成戲境；統一於園，就形成園境。假若將自然審美意象從這

些藝術作品中抽去，那麼就會如天無日月，地無山水，山無花鳥，河無蟲魚；便會沒有詩，沒有畫，沒有樂，沒有文，沒有戲，沒有園，沒有藝術。所以，從某種意義上說，中國藝術就是一種人與自然審美統一的藝術，一種意境化了的藝術。「意境」是中國藝術的靈魂。

中國人在藝術意境裡，追求一種「全美」的美感享受。胡應麟在《詩藪》中說，色、聲、象、情，「一篇之中，必數者兼備，乃稱全美」。在此之前，劉勰在《文心雕龍》中對此也作了全面論述。他對詩文提出了全面的審美要求，即「視之則錦繪，聽之則絲簧，味之則甘腴，佩之則芬芳」（〈總術〉篇）。這是追求視覺、聽覺、味覺、嗅覺和心覺的全美享受。所以，劉勰全面論述了詩文的聲律、字形、章句、物色和情采等美的問題。白居易的《詩》，對此也作了形象的演示：

詩

綺美

瑰奇

明月夜

落花時

能助歡笑

亦傷別離

調清金石怨

吟苦鬼神悲

天下只應我愛

世間惟有君知

自從都尉別蘇句

便到司空送白辭

　　這是一座詩塔，一條形象的詩美定義：「綺美，瑰奇」，文采美；「明月夜，落花時」，意象美；「能助歡笑，亦傷別離」，情感美；「調清金石怨，吟苦鬼神悲」，聲韻美；「天下只應我愛，世間惟有君知」，詩味美；「自從都尉別蘇句，便到司空送白辭」，辭句美；詩塔（還有律詩、絕句、回文等），形體美。七層詩塔，層層有美，數美合之，便是「全美」的藝術意境。在這種藝術意境裡，能夠得到目悅、耳悅、鼻悅、口悅和心悅的「全美」的美感享受。正如馬克思所說：「人不僅通過思維，而且以全部感覺在對象世界中肯定自己。」[102]例如《長生殿》裡的一段曲詞：

　　撲衣香，花香亂熏；雜鶯聲，笑聲細聞。楊花雪落覆白，雙雙青鳥，銜墮紅巾。春光好，過二分，遲遲麗日催車進。環曲岸，環曲岸，紅酣綠勻；臨曲水，臨曲水，柳細蒲新。

　　在這幅曲境裡，有香味，有聲音，有顏色，有意象，有情感，構成全美的藝術意境，令人五官愉悅，心靈陶醉。

　　從美學的角度，藝術意境的類型，可以在三個層面上進行劃分：

　　一是在審美主體即「情」的層面上，可根據審美情感的性質，將「意境」劃分為「喜意境」、「悲意境」、「怨意境」、「愁意境」、「愛意境」和「恨意境」等。所謂「喜意境」，也叫「喜境」，是以喜情為基調的抒情意境，如「紅杏枝頭春意鬧」；所謂「悲意境」，也叫「悲境」，是以悲情為基調的抒情意境，如「淚眼問花花不語」；所謂「怨意境」，也叫「怨境」，是以怨情為基調的抒情意境，如「玉顏不及寒鴉色」；

102　《馬克思恩格斯論文藝和美學》，第36頁。

所謂「愁意境」，也叫「愁境」，是以愁情為基調的抒情意境，如「簾卷西風，人比黃花瘦」；所謂「愛意境」，也叫「愛境」，是以愛情為基調的抒情意境，如「人面桃花相映紅」；所謂「恨意境」，也叫「恨境」，是以恨情為基調的抒情意境，如「恨到歸時方始休」。

　　二是在審美客體即「景」的層面上，可根據審美對象的性質，將「意境」劃分為「物意境」和「事意境」。所謂「物意境」，也叫「物境」，是以「物」為主要表現對象的「意境」，詠物詩、山水詩、賦、遊記散文、山水畫、花鳥畫和園林中多有此類意境；如秦觀《滿庭芳》：「斜陽外，寒鴉數點，流水繞孤村。」所謂「事意境」，也叫「事境」，是以「事」為主要表現對象的「意境」，敘事詩、敘事散文、小說、人物畫、戲曲、電影和電視中多有此類意境，如張志和《漁歌子》：「青箬笠，綠蓑衣，斜風細雨不須歸。」關於「物境」、「事境」，上節已有詳論，故從略。

　　三是在審美主、客體即人與自然、情與景審美統一的層面上，可根據審美關係的性質，將「意境」劃分為「喜劇意境」、「悲劇意境」、「優美意境」、「壯美意境」、「空靈意境」、「含蓄意境」和「怪誕意境」等。所謂「喜劇意境」，也叫「喜劇境」，是由喜境與事境融合後產生的「意境」。王國維《元劇之文章》說：「明以後，傳奇無非喜劇。」如李漁所寫的傳奇就是這樣的喜劇。他在《風箏誤》下場詩中說：「傳奇原為消愁設，費盡杖頭歌一闋。……惟我填詞不賣愁，一夫不笑是吾憂。」又《閒情偶寄》說：「我本無心說笑話，誰知笑話逼人來，斯為科諢之妙境耳。」這種妙境，就是「喜劇意境」。所謂「悲劇意境」，也叫「悲劇境」，是由悲境與事境融合後產生的「意境」。王國維《元劇之文章》說：「而元則有悲劇在其中。……其最有悲劇之性質者，則如關漢卿之《竇娥冤》，紀君祥之《趙氏孤兒》。……即列之於世界大

悲劇中，亦無愧色也。」又説：「然元劇最佳之處，……亦一言以蔽
之，曰：有意境而已矣。……惟意境則為元人所獨擅。」此意境多為
「悲劇意境」。還有諸如《孔雀東南飛》、《長恨歌》和《紅樓夢》等，
也是「悲劇意境」。所謂「優美意境」，也叫「小境」，或叫「陰柔之
境」，是由柔情與柔和景象構成的「意境」。王國維《人間詞話》所説
的「小境界」、「無我之境，人惟於靜中得之，……故一優美」，就是
「優美意境」。古人以「杏花春雨江南」的詩句表示這種「意境」。朱光
潛先生説：「柔性美，如清風皓月，暗香疏影，青螺似的山光和媚眼似
的湖水。……詩如王孟，詞如溫李，是柔性美的代表。」[103]婉約派「曉
風殘月」式的意境，就是「優美意境」的典型代表。所謂「壯美意
境」，也叫「大境」，或叫「陽剛之境」，是由豪情與剛烈景象構成的
「意境」。王國維《人間詞話》所説的「大境界」、「有我之境，由於動
之靜時得之，……一宏壯也」，就是「壯美意境」。古人以「駿馬秋風
冀北」的詩句表示這種意境。朱光潛先生説：「剛性美，如高山，大
海，狂風，暴雨，沉寂的夜和無垠的沙漠。……詩如李杜，詞如蘇
辛，是剛性美的代表。」（同前引）豪放派「大江東去」式的意境，就
是「壯美意境」的典型代表。所謂「空靈意境」，也叫「虛境」或「靈
境」，是一種空寂虛靈的「意境」。王闓運《湘綺樓説詩》云：「然知其
詩境不能高也，不離乎空靈妙寂而已。」笪重光《畫筌》説：「虛實相
生，無畫處皆成妙境。」王石谷、惲壽平釋云：「空處妙在通幅皆靈，
故云『妙境』也。」宗白華先生對「空靈意境」論述得最多。他將「空
靈意境」叫作「虛境」或「靈境」，是藝術意境的極品。如他特別推崇
書法藝術，就因為書法藝術具有「空靈意境」。他説：「中國特有的藝

---

103 朱光潛：《詩論》，第74頁。

術——書法，尤能傳達這空靈動盪的意境。」[104]其他藝術中，亦多有「空靈意境」。如《詩經》〈芣苢〉描寫「采芣苢」的過程，除去重複的字句外，其實全詩只有「采、有、掇、捋、袺、襭」六個字。這首詩「空」到了極點，我們只看到東一隻手，西一隻手，沒有完整的人物形象，更沒有人物活動的情景；也「靈」到了極點，有一股生命的靈氣流淌於其中，使整個畫面歷歷在目。正如方玉潤《詩經原始》所說：「此詩之妙，正在其無所指實而愈佳也。」這是「空」。又說：「通篇只六字變換，而婦女拾菜情形如畫如話。」這是「靈」。猶如龍在雲中，東一鱗，西一爪，然靈氣通貫，全龍若現。所謂「含蓄意境」，也叫「隱境」或「深境」，是一種以小見大、以少見多、以微見著、以有限表現無限的藝術意境。沈祥龍《論詞隨筆》云：「含蓄者，意不淺露，語不窮盡，句中有餘味，篇中有餘意，其妙不外寄言而已。」有人將「含蓄意境」與「空靈意境」相混。其實，二者不同：一在「含」，即景中含情，境中含意，淡化的只是情、意；一在「空」，即景空境空，而情、意（靈）不空，淡化的只是景或境。所謂「怪誕意境」，也叫「怪境」或「異境」，是一種異乎尋常的藝術意境。明睡鄉居士《二刻拍案驚奇序》云：「即如《西遊》一記，怪誕不經。」怪、異、奇，也是中國人的一種審美追求，於是便有了「怪誕意境」。這是怪異思維的產物。如莊子散文、李賀詩、志怪小說、傳奇故事等文學作品中就多有此種「意境」。

第五節 「意境」內涵的文化學闡釋

---

104 宗白華：《藝境》，第161頁。

　　「意境」，是中國美學高度濃縮的結果，其中積澱著十分豐富的文化內容。因此，「意境」也是一個內蘊十分豐富的文化範疇[105]，是中國傳統文化網絡中的一個紐結。它的形成和發展過程，與中國傳統文化息息相關。從某種意義上說，「意境」也是中國傳統文化的縮影。中國人的哲學觀、藝術觀和人生觀等，都可以與「意境」連繫在一起。正如宗白華先生說的，「意境」是「中國文化史上最中心最有世界貢獻的一方面」。因此，「研尋其意境的特構，以窺探中國心靈的幽情壯采，也是民族文化底自省工作」。[106]所以，本節就從文化學角度，對「意境」內涵進行闡釋。

　　中國文化是從人與自然的關係網絡中走出來的文化。關於這一點，我們在前文中也曾有所論及。「意境」範疇的出現，是中國史前文化到上古文化長期孕育的必然結果。因此，人與自然的關係，不僅是我們闡釋「意境」內涵的關鍵，也是我們打開中國文化寶庫的鑰匙。

　　在中國，文化的發展，加快了自然人化的速度。自然物無論在形體上還是在氣韻上，都積澱著豐厚的人化內容。於是，大自然便成為人生與自然的合影，具有了雙重的性格。對於人類來說，大自然不僅是其生存的環境和舞台，而且是人類文化的原始產品，即自然物成為人類心靈觀照和加工的對象，也於是成為人類情感的象徵和寄託心靈的家園；而對於自然來說，人類又成為它的靈魂和主人。這就是「意境」產生的廣闊的文化背景。

---

105 王國維《人間詞話》、馮友蘭《新原人》都曾把「境界」（意境）看作宇宙人生的文化範疇。近年，陳來先生在《有無之境》（人民出版社1991年版）一書中，也將「有我之境」（儒家）與「無我之境」（佛老）作為中國文化的兩個基本的範疇。參見該書第5頁。

106 宗白華：《藝境》，第150頁。

　　在中國文化裡有兩個世界，一個是以「天」為代表的自然世界，一個是以「人」為代表的人類世界。在中國人看來，這兩個世界的關係不僅是和諧的，而且有著難以想像的同構性。中國人常常在自然世界中進行著人生哲學的體驗。人，作為生命世界中最瑰麗的存在，其生命的躍動與自然的律動是那樣地和諧在一起。「天」與「人」，如兩位親密的朋友一樣，經常進行著親和與會晤。中國文化就是在這種天人會晤的場合中創造出來的。

　　中國人對自然世界的敏感、執著和熱戀，實質上是大陸型農業文化的一大特徵。這種文化造就了中國人特有的思維方式。大自然意象是中國人的原型思維符號。中國人的思維方式，是用大自然的原型思維符號，進行類比性的心理體驗和意象思維。因而，中國人的思維方式便具有鮮明的直覺性特點。郭璞《山海經注》云：「言其人直思而氣通，魄合而生子。」所謂「直思」，就是直覺思維。如果說，德國是思辨的民族，那麼，中國則是直覺的民族。中國人對於大自然不只是淺層的「感」，而在於深層的「悟」。儒、道、釋都提倡「悟」，因為，「悟」是一種很高的精神境界，也是一種審美的心態，多在人與自然同構的心理層面上產生。

　　人與自然的統一，既是「意境」的本質，也是中國文化的本質。所以，中國文化便是一種藝術化、審美化和「意境」化了的文化，或者說，是一種「意境」的文化。具體說，人與自然統一於字，有「字境」；統一於《易》，有「《易》境」；統一於樂，有「樂境」；統一於詩，有「詩境」；統一於文，有「文境」；統一於藝，有「藝境」。或者說，統一於政治，有「政治意境」；統一於倫理，有「倫理意境」；統一於宗教，有「宗教意境」。再或者說，統一於儒家，有「儒家意境」；統一於道家，有「道家意境」；統一於釋家，有「釋家意境」。宗白華先

生從文化學角度，曾提出「五種意境說」。他指出：

什麼是意境？人與世界接觸，因關係的層次不同，可有五種境界：（一）為滿足生理的物質的需要，而有功利境界；（二）因人群共存互愛的關係，而有倫理境界；（三）因人群組合互制的關係，而有政治境界；（四）因窮研物理，追求智慧，而有學術境界；（五）因欲返本歸真，冥合天人，而有宗教境界。功利境界主於利，倫理境界主於愛，政治境界主於權，學術境界主於真，宗教境界主於神。……化實景而為虛境，創形象以為象徵，使人類最高的心靈具體化、肉身化，這就是「藝術境界」。藝術境界主於美。[107]

後者，蔡報文先生在一篇文章[108]中，從「深層文化心理——儒學的人生觀和莊學的人生觀」出發，「把意境分為『儒學之意境』與『莊學之意境』」。

因此，我們可以得出這樣一個結論：意境不僅是中國藝術的靈魂，也是中國文化的靈魂。中國文化是一種意境化了的文化，因而成為世界上最古老最美麗的文化。正如印度偉大詩人泰戈爾說的：「世界上還有什麼事情比中國文化的美麗精神更值得寶貴的？」因為，中國人在自然世界裡，「已本能地找到了事物的旋律的祕密」。[109]荀子〈天論〉云：「列星隨旋，日月遞照，四時代御，陰陽大化，風雨博施，萬物各得其和以生，各得其養以成。」這就是自然世界的旋律和祕密，也就是「只有上帝才知道的祕密」。中國人不僅發現了這個祕密，而且還

107　宗白華：《藝境》，第151頁。此處「境界」與「意境」同義。

108　蔡報文：《「有我之境」與「無我之境」》，《爭鳴》1994年第2期。

109　引自宗白華：《藝境》，第170頁。

利用這個祕密創造了美麗的藝術和文化。諸如以音樂的五聲配合四時五行，以音樂的十二律標示十二個月份，使中國人一年的生活都融化在音樂美的節奏和旋律中。這就是人與自然、文化與藝術的審美統一，即在人生和文化裡充滿了美的意境。

錢穆先生説，詩是中國農業文化的代表；[110]林語堂先生説，詩是中國人的宗教。[111]上古時，詩、樂、舞三位一體，是上古禮樂文化的主體；兩漢時，《詩》被奉為「經」；以後，詩在正統文學中坐了第一把交椅。詩成為中國藝術的代表，以意境為核心的詩學精神，也融注於文、曲、詞、賦、小説、畫、書、樂、園等一切藝術門類之中；甚至擴而大之，也融注於衣、食、住、行等一切文化產品和文化活動之中。因而，中國文化成為一種最美麗的文化。金聖歎説，讀《西廂記》時，必須掃地讀之，焚香讀之，對雪讀之，對花讀之，與美人並坐讀之，與道人對坐讀之。[112]就是説，中國人對於美文意境的欣賞時，很注意選擇一片美境，營造一種氣氛，使藝術意境與生活意境融為一體，遂使藝術意境的情更濃，景更美，味更長。中國人對於衣、食、住、行等文化行為亦是如此，即能超越其生存需求的人生目標，而將其導向文化，導向審美。諸如服飾、住宅、烹調、飲酒、品茶等，就既是文化，又是藝術。中國人在品味人生之時，也是在欣賞人生之意境。杜牧《清明》詩云：「借問酒家何處有，牧童遙指杏花村。」錢穆先生評云：「思鄉則思飲，而此酒家則在杏花村裡，飲酒而對杏花，猶如飲酒而對明月，此是何等情調。明月杏花皆屬自然，而飲者之情調則屬人文。其實則自然亦融入人文精神中，不能脱離自然以獨成其為人

---

110 錢穆：《中國文化史導論》，第145頁。

111 林語堂：《中國人》，浙江人民出版社1988年版，第212頁。

112 《金聖歎批本西廂記》，張國光校注，上海古籍出版社1986年版，第21頁。

文。」又云:「陶詩:『狗吠深巷中,雞鳴桑樹巔。』狗吠雞鳴,乃屬自然景象。而狗吠深巷之中,雞鳴桑樹之巔,則自然全化為人文,而雞狗亦成人文中一角色矣。」[113]所以,中國人生是詩化的意境(藝術)人生,中國文化也是詩化的意境(審美)文化。我認為,有兩本書堪稱中國文化意境美麗精神的典型代表,一本是沈復的《浮生六記》,一本是曹雪芹的《紅樓夢》。如果説,前者是「中國文化最佳精神的小巧玲瓏的書」(林語堂語);那麼,後者則是中國文化最佳精神的博大精深的書。

至於中國文人為什麼要借景言情、創造意境的問題,除了上節我們所闡釋的美學上的原因之外,還有文化學上的原因,諸如:

一、史前文化所奠定的中國人特有的自然意象原型思維模式,決定了中國藝術和中國文化自然意象化的基本特色。「借景言情」,正是這種原型思維模式的具體表現。這是原始思維方式積澱所帶來的一種藝術和文化景觀。

二、上古文化所奠定的中國人特有的自然意象化的文化創造方式,決定了中國藝術情感自然意象化的基本美學風貌。「情景交融」,正是這種文化創造方式的具體表現。這是自然意象大量進入文學藝術園地後所造成的一種藝術美學景觀。

三、進入文明門檻的中國文化,基本上是大陸型農業文化。也就是説,四千多年來的中國文化,一直是農業文化占據著主導地位。這種文化的本質,就是人與自然的關係。人們吃的、穿的、住的、用的等,都取之於自然界。日月風雲,山川花草,鳥獸蟲魚,都是人們的生活資源。由於生存的需要,人們對自然物觀察之多、之久、之細、

---

113 錢穆:《現代中國學術論衡》,第57、58頁。

之深，是非農業文化國家的人們所望塵莫及的。人們生活於斯，鍾情
於斯，自然成為人類的朋友，也就成為文化和藝術的對象。中國人有
舉世無雙的自然人化能力，凡足之所到之地，目之所觀之物，耳之所
聽之聲，都包含有人化的內容。這一點，邵雍說得很清楚。他在《觀
物內篇》中云：「人之所能靈於萬物者，謂其目能收萬物之色，耳能收
萬物之聲，鼻能收萬物之氣，口能收萬物之味。」《樂物吟》詩云：「物
有聲色氣味，人有耳目口鼻，萬物於人一身，反觀莫不全備。」人對物
進行全面觀照的結果，便是物的人化，便是「人之類備乎萬物之性」。
可以這樣說，在中國領土上的自然萬物，都無不積澱著和閃爍著人文
精神的光輝。即使任意一個自然物，你都可以在字境、詩境、文境、
畫境裡看到它；甚至有些自然物人文積澱的歷史很久，可以寫成一本
本內容豐富的專著。在這樣的文化氛圍中，人們「借景言情」是極自
然的事；在這樣的文化土壤裡，也必然會產生「情景交融」的藝術意
境。

　　四、中國藝術家寵愛自然的獨特的心理素質，決定了中國藝術的
「取象」對象，以及意境的創造方式。正如林語堂先生所說的：「中國
的藝術家是這樣的一個人：他與自然和睦相處，不受社會枷鎖束縛和
金錢的誘惑，他的精神深深地沉浸在山水和其他自然物像之中。……
一位中國藝術家必須融人類的最佳文化和自然的最佳精神於心底。」[114]
所以，中國藝術家的興趣點和藝術表現的核心點，都在自然景物方
面。他們將「回歸自然」作為主要的藝術修養方式，在山水中澄淨靈
魂，在花鳥中滋潤文思，在風月中攬掬靈感。於是，他們師牛、師
馬、師竹、師華山，將「外師造化，中得心源」融為一體。在這種藝

---

114 林語堂：《中國人》，第254頁。

術精神的導引下，中國藝術家就必然取象自然，寄託情思，創造出優美動人的藝術意境來。

除了以上所說的幾點原因之外，還有一個更為重要的原因，就是以儒、道、釋融為一體的中國傳統文化和民俗文化對於自然的重視，以及滲透在這些文化主體的心理世界中的普泛的熱愛自然的民族文化心理，一起熔鑄了意境這個美學範疇。從這個文化學的視角，我們可以將「意境」劃分為：「儒家意境」、「道家意境」、「釋家意境」和「民俗意境」。現分別闡釋如下：

所謂「儒家意境」，就是以儒家文化精神為主導的藝術意境。

儒家文化的創始人孔子說：「知者樂水，仁者樂山。知者動，仁者靜。知者樂，仁者壽。」（《論語》〈雍也〉）朱熹注云：「知者，達於事理，而周流無滯，有似於水，故樂水；仁者，安於義理，而厚重不遷，有似於山，故樂山。動、靜，以體言；樂、壽，以效言也。動而不括，故樂；靜而有常，故壽。」儒家樂山樂水之意，有一半在山水，有一半在人生，即從山水的性狀裡感受到人類的主體精神。所以，在儒家看來，山水既是山水，又是人文精神的象徵。這樣，山水內化而成人格，人格外化亦可為山水，山水與仁知之人是精神灌注、融為一體的。孔子的這幾句話，蘊含至深，熠熠閃光，是儒家「自然比德」精神的一個光輝的宣言。此外，孔子還說過許多與此相似的話，諸如：「為政以德，譬如北辰，居其所，而眾星共之。」（《論語》〈為政〉）「子在川上曰：逝者如斯夫，不舍晝夜。」、「歲寒，然後知松柏之後凋也。」（《論語》〈子罕〉）在這裡，山、水、星、辰、松、柏等自然意象，與孔子的觀照之意，融為一體，構成了一幅幅人生的意境。後來，孟子、荀子、董仲舒、劉向等儒家大師，都相繼闡揚了孔子的「山水比德」思想，影響極為深遠。它為儒家文人學者提供了一種觀照自

然的方法，也同時為儒家文藝的取象造境提供了方法論的導向，從而奠定了儒家意境的基本風格。大凡後世儒者，幾乎都是戴著這樣一副「比德」的眼鏡，觀照自然萬物的。於是，在儒家文化視野裡，便紛紛出現了諸如松、竹、梅「歲寒三友」，梅、蘭、竹、菊「四君子」等人格化了的自然意象。《紅樓夢》第六十二回寫香菱、芳官等人「鬥草」時所說的「觀音柳」、「羅漢松」、「君子竹」、「美人蕉」、「姐妹花」、「夫妻蕙」，就是儒家「自然比德」精神的一種確證。

　　孔子又說，學《詩》可以「多識於鳥、獸、草、木之名」（《論語》〈陽貨〉）。這句話是對《詩經》中自然意象運用的科學評價。清人顧棟高在《毛詩類釋》中所做的統計為：鳥四十三種，獸四十種，草三十七種，木四十三種，蟲三十七種，魚十六種，穀類二十四種，蔬菜三十八種，花果十五種，藥物十七種，馬的異名二十七種。另一位清代詩學家王士禎在《帶經堂詩話》卷五云：「《詩》三百五篇，於興觀群怨之旨，下逮鳥獸草木之名，無弗備矣。獨無刻畫山水者；間亦有之，亦不過數篇，篇不過數語。」可見孔子的批評是準確的。山水意像在詩歌中大量湧現，則是魏晉山水詩和田園詩興起之後的事了。孔子的話肯定了「鳥獸草木」等自然意象在文藝中存在的認識價值和地位，而且在詩學領域開創了一門新的學問，即「鳥獸草木之學」（宋人鄭樵《昆蟲草木略序》）。從吳人陸璣的《毛詩草木鳥獸蟲魚疏》，唐代劉杳的《離騷草木蟲魚疏》，宋代王應麟的《詩草木鳥獸蟲魚廣疏》，明代陳大章的《詩傳名物集覽》，清代俞樾的《詩名物證古》，到今人陸文郁《詩草木今釋》等，共有數十部專著。這從理論上為「意境」的研究開闢了一條傳統的路徑。

　　儒家文化還有一個特點，就是大講天、地、人，從而凸顯人的主體地位，並將三者貫通一體。揚雄《法言》〈君子〉云：「通天、地、

人曰儒。」儒家以「三才」為原型圖式，創造出了輝煌的儒家文化。如以「☰」（天人地）為原型圖式的八卦文化，「天人合一」的哲學文化，天文、地文、人文並舉的文藝美學，等等。儒家將宇宙設計成「三極圖式宇宙」，即天極、人極和地極。《易》〈繫辭上〉云：「六爻之動，三極之道也。」鄭注云：「三極，三才也。」陸象山《與朱濟道》云：「人與天地並立而為三極。」在這個三極圖式中，推演出兩種基本的哲學思想：一種是強化人極，凸顯人的主體地位。如下圖：

（乾）→ 大（大）→ 天（天）→ 立（立）→ 王（王）

從圖中可見，人極中的「人」，是一個「大」人（大即人），「頂天立地」的人。《尚書》〈泰誓上〉：「惟人，萬物之靈。」〈禮運〉：「人者，天地之心。」〈孝經〉：「天地之性，人為貴。」凡貫通三極者，便是人中之傑，如王者，儒者，英者。「王」字，既是王者之象，又是儒者之象。《禮記》〈經解〉：「天子者，與天地參。」董仲舒釋「王」云：

「三者，天、地、人也，而參通之者，王也。」揚雄云：「通天地人曰儒。」《淮南子》〈泰族訓〉：「明於天道，察於地理，通於人情，……人之英也。」另一種是變「三極」為「二極」，即將地極併入天極，推演出「天人合一」的哲學思想。儒家認為，天極與人極有著極相似的同構性。董仲舒說：「天亦有喜怒之氣，哀樂之心，與人相副。以類合之，天人一也。」朱熹也說：「天即人，人即天。」這兩種思想對於儒家意境觀的形成，起著至關重要的作用。

因此，湯一介先生認為，「儒家意境」觀既是審美的「意境」觀，又是人生的「意境」觀。在儒家看來，一個理想的人格，應該做到「天人合一」的真的「意境」、「知行合一」的善的「意境」和「情景合一」

的美的「意境」的統一。[115]在以上思想的影響下，「儒家意境」便形成了三種基本形態：一是「比德意境」。這是在孔子的自然比德思想影響下，所形成的一種藝術意境。于謙《石灰吟》：「粉骨碎身全不怕，要留清白在人間。」《北風吹》：「北風吹，吹我庭前柏樹枝。樹堅不怕風吹動，節操棱棱還自持。」就是這種「意境」。詠物詩、寫意畫中多有「比德意境」。二是「情景交融意境」。這是儒家「天人合一」思想影響下，所形成的一種藝術意境。湯一介先生說：「『情景合一』是從『天人合一』派生出來的。」此類「意境」尚多，無需舉例。三是「有我意境」。這是儒家凸現人的主體地位的思想影響下，所形成的一種藝術意境。蔡報文先生說：「『有我之境』就是『儒學之意境』。」[116]此類意境亦多，也不舉例。總的來看，杜甫詩境是儒家意境的典型代表。

所謂「道家意境」，就是以道家文化精神為主導的藝術意境。

道家文化精神可用一個字概括，這便是「道」。道家文化的創始人老子說：「道之為物，惟恍惟惚。惚兮恍兮，其中有象；恍兮惚兮，其中有物；窈兮冥兮，其中有精；其精甚真，其中有信。」可見「道」是一種「先天地生」、「可以為天下母」的最高宇宙本體的存在。「象」、「物」、「精」都是由「道」派生出來的。如果說，在儒家宇宙圖式中，「天」是最高存在的話；那麼，在道家宇宙圖式中，「道」則是最高的存在。再如果說，儒家是「三極宇宙圖式」的話；那麼，道家則是「四極宇宙圖式」。《老子》〈二十五章〉云：「道大，天大，地大，人亦大。域中有四大，而人居其一焉。」在這個宇宙圖式中，「道」是最高的存在，而「天」、「地」、「人」都是「道」的派生物。就是說，道在天中，

---

115 湯一介：《中國傳統文化中的儒道釋》，中國和平出版社1988年版，第11、47頁。

116 蔡報文：《「有我之境」與「無我之境」》，《爭鳴》1994年第2期。

在地中，在人中。在體現道這一點上，天、地、人是一致的。所以，《莊子》〈齊物論〉說：「天地與我並生，而萬物與我為一。」《莊子》〈山木〉說：「人與天，一也。」不過道、儒兩家的「天人合一」觀是不同的。在儒家那裡，天與人是父子關係；而在道家這裡，天與人則是兄弟關係。父子關係，就罩著一層倫理的色彩，故強調一個「德」字；兄弟關係，就浸著一片平等的親情，故強調一個「情」字。聞一多先生說：「莊子是開闢以來最古怪最偉大的一個情種。」[117]因此，道家的思想就更具有藝術意味，也更接近於美學。於是，道家思想對於中國文人和中國文學的影響更大。林語堂先生說：「一切優美的中國文學……都深染著這種道家精神。」[118]李澤厚先生也說：「莊子的哲學是美學。」[119]

道家文化精神的核心，也可以用一個字概括，這便是「無」。《老子》〈二十一章〉云：「道之為物，惟恍惟惚。」《老子》〈十四章〉又云：「是謂無狀之狀，無物之象，是謂惚恍。」所以，「道」就是「無」。它是一種「視之不見，聽之不聞，搏之不得」的主體無法感知的最高存在。而且，按照《老子》〈二十一章〉對於「道」的推演，即由「恍惚→象→物→精」，這等同於由「無→象→物→無」。從形而上到形而下再到形而上，也就是從「無」開始，最終又歸於「無」。如一朵花，從無花始，到有花，再到無花；一個人，從無此人始，到有此人，再到無此人。這是一條從「無→有→無」中總結出來的事物發展的規律，是一個生命的過程，也是一個哲學的圓圈。任何事物，小到微生物，大到宇宙，都符合這條規律。這便是道家「無」的哲學。但這只是本

117 《聞一多全集》第2冊，三聯書店1982年版，第282頁。

118 《林語堂著譯人生小品集》，浙江文藝出版社1990年版，第231頁。

119 李澤厚：《中國古代思想史論》，人民出版社1986年版，第178頁。

體的「無」，即「無」的宇宙哲學。此外，還有一種主體的「無」，即強調主體的「無情」、「無為」。這是「無」的人生哲學。主體的「無」與本體的「無」不同，它即是「超越」，是一種超越的人生態度和主體人格境界。因此，如果說，儒家在強化主體的話，那麼，道家則是在弱化主體。所以，牟宗三先生指出，道家「無」的形上學是一種境界形態的形上學，目的在於提煉「無」的智慧以達到一種境界。[120]

　　因此，在以上道家文化思想影響下的藝術意境，即「道家意境」，有兩種基本形態：一種是物我不分的「意境」。在「道」的面前，物與我在本質上是一致的。莊子說：「萬物與我為一。」所以，莊子觀魚，魚即是我，我即是魚；莊子夢蝶，蝶化為我，我化為蝶。在道家那裡，真正有一種澄心觀物的超越的態度，因而物與我、人與自然也真正地融為一體了。正如金聖歎說的：「我看花，花看我。我看花，人到花裡去；花看我，花到人裡來。」由於儒家凸顯主體（我）的地位，所以，在儒家那裡，人與自然的關係是單向的，即只有「我看花」，而沒有「花看我」；而道家則是弱化主體（我）的地位，所以，在道家那裡，人與自然的關系是雙向對話和交流的關係，即既有「我看花，人到花裡去」，又有「花看我，花到人裡來」。李白的《月下獨酌》和《夢遊天姥吟留別》就是這種典型的意境。「湖月照我影，送我至剡溪。」「且放白鹿青崖間，須行即騎訪名山。」湖月送我，月到我中來；我訪名山，我到山裡去。自然與詩人宛若一對好朋友，親密無間，融為一體。這便是道家意境。另一種是無我意境。道家貴無。在他們看來，既無本體，也無主體；既無物，又無我。但在藝術中，卻衍生出「無我意境」來了。陳來先生說，莊子、陶淵明體現了無我之境。蔡報文

---

120 牟宗三：《才性與玄理》，台北學生書局1985年版，第1-2頁。

先生也說：「『無我之境』就是『莊學之意境』。」[121]此類意境屬老生常
談，故不舉例。總之，陶淵明、李白等人的詩境是道家意境的傑出代
表。山水詩、玄言詩、山水畫中亦多有道家意境。至於表現道教思想
的意境，我們將放入民俗文化意境中論述。

　　所謂「釋家意境」，就是以釋家文化精神為主導的藝術意境。

　　釋家文化，雖是一種外來文化，但由於東方文化的共性規定，所
以，它與中國文化一樣，也很重視人與自然的關係。從釋迦牟尼在畢
缽羅樹（後稱菩提樹）下悟道，到靈山會上拈花示眾，便與自然結下
不解之緣。在印度佛教最早的典籍《經集》中，記載了佛祖到深山、
森林、樹下、河邊、花草中去悟道的大量的訓示。佛教傳入中國後，
經過儒化、道化和中國化，產生了部派林立的中國佛教，其中最具代
表性的便是禪宗。中國佛教更是與自然打成一片。和道教的道觀處於
風景優美的洞天福地一樣，佛教的寺廟也多坐落在景色秀麗的名山勝
地。俗話說：「天下名山僧占多。」趙抃《次韻范師道龍圖三首》之一
云：「可惜湖山天下好，十分風景屬僧家。」古來尋景探幽之人，也多
與訪道拜佛相連繫。因此，李澤厚先生說：「禪宗非常喜歡講大自然，
喜歡與大自然打交道。它所追求的那種淡遠心境和瞬刻永恆，經常假
借大自然來使人感受或領悟。其實，如果剔去那種種附加的宗教的神
祕內容，這種感受或領悟接近於一種審美愉快。……特別是在欣賞大
自然風景時，不僅感到大自然與自己合為一體，而且還似乎感到整個
宇宙的某種合目的性的存在。這是一種非常複雜的高級審美感受。」[122]

　　所以，在佛教徒看來，自然風景就是佛的象徵，佛的境界。如：

---

121 陳來：《有無之境》，第5頁。
122 李澤厚：《中國古代思想史論》，第210頁。

「青青翠竹，總是法身；鬱鬱黃花，無非般若。」（《大珠禪師語錄》卷下）在佛教文化中，經常談到「境」與「人」的關係。諸如：

令僧問：「如何是開先境？」師曰：「最好是一條界破青山色！」曰：「如何是境中人？」師曰：「拾枯柴，煮布水。」

僧問：「如何是龍華境？」師曰：「翠竹搖風，寒松鎖月。」曰：「如何是境中人？」師曰：「切莫唐突。」

僧問：「如何是瑞岩境？」師曰：「重重疊嶂南來遠，北向皇都尺尺間。」曰：「如何是境中人？」師曰：「萬里白雲朝瑞岳，微微細雨灑簾前。」

問：「如何是六通境？」師曰：「滿目江山一任看。」曰：「如何是境中人？」師曰：「古今自去來。」

僧問：「如何是鷲嶺境？」師曰：「峴山對碧玉，江水往南流。」曰：「如何是境中人？」師曰：「有甚麼事？」

問：「如何是奪人不奪境？」師曰：「家鄉有路無人到。」曰：「如何是奪境不奪人？」師曰：「暗傳天子敕，陪行一百程。」曰：「如何是人境兩俱奪？」師曰：「無頭蝦蟆腳趾天。」

曰：「如何是人境俱不奪？」師曰：「晉祠南畔長柳巷。」[123]

這裡的「境」，多指優美的自然詩境，是佛教禪師的人格象徵和佛性境界。金聖歎評論《西廂記》〈賴簡〉時，就借用了釋家關於「人」、「境」的說法。他認為，「晚風寒峭透窗紗」兩節詞，「寫景，然景中則

---

123 普濟：《五燈會元》中冊，中華書局1984年版，第461、468、481、519、695頁。

有人；寫人，然人中又有景也」。「是好園亭，是好夜色，是好女兒。是境中人，是人中境，是境中情。」這說明，禪境與意境是一致的。

丁福保《佛學大辭典》云：「心之所游履攀緣者，謂之境。如色為眼識所游履，謂之色境。乃至法為意識所游履，謂之法境。」佛教從人與自然或曰人與境的關係中，推演出了佛學認識論。它將「人」的認識器官分為眼、耳、鼻、舌、身、意「六根」，又把「人」的認識對象分為色、聲、香、味、觸、法「六境」。從主體分，有眼境、耳境、鼻境、舌境、身境、意境；從客體分，有色境、聲境、香境、味境、觸境、法境。在佛學中，大多是從人與境、心與境和意與境的關係裡，論述佛性的境界。這些思想對於中國古代文藝理論和美學的影響是很大的。世所公認，中國古代美學的「意境」範疇與佛學中的「意境」（人境、心境、境界等）有著密切的關係。

釋家文化，部派林立，學說各異，但能體現其共同特色的最高範疇，便是「空」。因而，佛教也稱為「空教」或「空門」。《佛學大辭典》云：「因緣所生之法，究竟而無實體，曰空。」《維摩經弟子品》曰：「諸法究竟無所有，是『空』義。」在佛學中，有「二空」說，即我空（或稱人空、內空）和法空（或稱外空）；有「三空」說，即我空、法空和俱空；甚至還有「四空」、「六空」、「七空」、「十一空」、「十三空」、「十六空」和「十八空」說。就是說，在釋家看來，人空，境空，一切空。但是，佛教的「空」並不等於道家的「無」。因為，「空」中含「有」，而且是含著「萬有」。六祖慧能說：「善知識，世界虛空，能含萬物色象，日月星宿，山河大地，泉源溪澗，草木叢林，惡人善人，惡法善法，天堂地獄，一切大海，須彌諸山，總在空中。世人性空，亦復如

是。善知識，自性能含萬法是大，萬法在諸人性中。」[124]從客體看，即外空，能含天地萬物；從主體看，即內空，亦能含天地萬物。這便是蘇軾所說的「空故納萬境」（《送參寥師》）的「空」。俗語說的「胸懷若谷」，「宰相肚裡能行船」，都頗合佛教的「空」義。「大肚能容天下難容之事」，也是「空」的絕妙註腳。由此看來，「空」則「不空」。這正如僧肇在《不真空論》中所認為的，「不真即空」，「空」（本體的空與主體的空，或法空與我空）是一種非無非有的虛幻的存在。空，故虛，故幻，故靜。所以，虛、幻、靜，也是佛學中的應有之義。《金剛經》云：「一切有為法，如夢、幻、泡、影，如露，亦如電，應作如是觀。」（《大正藏》卷八）《大品般若經》也云：「解了諸法，如幻，如焰，如水中月，如虛空，如響，如犍闥婆城，如夢，如影，如鏡中象，如化。」（《大正藏》卷二）。

　　在釋家文化精神的影響下，皎然、司空圖、蘇軾、嚴羽和王國維等人，將釋家思想引入到文藝美學領域，極大地豐富和發展了藝術意境理論。如嚴羽說：「盛唐諸人惟在興趣，羚羊掛角，無跡可求。故其妙處，透徹玲瓏，不可湊泊，如空中之音，相中之色，水中之月，鏡中之象，言有盡而意無窮。」（《滄浪詩話・詩辨》）因此，便形成了釋家意境，主要有空境、夢境、幻境、虛境等形態。王維是寫空境的大師。諸如：「江流天地外，山色有無中。」、「空山不見人，但聞人語響。」、「人閒桂花落，夜靜春山空。」清人華琳在《南宗抉秘》中認為，「空」表現在繪畫中的「意境」，即是「白」。他說：

　　　白，即紙素之白。凡山石之陽面處，石坡之平面處，及畫外之水

---

124 《六祖大師法寶壇經》〈般若品第二〉，金陵刻經處本。

天空闊處，雲物空明處，山足之杳冥處，樹頭之虛靈處，以之作天、作水、作煙斷、作雲斷、作道路、作日光，皆是此白。夫此白本筆墨所不及，能令為畫中之白，並非紙素之白，乃為有情，否則畫無生趣矣。……禪家云：「色不異空，空不異色，色即是空，空即是色。」真道出畫中之白，即畫中之畫，亦即畫外之畫也。[125]

　　這種「空色合一」的「白」，便是畫之空境。其實，書法、音樂、戲曲、建築、園林等中國藝術中，都有類似的空境。此外，《紅樓夢》的夢境，《鏡花緣》的虛境，《西遊記》的幻境等，都是「釋家意境」。

　　總之，儒、道、釋文化與「意境」的密切關係，已為當代學界所公認。於民先生說，「意境」的產生，經歷了「道孕其胎，玄促其生，禪助其成」[126]的過程。蔣述卓先生也說，「意境」的「哲學來源，有儒，有道，也有釋。從其發生發展的歷史看，儒、道開其先，而釋子助其成」[127]。當然，這些看法皆本之於皎然。《詩式》說，詩道（即「意境」）「尊之於儒，則冠《六經》之首；貴之於道，則居眾妙之門；崇之於釋，則徹空王之奧」。我認為，儒、道、釋文化不僅在「意境」的形成過程中曾起過決定性的作用，而且還形成了各自的「意境」觀和「意境」形態。這是需要特別強調的。

　　最後，再談談「民俗意境」。所謂「民俗意境」，就是以民俗文化精神為靈魂的藝術意境。

　　中國自古以來就是一個農業國家。所以，中國民俗文化的主要舞台便在農村。民俗文化雖是一種極為活潑的動態文化，然而其中卻積

125　《中國美學史資料選編》下冊，第391頁。
126　於民：《空王之道助而「意境」成》，《文藝研究》1990年第1期。
127　蔣述卓：《佛教與中國文藝美學》，廣東高等教育出版社1992年版，第49頁。

澱著十分厚重的「歷史遺留物」。這一點在農村民俗文化中表現得尤為突出。沈從文先生在五十年代對民俗文化的研究中發現，在「魚水和諧」、「鴛鴦戲荷」、「綵鳳雙飛」和「鳳穿牡丹」的民間刺繡圖案裡，積澱著十分古老的民俗文化內容。[128]近年來，也有專家指出，在陝北民間剪紙中，積澱著原始、古樸的漢畫像石的構圖方式。但這些作者都是些一字不識的農村老太婆。那麼，她們是通過怎樣的方式承傳古代民俗文化精神的呢？我認為，是通過民俗文化特殊的傳播方式即口口相授、代代承傳和薰陶積澱形成的。這些不識字的老農民，具有排拒當代文化而保留古代民俗傳統文化的心理定式和天性。他們是民俗文化的極寶貴的載體，也是古代民俗文化的珍藏室和活文物。

因此，錢穆先生說：「中國文化，始終站在自由農村的園地上滋長」，所以，「農村永遠為中國文化之發酵地」。[129]就是說，中國文化的根紮在廣大的農村民俗文化土壤裡。大約從上古時起，歷代統治者就注意在廣大農村收集民俗文化材料，並從中瞭解廣大農民的文化心態和民間情緒，從而調整政治措施，以利統治。這是史前社會原始民主遺風的一種表現。《禮記》〈王制篇〉記載：「天子五年一巡守，……命太師陳詩以觀民風。」《漢書》〈藝文志〉也說：「古有采詩之官，王者所以觀風俗，知得失，自考正也。」我國第一部詩集《詩經》，就是上古采詩制度的產物，其中保留了極豐富的民俗文化資料。漢武帝時，朝廷設立了專門的樂府機關，負責蒐集各地歌謠，於是便有了漢樂府詩。由此可見，表現上古民俗文化的《詩經》，不僅成為中國文化的第一部經典，也成為中國藝術的第一部經典。

---

128 沈從文：《龍鳳藝術》，作家出版社1960年版，第69、71、72頁。

129 錢穆：《中國文化史導論》，第94、129頁。

　　在中國民俗文化中，自古以來就洋溢著熱愛自然的文化精神。且不說史前民俗文化中的文字、岩畫、彩陶和神話中的大量的自然意象，也不說《詩經》〈國風〉中的草木鳥獸以及漢樂府、唐宋詞、元散曲和明清民歌中的自然意象，即使民間服飾、建築、刺繡、剪紙和織錦等工藝品中，也充滿了大量的自然意象。如古鏡的裝飾有鳥、獸、蟲、魚、花、草等自然意象圖案。在美國學者W・愛伯哈德《中國文化象徵詞典》中，就收入了大量的民俗文化自然意象，還收入了唐代的一面八卦動物銅鏡的圖片資料。在這面古鏡上，有三層動物圖像：第一層有龍、鳳、龜、虎四靈，表示四個方位，是中國人的空間觀念；第二層是十二生肖動物，表示一年的十二個月份，是中國人的時間觀念；第三層有二十八個動物，表示二十八宿，是中國人的天文觀念。在這些動物意象之上，都負載著中國古代民俗文化的內容，活生生地表現了中國人的宇宙觀。

　　「民俗意境」，主要表現在民間藝術中。《詩經》〈溱洧〉：「溱與洧，方渙渙兮；士與女，方秉蕳兮。女曰：『觀乎？』士曰：『既且！且往觀乎？』洧之外，洵訏且樂。維士與女，伊其相謔，贈之以芍藥。」朱熹《詩集傳》釋云：「鄭國之俗：三月上巳之辰，采蘭水上，以祓除不祥。……於是士女相與戲謔，且以芍藥相贈，而結恩情之厚也。」溱、洧，今河南的兩條河名。在這首詩中，溱水與洧水，蘭草與芍藥花，既是春天的象徵，又是這對青年男女的象徵，而且秉蘭贈花，以結愛情。人與自然、情與景交融一體，構成了「民俗意境」。今天生活在蒼山腳下、洱海旁邊的白族人民，也有一首相似的民歌，說：

花上花，
彈起三弦去看花，

　　三弦彈到花園裡，
　　好花噴鼻香。
　　好花就數紅芍藥，
　　香花就數紅牡丹，
　　小妹與哥成雙對，
　　芍藥配牡丹。

　　這裡的「芍藥配牡丹」，與《詩經》〈溱洧〉一詩中的「蘭草配芍藥」一樣，都是青年男女愛情的象徵。「芍藥配牡丹」之類的民俗意境，不僅在民歌中由來已久，也成為民間繪畫、刺繡、剪紙和裝飾圖案的主題。如北方民間婚俗中的窗花、鞋花、枕頭花、櫃箱花和裏肚花中，多有「鳳凰戲牡丹」、「魚戲蓮花」和「蛇盤兔」等暗示愛情的意境。還有一首藏族民歌唱道：

　　美麗的孔雀在高空飛翔，
　　找不到棲息的檀香木，
　　它決不落在雜樹上。

　　梅花鹿在石崖下輾轉，
　　找不到清澈的泉水，
　　污水再多它也不嘗。

　　少女的心裡燃燒著愛情，
　　找不到稱心的人兒，
　　她決不傾吐衷腸。

　　在這首民歌中，孔雀、梅花鹿與少女融化在一起，構成了一個非常美麗的「民俗意境」。同樣，孔雀、梅花鹿也成為民間繪畫、刺繡、剪紙和裝飾圖案等構圖造境的主要意象材料。類似的「民俗意境」很多，諸如民間繪畫中，將兒童、鯉魚和蓮花畫在一起，表示「連年有餘」的意境；在民間剪紙中，用魚表示「富貴有餘」的意境。

　　「民俗意境」，也多表現在文人的作品裡。因為，中國文人大多來自民間；即使出身於上層社會的文人，一旦失意，也常常到民間去尋求安慰。所以，中國文人與民俗文化有著千絲萬縷的關係。於是，他們在作品裡便表現出了豐富多彩的「民俗意境」。諸如劉禹錫的《竹枝詞》、元好問的《喜春來》，「元四家」的散曲，馮夢龍的山歌、筆記和小說，以及蒲松齡的《聊齋誌異》等。在文人畫裡也有許多「民俗意境」。如將公雞與靈芝畫在一起，表示「吉祥如意」的意境；將佛手、桃子和石榴畫在一起，表示「多福多壽多子」的意境；將喜鵲、竹子和梅花畫在一起，表示「幸福美滿」的意境；將喜鵲與梧桐畫在一起，表示「同喜」的意境。

　　「民俗意境」除了「意象」的歷史承傳性之外，在結構上也有很強的歷史承傳性。這與民俗文化的本質是一致的。《古詩源》中收錄了一首夏代的民歌《夏後鑄鼎謠》云：「逢逢白雲，一南一北，一西一東。」這是白雲四方彌滿的「意境」。甲骨卜辭中，也有一首商代的民歌，云：「今日雨，其自西來雨？其自東來雨？其自北來雨？其自南來雨？」這是四方來雨的撲朔迷離的「意境」。漢樂府民歌中，也有一首《採蓮曲》云：「江南可採蓮，蓮葉何田田。魚戲蓮葉間，魚戲蓮葉東，魚戲蓮葉西，魚戲蓮葉南，魚戲蓮葉北。」這是魚在四方戲蓮的意境。這個意境與陝北剪紙藝術中的「魚戲蓮團花」（中心為蓮花，四周是魚）的意境很相似。這些，我們都可以看作是同一種結構模式所衍

生出的「民俗意境」。它表現出了中國人積澱很深的方位意識。

　　綜上所述，所謂的「儒家意境」、「道家意境」、「釋家意境」和「民俗意境」，都是相對而言的，即是指它的主要方面和特點。其實，儒家文化、道家文化、釋家文化和民俗文化往往互相滲透，共同構成了中國文化。比如，佛教傳入以後，就經過儒化、道化和民俗化，才產生了禪宗文化。又如，宋儒以儒家文化為主導，兼收道家文化和釋家文化，創造了理學文化。因此，與西方不同，中國只有文化，而沒有宗教。所以，正如皎然所說的那樣，在「意境」範疇裡滲透著儒、道、釋文化的內容，即「儒家意境」、「道家意境」、「釋家意境」和「民俗意境」又互相融匯，密不可分。

第六節　結語：文化語境中的「意境」內涵

　　二十世紀的「意境」研究者所做的第一件事，就是為「意境」內涵尋找一條能讓學界所公認的定義。誰能尋找和歸納出這樣一條定義，誰就立了「一家之言」。在這種「定義旋風」的裹挾下，人們紛然影從，趨之若鶩。於是，關於「意境」定義的說法就漸漸多了起來。[130] 從20世紀初，談「意境」定義；到20世紀末，還談「意境」定義。一百年來，似乎原地踏步，並未走出「定義旋風」的圈子。而且，越談越讓人糊塗，弄不清「意境」究竟是什麼了。

　　近年來，這種研究愈來愈向「形而上」發展。如周谷城先生的「理

---

130 參見本章第一節，大約有20多種說法。

想」説[131]，董玲女士的「人格」説[132]，葉朗先生的「人生」説[133]，還有薛富興先生的「和諧」説[134]，等等。你有你的「意境」，他有他的「意境」，各執一見，自成一説。作為學術研究，這是很正常的現象，也是「意境」研究繁榮的標誌。但是，我們認為，這些觀點都有其不足之處。儘管從「意」的內涵中可以抽取出「理想」和「人格」因素，從「意境」的內涵中也可以抽取出「人生」和「和諧」的因素；然而，它們並不是「意境」。這就好比豹之一斑、鳳之一爪和龍之一鱗，並不就是全豹、全鳳和全龍一樣。按這種方法來闡釋「意境」，實際上是將「意境」的本質特徵抽空了來談的，故所談並不是「意境」，而分別應是「理想」、「人格」、「人生」與「和諧」自身。此外，還有一種更為簡單的定義方法值得商榷。這就是施議對先生最近提出的「公式法」，即「意+境=意境」。[135]儘管他在「立意」和「造境」問題上也發表了一些較好的見解，但「這種『+』的方法」卻並不科學。總之，這些用「線型思維」為「意境」定義的做法值得懷疑。

「意境」本來就不是一個「分析性術語」，而是一個「直覺性術語」。或者説，「意境」範疇的出現，並不是「線型思維」邏輯分析的結果，而是「圓型思維」直覺頓悟的產物。

131 周谷城《意境説》一文認為，理想「在藝術作品中實現，就叫做意境」。見《社會科學輯刊》1988年第1期。

132 董玲《試論意境的人格化》一文認為，「意境是人格的載體或存在空間」，「意境的最終魅力在於其人格魅力」，見《中南民族學院學報》1998年第2期。此説本於宗白華先生的「意境創造與人格涵養」的觀點，見《藝境》第154頁。

133 葉朗《説意境》一文認為，「意境的特殊意蘊在於它包含有哲理性的人生感」，藝術作品「只要有人生感、歷史感，就有意境」。見《文藝研究》1998年第1期。

134 薛富興在《東方神韻──意境論》（人民文學出版社2000年版）一書中認為，「意境是什麼？意境就是和諧」（第354頁），並主張「以和諧代意境」（第213頁）。

135 施議對：《論「意+境=意境」》，《文學遺產》1997年第5期。

　　因此，「意境」就不是一個線型封閉的概念，而是一個向四方敞開的圓型開放的概念。我們可以對它進行面面觀，這也是造成「意境」內涵長期爭議不決的一個根本原因。好在學界的有識之士也已經認識到了這一點。正如黎啟全先生說的，「意境」是一個多因素、多層次、多關系、外延無限寬泛、內涵極度充分的最高和最大的美學範疇。[136]對於這樣一個「三多」的圓型概念，科學的做法就是對它進行「多層」的闡釋。

　　所以，「意境是什麼」這種「柏拉圖式」的線性追問方式，就顯得太陳舊、太落後，已經不能夠滿足「意境」闡釋的需要了。因為，採用單一的闡釋方式，往往會「東向而望，不見西牆」，產生以偏概全的毛病。八十年代以來，「意境」的多層闡釋已逐漸成為一種主流走向。諸如：袁行霈先生從藝術活動的角度，提出了「詩人之意境、詩歌之意境和讀者之意境」的觀點[137]；蔡報文先生從文化學角度，提出了「儒學之意境與莊學之意境」[138]；楊鑄先生以「情景交融」、「以實生虛」和「韻味悠長」來界說「意境」[139]；章啟群先生以「無、空、幻、情四大要素」來闡釋「意境」的內涵[140]，等等。

　　因此，本書不打算回答「意境是什麼」的問題，而是在一個更為廣闊的文化語境中，對意境內涵進行多層闡釋。

　　我們認為，「意境」之意，包括「志」、「氣」、「情」、「理」、「性」、「道」等，指審美主體的精神世界。在藝術審美活動中，又表現為作者

---

136 黎啟全：《中國美學是生命的美學》，《貴州大學學報》1999年第2期。

137 袁行霈：《中國詩歌藝術研究》，北京大學出版社1987年版，第49頁。

138 蔡報文：《「有我之境」與「無我之境」》，《爭鳴》1994年第2期。

139 楊鑄：《「意境」的界說》，《北京社會科學》1988年第3期。

140 章啟群：《「意境」本體探微》，《文史哲》1989年第1期。

之意、作品之意和讀者之意，其中作品之意是核心，作者之意和讀者之意均向作品之意聚合，然後又由作品之意向外發散；「意境」之「境」，則是由兩個或兩個以上的自然意象構成的審美景觀。在中國本土文化中，先有「意象」術語，而後才有「意境」術語。「意」與「境」能夠走到一起來，聯手組成「意境」術語，是受了儒、道、釋文化的影響。

「意境」作為中國美學範疇，是對以詩為核心的中國藝術以及中國審美文化中的一種審美現象的理論概括。這種審美現象便是人的情感意志與自然意象的審美統一。根據這種特殊的審美現象，我們將「意境」的內涵劃分為三個基本的層面，即「情景層」、「象外層」和「形式層」。

首先，看情景層。所謂「情景層」，是指「情景交融」的審美存在。這是我們直觀「意境」和把握「意境」的一個物質層面，也是「意境」的一個本質層面。如本章第二節「元符號」闡釋中所列舉的事實，證明「情景交融」是唐、宋、元、明、清、近代和現代學者所公認的。儘管當代學者對「意境」提出這樣或那樣的看法，但對「情景交融」也還是承認的。如宗白華先生說：「意境是『情』與『景』（意象）的結晶品。」[141]蒲震元先生說：「沒有情景交融，就難於產生意境。」[142]就在最新出版的兩部學術專著中，也仍然能夠看到對於「情景交融」說的肯定。黃霖先生認為，「但情景交融確是形成意境的基本條件。這就不難理解為什麼歷來總有不少詩論家主要以情、景為兩大支點來詮釋和發展『意境』說了」[143]。薛富興先生也認為，「情景說是意境理論

---

141 宗白華：《藝境》，第152頁。

142 蒲震元：《中國藝術意境論》，第16頁。

143 黃霖、吳建民、吳兆路合著：《原人論》，復旦大學出版社2000年版，第120頁。

中最為流行的觀點，幾乎成了意境的別名。就詩歌意境的內在要素、結構而言，不能不承認它抓得很准」。[144]

這樣一來，「情景交融」說既是古人的一致看法，也是當代學者所公認的，那麼將它作為「意境」內涵的基本層面就不成問題了。不過需要特別指出的是，這裡的「景」只是指自然意象。所以，判斷藝術作品中有無意境的基本標準之一，就是看它有無自然意象。這是唯一能夠將「意境」內涵落到實處的本質所在，也是清理「意境泛化現象」的一條準則。否則，「意境」就成為一個虛無縹緲、不著邊際和難以捉摸的東西了。如此「意境」，再研究一百年，也不會有什麼結果。除了學者玄談之外，還有什麼用處呢？

「情景交融」只是總的理論概括。它在不同的藝術作品中，又有不同的表現形態。在抒情作品中，它是情景交融的意境，諸如抒情詩、抒情散文、抒情音樂和抒情繪畫之類；在說理作品中，它是理景交融的意境，諸如莊子散文、哲理詩和寫意畫之類；在敘事作品中，它是事景交融的意境，諸如小說、戲曲和寓言故事之類。古人分別以「情境」、「理境」和「事境」稱謂之，三者合之就是「意境」，是「意境」在不同藝術作品中的表現形態而已。儘管不同類型的藝術作品有各自獨特的表現對象，如「情」，如「理」，如「事」，但有一點卻是相同的，這就是「景」。情、理、事是人的心理活動和行為活動的產物，三者均繫於人，可以「人」代之；「景」則是自然景物，在古代稱為「物」或「物色」，可以「自然」代之。所以，「意境」的本質，我們可以簡明地概括為：人與自然的審美統一。

因此，構成「意境」的前提有兩個，一個是「人」（即「情」、

<hr>

144 薛富興：《東方神韻——意境論》，人民文學出版社2000年版，第120頁。

「理」、「意」、「事」），一個是「自然」（即「景」、「境」），兩者缺一不可。構成「意境」的關鍵是「審美」。也就是說，「人」與「自然」簡單地相湊或相加（如施議對先生那樣的「＋」法），都不是「意境」。只有人（包括「情」、「意」等）與自然（包括景、境）在審美關係中統一才是「意境」。這種統一，就是人以欣賞的心態觀照自然而達到物我兩忘的統一。實質上就是人與自然的「交融」，即人化自然，自然化人，你中有我，我中有你，難以分析。所以，古人對「交融」二字下得極好，準確，簡潔，凝練。這種統一，就是莊子所說的「萬物與我為一」的統一，就是王國維所說的「意境兩忘、物我一體」（《人間詞乙稿序》）的統一。把握住了這樣兩點，也就把握住了「意境」的本質。

這種「審美統一」表現在詩、文、小說、繪畫、音樂、戲曲、舞蹈和園林中，就分別為詩境、文境、小說境、畫境、樂、戲境、舞境和園境。如果從審美關係的角度來看，藝術意境是一個多層次的藝術結構，即「景」為表層，「情」為中層，「境」為深層。這是一個由表及裡、由實入虛的動態結構。在「景」的層面上，有物境和事境；在「情」的層面上，有喜境、悲境、怨境、愁境、愛境和恨境等；在「境」的層面上，又有喜劇境、悲劇境、優美境、壯美境、空靈境、含蓄境和怪誕境，等等。

其次，看「象外層」。「象外」有什麼？大多數人以為，「象外」只是抽象的「意味」。其實不然。從「境生於象外」的觀點看，「象外」應是「境」。按我個人的理解，由兩個或兩個以上的自然意象（象）構成境。所以，「象內」是「象」，「象外」便是「境」。因此，「象外」並不只是「意味」，還有情景交融的境。按古人的說法，是「象外有像」，這後一個「象」即是「境」了。這是其一。其二才是「境外之

境」，即實境之外的虛境。「實境」是指「情景交融之境」，「虛境」則是由「實境」所蘊含和暗示出來的「意味」了。

再次，看「形式層」。藝術意境的「情景層」和「象外層」，最終都要通過「形式層」來表現。詩、文、繪畫、音樂、戲曲、舞蹈和園林等，各種藝術都有各自不同的藝術表現形式，也有各自不同的形式層的「意境」。本章第二節只是探討了文學語言形式層的「意境」問題，其他藝術的形式層「意境」留待今後繼續研究，故不再談。

因此，我認為，「意境」是藝術活動中情景交融、意溢象外和人與自然審美統一的意象結構和美感形態。具體說，在「情景層」，則是情景交融的意象結構，這是「意境」構成的物質基礎。在「象外層」，則是意溢象外的美感形態，這是「意境」的審美價值體現。在「形式層」，則是由不同藝術媒介構成的符號系統。這是「意境」的形式載體。不同種類的藝術，便有不同的形式載體，也就有不同形態的「意境」，諸如文學意境，是由音像（聲象）、形象（字象、色象）、語象（句象）和意象（義象）等層面構成，以滿足審美主體聽覺、視覺、味覺和心覺的全息審美需求。「情景層」、「象外層」和「形式層」三者有機結合，才構成完整意義上的「意境」。至於人與自然的審美統一，則是「意境」的本質規定。就是說，在「意境」的三個構成層次中，「情景層」是本質，是基礎。有沒有自然意象（即「景」）和人的情感（即「情」），是衡量有無「意境」的一條基本標準。「象外層」和「形式層」都是建立在此基礎之上，並由此而獲得了「意境」的性質，成為「意境」的構成因素。否則，如果不符合這條本質性的標準，即使有「象外層」和「形式層」，也不能算是有「意境」的。這樣就從根本上防止了「意境」內涵的泛化。在本章中，我們還對「意境」內涵進行了不同學科的多維闡釋，即從詩學角度看，它由「詩人意境」、「詩歌意境」

和「讀者意境」等層面構成。「詩人意境」是表現層的「意境」,「詩歌意境」是文本層的「意境」,「讀者意境」則是接受層的「意境」,三者可以統一,也可以不統一。藝術的魅力就表現在這種統一與不統一的動態建構之中;從美學角度看,它由「情」意境、「景」意境和「情景交融」意境等層面構成;從文化學角度看,它由「儒家意境」、「道家意境」、「釋家意境」和「民俗意境」等層面構成,等等。就是説,在「意境」範疇中,隱含著符號學的、詩學的、美學的和文化學的等豐富多彩的人文內涵。這便是文化語境中的「意境」內涵。

第四章

「意境」本質的多向探尋

　　與「意境」內涵是一個多面體的審美結構相似，「意境」的本質也不是單一的，而是多維的。人與自然的審美統一及其藝術呈現，只是對「意境」本質的靜態概括。如果將它納入到中國美學史的動態流變中和中西美學的比較中來探尋，我們則會看到不同的「意境」美學景觀，並對「意境」本質提供更為充分的論證。在它的本質結構中，既有原始與文明的交響，又有傳統與現代的轉換。就是說，「意境」的本質同它的範疇本身一樣，也是社會歷史文化的產物。它不僅有一個萌芽、形成和發展的問題，而且在不同的歷史層面上，又有不同的質的規定性。從中西文化的比較看，「意境」是東方大陸型農業審美文化的產物，體現了東方農業文明的審美特徵。在世界美學史上，這是一道十分獨特的異常優雅的美學風景。

　　因此，本章擬從四個向度對「意境」本質進行理論探尋。

第一節　人與自然審美統一的「意境」本質

　　歌德說，在中國，「人和大自然是生活在一起的。你經常聽到金魚在池子跳躍，鳥兒在枝頭歌唱不停，白天總是陽光燦爛，夜晚也總是月白風清」[1]。這個看法很敏銳地揭示出中國人的生活特點，同時也揭示出中國文化、藝術和美學的特點。在悠悠遠古時就奠定了「以農為本」的中國社會裡，人與自然便結下了不解之緣。在人與自然的生產（農業生產和牧業生產）關係的中心線索上，貫穿著血緣的、巫術的、宗教的、政治的、倫理的、藝術的和審美的關係等等，構成了一個具有東方色彩的社會文化網絡。這個網絡的內化和積澱，便形成了中華民族獨特的社會文化心理；這個網絡的外化，又形成了中國異彩紛呈的美麗的文化景觀。「半人半獸」的神話，「依類象形」的漢字，「觀物取象」的八卦，「情景交融」的詩歌，就是這些文化景觀的傑出代表。就是說，在人與自然的生產關係的基礎之上，又衍生出宗教關係、政治關係、倫理關係和審美關係來了。如多年前，我在一篇文章裡所論述的「山與中國文化」的關係[2]，便是如此。

　　因此，人與自然的關係，實質上是由自然的人化和人的自然化的雙向「互滲」構成的。或者說，人的本質向自然滲入，自然的本質也向人滲入，從而達到人與自然的內在統一。但從最終的意義來說，這種關係的構成，不是通過「個人」完成的，而是通過「社會」完成的。正如馬克思說的，「只有在社會中，自然界對人說來才是人與人連繫的紐帶」。「人同自然界的關係直接就是人和人之間的關係，而人和人之間的關係直接就是人同自然界的關係。」「因此，社會是人同自然界的

1　《歌德談話錄》，人民文學出版社1978年版，第112頁。

2　見拙作《山與中國文化》，《復旦學報》1990年第3期。

完成了的本質的統一，是自然界的真正復活，是人的實現了的自然主
義和自然界的實現了的人道主義。」[3]

人與自然的關係作為原型並通過社會的功能，構成了中國文化的
方方面面；反過來看，中國文化的方方面面，都隱含著人與自然的關
係，諸如哲學的「天人合一」，倫理學的「天人同德」，心理學的「心
物感應」，文藝學的「情景交融」，美學的「意與境會」等等。所以，
在中國文化和美學中，人與自然的關係並不像人們所認為的那樣簡
單。可以説，人與人之間的關係有多複雜，人與自然的關係就有多豐
富。這些便是構成「意境」本質的前提和基礎。

當人與自然的關係由物質層面提升到精神層面、由功利層面提升
到審美層面時，「意境」就產生了。所以，「意境」的本質，就是人與
自然審美統一及其藝術呈現。雖然「意境」的本質是在人與自然的審
美關係的層面上展示的，但是如果離開了人與自然的其他關係層面，
「意境」的本質也是難以存在的。因為，它的存在，需要有一個雄厚的
歷史文化基礎。

「意境」的本質要求中國的文學家、藝術家和美學家必須無條件地
投身到大自然中去，和大自然生活在一起。「直接觀察自然現象的過
程，感覺自然的呼吸，窺測自然的神祕，聽自然的音調，觀自然的圖
畫。風聲，水聲，松聲，潮聲，都是詩歌的樂譜。花草的精神，水月
的顏色，都是詩意、詩境的範本。所以，在自然中的活動是養成詩人
人格的前提。因『詩的意境』，就是詩人的心靈與自然的神祕互相接觸
映射時造成的直覺靈感。這種直覺靈感是一切高等藝術產生的源泉。」[4]

3　楊柄編：《馬克思恩格斯論文藝和美學》，文化藝術出版社1982年版，第32、29頁。

4　宗白華：《藝境》，第21頁。

　　所以，中國人特別是中國文人，都很熱愛自然萬物，對於大自然有著特殊的感情。在他們看來，大自然孕育了中國文化，於是大自然本身也就成為文化。金聖歎說：「名山大河、奇樹妙花者，其胸中所讀之萬卷之書之副本也。於讀書之時，如入名山，如泛大河，如對奇樹，如拈妙花焉。[5]於入名山、泛大河、對奇樹、拈妙花之時，如又讀其胸中之書焉。」廖燕也說：「無字書者，天地萬物是也。古人嘗取之不盡，而尚留於天地間，日在目前，而人不知讀。燕獨知之讀之，終身不厭。」[6]從世界範圍看，中國的自然人化程度最高。凡名山、大河、奇樹、妙花、靈鳥、怪獸等，甚至包括天地萬物，都打上了中國歷代人厚厚的精神印記。就以泰山來說吧。據《史記》〈封禪書〉載，從史前的無懷氏起，先後有七十二位君主到泰山舉行封禪大典。此後，幾乎歷代皇帝都要到泰山封禪。如漢武帝曾六次封禪泰山，炫耀其文治武功，對後世封建帝王影響很大。從孔子「登泰山而小天下」始，我國歷代文人墨客登臨泰山者難以數計。人們在登臨泰山的過程中，也就將宗教、政治、文化、藝術和美學帶上了泰山。今日的泰山，名勝古蹟，琳瑯滿目，遍佈全山，與大自然的美景交織在一起，成為天然的歷史文化博物館。所以，郭沫若先生說：「泰山是中國文化史的一個局部縮影。」[7]其中，也多有以審美眼光觀照泰山者，如漢武帝讚頌泰山說：「高矣！極矣！大矣！特矣！壯矣！赫矣！駭矣！惑矣！」這是審美主體對泰山崇高（壯美）美感的精確描述。可見泰山徹底地人化了，成為人世間一部立體的大書。同時，凡名山大河，大多有詩，有記，有傳說，成為「書之副本」。因此，書（文化）與自然成為一種同

5　　《金聖歎批本西廂記》，上海古籍出版社1986年版，第8頁。

6　　《中國美學史資料選編》下冊，中華書局1981年版，第339頁。

7　　郭沫若：《讀〈隨園詩話〉札記》，作家出版社1962年版，第37頁。

構對應的關係。

古人還認為，大自然孕育了中國藝術，於是大自然本身也就成為藝術。元人劉將孫說：「天地間清氣為六月風，為臘前雪，於植物為梅，於人為仙，於千載為文章，於文章為詩。」[8]風、雪、梅即是文章，即是詩。清人徐增《而庵詩話》云：「花開草長，鳥語蟲聲，皆天地間真詩。」葉燮《原詩》也說：

> 天地之大文，風、雲、雨、雷是也。風、雲、雨、雷，變化不測，不可端倪，天地之至神也，即至文也。試以一端論：泰山之雲，起於膚寸，不崇朝而遍天下。吾嘗居泰山之下者半載，熟悉雲之情狀：或起於膚寸，彌淪六合；或諸峰競出，升頂即滅；或連陰數月；或食時即散；或黑如漆；或白如雪；或大如鵬翼；或亂如散鬟；或塊然垂天，後無繼者；或聯綿纖微，相續不絕；又忽而黑雲興，土人以法占之，曰「將雨」，竟不雨；又晴雲出，法占者曰「將晴」，乃竟雨。雲之態以萬計，無一同也。以至雲之色相，雲之性情，無一同也。雲或有時歸，或有時竟一去不歸，或有時全歸，或有時半歸，無一同也。此天地自然之文，至工也。

大自然本身成為文，成為詩，成為藝術，也就成為「意境」的「範本」了。正如蔡鍾翔先生所指出的那樣，在古代中國人那裡，「自然界的美（「天地之文」）是自然的，因此理所當然是文藝創作的範本，自然被奉為最高的審美理想」。[9]

大自然之所以成為文化和藝術，完全得力於人，是人化的結果。

8　胡經之主編：《中國古典美學叢編》上冊，中華書局1988年版，第210頁。

9　蔡鍾翔：《自然》，中國人民大學出版社1996年版，第236頁。

所以，「意境」的本質，既取決於大自然，又取決於人，取決於人與自然的審美關係。這一點古人也早有認識。唐人獨孤及《慧山寺新泉記》云：

「夫物不自美，因人美之。」白居易《白洲五亭記》云：「大凡物有勝境，得人而後發；人有心匠，得物而後開，境心相遇，因有時耶？」柳宗元《邕州柳中丞作馬退山茅亭記》云：「夫美不自美，因人而彰。蘭亭也，不遭右軍，則清湍修竹，蕪沒於空山矣。」沈德潛《芳莊詩序》也說：「江山與詩人相為對待者也。江山不遇詩人，則巉岩淵淪，天地縱與以壯觀，終莫能昭著於天下古人之心目；詩人不遇江山，則雖有靈秀之心，俊偉之筆，而孑然獨處，寂無見聞，何由激發心胸，一吐其堆阜灝瀚之氣？惟兩相待、兩相遇，斯人心之奇際乎宇宙之奇，而文辭之奇得以流傳於簡墨。」

在審美主體的靈光燭照下，不僅能使自然中的美者更美，還能使醜者變美。清人沈復《浮生六記》中就記載了這樣一則審美趣事：

余憶童稚時，能張目對日，明察秋毫，見藐小微物，必細察其紋理，故時有物外之趣：夏蚊成雷，私擬作「群鶴舞空」，心之所向，則或千或百，果然鶴也。昂首觀之，項為之強。又留蚊於素帳中，徐噴以煙，使其沖煙飛鳴，作「青雲白鶴」觀，果如鶴唳雲端，怡然稱快。於土牆凹凸處、花台小草叢雜處，常蹲其身，使與台齊。定神細觀，以叢草為林，以蟲蟻為獸，以土礫凸者為丘、凹者為壑，神遊其中，怡然自得。一日，見二蟲鬥草間，觀之正濃。忽有龐然大物拔山倒樹而來，蓋一癩蝦蟆也，舌一吐而二蟲盡為所吞。餘年幼方出神，不覺呀然驚恐。神定，捉蝦蟆，鞭數十，驅之別院。

　　這就是變自然醜（蚊、蟲蟻、癩蝦蟆）為藝術美（群鶴舞空、青雲白鶴）的審美意境。藝術意境大多在人與自然的審美關係中產生。琴曲《伯牙水仙操序》云：

　　伯牙學琴於成連，三年而成。至於精神寂寞，情之專一，未能得也。成連曰：「吾之學不能移人之情，吾師有方子春在東海中。」乃賫糧從之，至蓬萊山，留伯牙曰：「吾將迎吾師！」划船而去，旬日不返。伯牙心悲，延頸四望，但聞海水汩波，山林窅冥，群鳥悲號。仰天嘆曰：「先生將移我情！」乃援操而作歌云：「繄洞庭兮流斯護，舟楫逝兮仙不還；移形素兮蓬萊山，傷宮仙不還。」

　　這段話說，真正的音樂意境並不是跟人「學」來的，即不是模仿他人而來的；也不是音樂家心中固有的；而是伯牙的「悲心」與眼前的「悲境」相遇相融後產生的。所以，只有大自然才能「移人之情」，也只有大自然才是藝術家真正的「老師」。因此，在中國古代文藝美學中，便有師牛、師馬、師竹、師花、師華山和師造化等眾多的說法。
　　中國藝術家師法自然，並不像西方藝術家那樣是為了「模仿自然」，而是要在大自然這面鏡子裡觀照自我和表現自我；用石濤的話說，就是「借筆墨以寫天地萬物而陶泳乎我也」[10]。就是說在我與物、人與自然的雙向交流和互滲的審美關係中，醞釀情感，捕捉意象，創造意境。當然，物與我從外形上難以同構，則有利於「出」，使「我」保持主體理性之清醒，便於「以奴僕命風月」，發揚創造意境的主體精神；但是，物與我又從內蘊裡易於契合，則有利於「入」，使物我進行

10　《中國美學史資料選編》下冊，第329頁。

內在的「性通」與交流，因而「與花鳥共憂樂」，創構審美意境的文本世界。如果說，審美主體在前者還保持清醒心態的話，那麼到了後者，便沉浸在幻覺般的模糊心態之中，分不清物我的界限了。如羅大經《鶴林玉露》卷六所載，曾無疑論畫草蟲，「不知我之為草蟲耶，草蟲之為我也」。意境就產生在這種「物我融會」的審美境界之中。

「意境」的本質也就存在於物與我、人與自然的這種契合融會的審美層面之上。所以，按照「意境」本質的規定，中國藝術的創作，既離不開「我」（情、意），又離不開「物」（景、境），兩者必須兼到，而不可偏離和偏廢。正如金聖歎談到詩歌意境的創作時所說的那樣，「起如敘意，則承之必急寫景，寫景以證我意也；起如寫景，則承之必急敘意，敘意以銷我景也」[11]。「我意」與「我景」的完美統一，就構成了詩的意境。為了符合「意境」的本質要求，中國藝術家不僅對大自然寄予了深情，而且十分銳敏，善於觀物、感物和寫物，將自己的情意巧妙地寄託於物之上，創造出美的意境來。諸如陶淵明《閒情賦》中的「負雅志於高雲」、「瞻夕陽而流嘆」、「寄弱志于歸波」；秦觀《黃樓賦》中的「恨所思之遲暮兮，綴明月而成詞」；李綱《南徵賦》的「恨離群而索居兮，寄相思於一水」。又如元僧覺隱的「以喜氣寫蘭，怒氣寫竹」等等。自然萬物成為藝術家情感的對應物和負載物，這是構成「意境」的關鍵。

因此，中國藝術家便有一種與生俱來的「自然審美情結」。在古代，莊子是一個典型的代表。正如我在《漆園賦》中所說的，他能夠「薄名利，忘窮富，超越自我」，對於大自然具有一種「疾雷破山兮心靜，飄風振海兮神守」的冷靜的審美心態。所以，他「夢蝴蝶，觀濠

11　《金聖歎選批唐詩》，浙江古籍出版社1985年版，第513頁。

魚，移情萬物；乘雲氣，騎日月，內游宇宙」[12]。即使死後，也要「以天地為棺槨，以日月為連璧，星辰為珠璣，萬物為齎送」（《莊子》〈列禦寇〉），真正做到了「天地與我並生，而萬物與我為一」（《莊子》〈齊物論〉）的審美境界。徐復觀先生曾對莊子「濠上觀魚」一事作了這樣的評價。他說：「莊子是以恬適地感情與知覺，對魚作美地觀照，因而使魚成為美地對象。」[13]莊子確實是以一種審美的眼光觀照萬物，以審美的心態體悟萬物，以審美的筆墨描寫萬物。所以，《莊子》一書，「泛愛萬物」（《天下》），充滿了異常豐富的自然審美意象，被譽為「山水草木家言」。他「以虛靜為體的人性的自覺，實將天地萬物涵於自己生命之內」，「把一般人所不能美化、藝術化的事物，也都加以美化、藝術化了」。[14]宗白華先生也指出，「中國古代一位影響不小的哲學家——莊子，他好像整天是在山野裡散步，觀看著鵰鳥、小蟲、蝴蝶、游魚」[15]。莊子的這種自然審美精神對後世文人的影響很大。龔定庵《續集》卷三《金孺人畫山水敘》云：「嘗以後世一切之言，皆出於經。獨至窮山川之幽靈、嗟嘆草木之華實，是不知其所出。嘗以叩吾客。客曰：『是出於老莊耳。』老莊以逍遙虛無為宗，以養神氣為用，故一變而山水草木家言。」[16]

在現代，熱愛自然的藝術家很多。我之所以要舉出詩人朱湘，是因為他很像莊子。他的《採蓮曲》已膾炙人口，此外還寫過《小河》《雨景》和《月游》等一系列優美的大自然頌歌。從這些作品看，他和莊

12　王懷言選編：《詠莊詩文聯選編》，黃山書社1993年版，第176頁。

13　徐復觀：《中國藝術精神》，春風文藝出版社1987年版，第86頁。

14　徐復觀：《中國藝術精神》，春風文藝出版社1987年版，第83、82頁。

15　宗白華：《藝境》，第235頁。

16　轉引自錢鍾書：《談藝錄》，第554頁。

子一樣，也是一位「泛愛萬物」的抒情詩人，創構意境的神工聖手。他「心愛雨景」，喜歡「月游」。活著，「白雲是我的家鄉，松蓋是我的房簷」（《小河》）。死後，「葬我在荷花池內，／耳邊有水蚓拖聲，／在綠荷葉的燈上，／螢火蟲時暗時明；／葬我在馬纓花下，／永作著芬芳的夢；／葬我在泰山之巔，／風聲嗚咽過孤松；／不然，就燒我成灰，／投入泛濫的春江，／與落花一同漂去，／無人知道的地方」（《葬我》）。以一種殉道者的精神熱愛自然，歌頌自然，將自己的生命與大自然化為一體，結晶成淒婉動人的審美意境。這裡所展示給我們的正是一種意境本質之光燭照下的美學精神。沈從文先生在《論朱湘的詩》一文中指出，詩人「能以清明的無邪的眼觀察一切，能以無渣滓的心領會一切」；能「以一個東方民族的感情，對自然所感到的音樂與圖畫意味，由文字結合，成為一首詩」的意境。「作者的詩，代表了中國十年來詩歌一個方向，是自然詩人用農民感情從容歌詠而成的從容方向。」

在當代的熱愛自然的藝術家群中，劉海粟是一位學貫中西、油畫和國畫均亦見長的現代畫大師。在他的「筆與物化，心與天游」的藝術追求中，體現了一種傳統的自然審美精神。他還有一聯藝語云：「寵辱不驚，看庭前花開花落；去留無意，望天上雲卷雲舒。」他的藝術人格與花雲競美，構成了絢麗多姿的人生意境。和其他藝術家一樣，劉海粟摯愛自然，尤其對黃山傾注了畢生執著的戀情。他曾銘刻了一顆印章，云「昔日黃山是我師，今日黃山是我友」，綻露了他的心跡。劉海粟重視寫生，十上黃山，創作大量的黃山畫卷。如《黃山獅子林》，是一幅靜的意境；《黃山天門檻風雲》，則是一幅動的意境。這與所表現的對象即「獅子林」和「風雲」的神韻是一致的。一九八八年夏天，九十三歲的劉海粟終於完成了他「十上黃山」的壯舉，歸來後，舉辦

了「十上黃山畫展」。畫展揭幕時，當時任中共上海市委書記的江澤民同志為畫展寫了序文[17]，云：

> 劉海粟教授年高九三，十上黃山。嘯煙霞，撫琴泉，與奇峰對語，臨古松長吟。擁抱黃山，人山合一。跳出雲海，吞吐黃岳。古所未聞，今亦僅見。更能抒健筆，化情為墨色，打破古今中外界限，盡興揮灑，蘊藉無窮。為昔日師長立傳，今朝良友寫真。[18]山筆交輝，公之於眾，與國內外朋友同享神遊之樂。

這篇序文寫得很好，準確地揭示了「與奇峰對語，臨古松長吟」，「山筆交輝」，「人山合一」的人格意境和畫中意境。對劉海粟來說，黃山由「我師」（師長）到「我友」（良友）的發展，差不多用了他畢生的心血，體現了一種崇高的意境美學精神。

這裡所舉的只是三位藝術家熱愛自然的情形。其實，在中國文化、藝術和美學史上，這樣的例子是舉不勝舉的。從《詩經》〈雄雉〉「瞻彼日月，悠悠我思」起，孔子「樂山樂水」，屈原「香草美人」，司馬遷廣遊山水，陶淵明「采菊東籬」，李白玩月，林逋愛梅，鄭所南「畫蘭露根」，徐霞客「山川為身」，鄭板橋墨竹悲聲，曹雪芹花柳潤筆，等等，形成了一個自然審美的優良傳統。這個傳統的不斷內化和積澱，形成了中華民族自然審美的社會——歷史文化心理。只要你生活在中國文化圈內，就不能不受這種自然審美文化，以及這種社會——歷史文化心理的薰陶。所以，即使在當代中國，在現代化思潮

17　轉引自《家庭之友》1994年第1期。

18　「昔日師長」、「今朝良友」，皆指黃山。此二語本於海粟大師的一顆印章，鐫云：「昔日黃山是我師，今日黃山是我友。」

席捲神州之時，這種自然審美傳統不僅依然存在，而且獲得了新的發展。朱光潛先生說，他「歡喜看煙霧朦朧的遠樹，大雪籠蓋的世界，和深更夜靜的月景」[19]。宗白華先生也說，「我愛光，我愛海」，我愛「朝霞滿窗」，我更愛「冷月俯臨」；在「這動極而靜的世界」裡，我「微渺的心和那遙遠的自然」，「打通了」，並進行了「最親密的接觸」[20]。著名作家路遙說：「我對沙漠——確切地說，對故鄉毛烏素那裡的大沙漠，有一種特殊的感情，或者說特殊的緣分。那是一塊進行人生禪悟的淨土。每當面臨命運的重大抉擇，尤其是面臨生活和精神的嚴重危機時，我都會不由自主地走向毛烏素大沙漠。」[21]賈平凹也說，我是「山裡人」。所以，「我一寫山，似乎思路就開了，文筆也活了。……我甚至覺得，我的生命，我的筆命，就在那山溪裡」。[22]新時期以來，湧現出了一大批表現自然審美意象的優秀作品，諸如古華的《爬滿青藤的木屋》，張潔的《從森林裡來的孩子》，孔捷生的《大林莽》，何立偉的《白色鳥》，王蒙的《海的夢》，張承志的《綠夜》，莫言的《紅高粱》等等，都寫出了當代作家對大自然的新的感覺和意境。諸如田野、海洋、江河、森林、高山、草原、戈壁之類自然意象，不再是安頓人物的環境，而是負載著作家們更多的詩情、畫意和理趣，以一個個嶄新的「意境」，成為當代文學畫廊中獨立的、不可或缺的角色。

　　綜上所述，這種綿連古今的自然審美傳統，這種積澱厚重的自然審美情結，這種根植在原始——農業社會的大眾自然審美的民族文化心理，便是「意境」本質的奧秘所在。本書曾援引《六一詩話》中的

19　朱光潛：《談美．談文學》，第21頁。

20　宗白華：《藝境》，第192頁。

21　路遙：《早晨從中午開始》，西北大學出版社1992年版，第37頁。

22　賈平凹：《平凹文論集》，青海人民出版社1985年版，第4頁。

一則逸事，提出為什麼離開「風花雪月」字樣而眾僧擱筆的問題。現在看來，這個問題便可迎刃而解了。因為，這是受「意境」本質所決定的。用金聖歎的話說，便是「前之人與後之人，大都不出雲山花木、沙草蟲魚近是也，舍是即更無所假托焉」[23]。所以，眾僧捨去山、水、風、花、雪、月之類自然意象，便不能作詩。

第二節　原始與文明交響的「意境」本質

　　所謂「本質」，就是事物的根源和性質。因此，任何一個事物的本質，都是由「根源」和「性質」兩個層面的因素構成的。「根源」，隱含在事物動態的發展變化過程的源頭處，是事物的「時間」存在形式；「性質」，隱含在事物靜態的某一發展階段的定格中，是事物的「空間」存在形式。所以，尋找事物的根源，即是給事物進行「歷史定位」；概括事物的性質，即是給事物進行「邏輯定位」。由此可見，事物的本質便隱含在該事物的動態與靜態、時間與空間和根源與性質的諸多關係之中。只有對其進行「歷史定位與邏輯定位」高度統一的哲學探尋，才能真正揭示其「廬山面目」。然而，這不是一件輕而易舉的事。

　　我們認為，「意境」的本質，就是人與自然審美統一的藝術呈現。這只是我們在「性質」因素層面上，對「意境」本質的一般哲學概括，只是一種「邏輯定位」的美學把握。對於「意境」本質的全面把握來說，我們還只是完成了一半的任務，還有另一半任務，即探尋「意境」本質的「根源」構成因素，還在等待著我們去完成。就是說，我們還需要對「意境」本質進行「歷史定位」的美學把握。

23　《金聖歎選批唐詩》，第513頁。

　　沿著「意境」發展變化的路程，逆向前進，去探尋「意境」本質發生的「源」和發展的「流」，在歷史與邏輯相結合而構成的「時空坐標」中，全面地把握「意境」的本質。近十多年來，我國美學界同人，對於「意境」根源的探尋，做出了種種不懈的努力。有人認為，「意境」之根紮在道家哲學那裡；有人認為，「意境」之根紮在釋家哲學那裡；有人認為，「意境」之根紮在儒家哲學那裡；也有人認為，「意境」之根不應只有一條，而至少有三條，即分別紮在儒、道、釋三家哲學及其交匯處；還有人認為，儒、道、釋三家哲學固然對於「意境」的形成起到過重要的作用，但還只是「意境」的「流」，而不是「意境」的「源」。「意境」之根應紮在大陸型的中國農業審美文化那裡。這是沿著思想文化史的路程所進行的一種探尋，還有一種是沿著文藝美學史的路程進行探尋。有人認為，「意境」之根紮在唐代王昌齡《詩格》那裡；有人認為，「意境」之根紮在梁代劉勰《文心雕龍》那裡；也有人認為，「意境」之根紮在先秦《詩》之「興」與《易》之「象」及其交匯處。由此可見，人們對於「意境」之根的探尋視野愈來愈開闊，這是「意境」本質研究逐漸深化的表現。

　　這些探尋只是找到了階段性的「意境」之根，還沒找到終極意義上的「意境」之根。就是說，將這些探尋放在「意境」發展變化的特定歷史階段看有一定的道理，如放在「意境」發展變化的整個歷史過程中看，這些探尋還只找到了「意境」之流，而沒有找到「意境」之源。那麼，「意境」之根紮在哪兒呢？

　　我認為，「意境」之根紮在中國原始文化那裡，即中國原始社會發生了「意境」之源，中國文明社會則發展為「意境」之流。原始的「意境」之源和文明的「意境」之流的統一便是「意境」的本質。所以，「意境」的本質就在原始與文明的交響之中。

　　人與自然的關係，是人類產生和文化（包括文明）產生的最終所在。同時，人與自然的關係，是原始人與文明人、中國人與外國人、現代人與未來人所面對的共同問題。所以，這是一個終極的話題，也是一個永恆的話題。因此，探尋人類之謎和文化之謎，就要深入到這種關係中去；同樣，探尋「原始」之謎和「文明」之謎，也要深入到這種關係中去。

　　許多文化人類學家的研究表明：原始人與自然的關係，是一種曠昧的關係。他們沒有自我意識，還分不清什麼是「我」、什麼是「物」，物我打成一片，不能化分。當然，這是由「同與禽獸居，族與萬物並」的原始生活方式所決定的。在自然面前，他們沒有任何自由，生活沒有保障是常有的事，就連生存也經常要受到來自外物的威脅。他們依賴於自然，又時時對自然產生困惑、恐怖、崇敬的心理。這時，原始宗教產生了。於是，原始人便生活在「自然泛靈意識」的神祕的社會氣氛之中。對於他們來說，自然是生活，自然是祖先，自然是神，自然是宗教，自然是一切。

　　這，就是原始文化的基本特徵；或者換句話說，就是「原始」。

　　然而，在文明人那裡，人與自然的關係，則是一種文明的關係。在漢語裡，「文」是一個很美的字眼。甲骨文與金文的「文」字，都是一個胸脯上刺染著花紋圖案的人，是原始人「文身」習俗在文字中的遺留和凝定。[24]所以，「文」的本義，就是顏色、花紋和圖案；「文」的引申義，則是指文字、文章、文學和藝術等。總之，不論是本義還是引申義，在「文」字中，都隱含著一個「美」的意思在裡邊。從《左傳》《國語》中的大量資料看，上古人認為，五色成文[25]，有視覺美；五聲

──────────

24　陳政：《字源談趣》，第212-213頁。

25　《樂記》云：「聲成文，謂之音。」

成文，有聽覺美；五味成文，有味覺美和嗅覺美。「明」是與「昧」相對立的一個字眼。「昧」是糊塗、不明白，是原始人不開化的心理狀態。而「明」則如日月之光或如明月臨窗那樣，是敞亮、開朗和明白，是文明人開化的心理狀態。雖然大自然五顏六色，絢麗多姿，但由於原始人還處在未開化的心理狀態，當然他們還不能夠欣賞這種美。自然美與原始人之間還橫亙著使他們難以超越的功利的和巫術、宗教的障礙，所以還是隔膜的。與此相反，文明人則不僅具有「照臨四方」的觀察能力，還有「智無不知，神無不見」的認識能力，而且具有了「經緯天地」的創造能力。有了這些能力，文明人就能夠超越功利和宗教的障礙，與大自然建立一種敞亮的關系，即文化的和審美的關係。在這一點上，格羅塞將能否對大自然進行審美，作為區分文明人與原始人的標準，[26]是很正確的。

因此，我們認為，人與自然的精神關係即文化的和審美的關係的建立，是區分原始人與文明人的重要標準，也是區分原始社會與文明社會的重要標準。

關於中國文明的起始時間，國內外學術界的看法還很不統一。在國內學術界，則有「中華四千年文明史」即起始於夏說，有「五千年文明史」即起始於父權制說，有「六千年文明史」即起始於母權制說[27]，等等。在國外，由於西方學者對於中國歷史的隔膜或者偏見，大都把中國文明的起源看得較遲。如美國學者菲利普‧巴格比認為，中國文明起始於公元前一五〇〇年。[28]根據我們對於文明的觀點，中國文明起始於母系社會，也就是考古學上所謂的新石器時代，距今有七千

26　格羅塞：《藝術的起源》，商務印書館1984年版，第186頁。

27　李宗桂：《中國文化概論》，中山大學出版社1988年版，第29頁。

28　巴格比：《文化：歷史的投影》，第198頁。

年的歷史了。[29] 人與自然的文化和審美關係，建構在農業生產的經濟基礎之上。在母系社會，原始農業和畜牧業有了較大的發展，人類的生存有了基本的保障。與原始社會相比，一是人與自然的關係由對立轉為和諧，恐懼意識淡化了，親和意識加強了；二是人類隨著生產力發展和勞動果實的剩餘，便有了空閒時間去從事精神文化的創造和審美。所以，正是在這樣的經濟基礎之上，人類與自然的文化和審美關係才建構了起來。目前，已發現這一時期的文化遺址有六千多處，遍佈祖國各地。這些文化遺存表明，當時石器、木器、骨器、陶器和編織、紡織業也較大地發展了，勞動分工、對偶婚和住宅建築出現了，以骨刻、陶文[30]和陶畫為代表的圖騰文化和藝術比較繁榮。中國文明時代就在此拉開了序幕。這就是《莊子》〈盜跖〉所描述的「民知其母，不知其父。與麋鹿共處，耕而食，織而衣，無有相害之心」的文明社會的早期景象。

文化的發展如同歷史的發展一樣具有連續性。如圖所示：

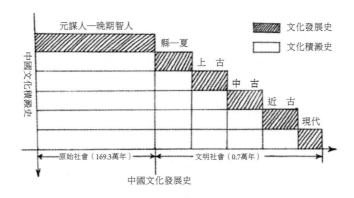

29 據報導：最近，有關方面正式公佈了《夏商週年表》（簡本），把我國的歷史紀年向前延伸了1200多年，即夏起始於公元前2070年（見《人民日報》2000年11月10日①版）。因此，具有歷史紀年的4000年文明史已不成問題，但中華文明的起源卻要早得多。

30 在西安半坡出土的彩陶缽口沿有23種符號，專家認為與漢字有淵源關係。所以，我認為「陶文」是比「甲骨文」更為古老的一種文字。

　　文化史的連續性，是由發展和積澱同時進行的。就是説，隨著歷史的發展，一種文化必然要被另一種新的文化所代替。但舊的文化並不會完全退出歷史舞台，它有一部分通過「繼承」的方式，直接參與到新文化的建設中去；還有一部分是通過「積澱」的方式，間接地參與到新文化的建設中去；也有一部分則是永遠地退出歷史舞台去了。歷史愈是向前發展，積澱到新文化中的舊文化就愈複雜，即由遠到近形成了文化積澱的多層結構，歷史愈遠積澱得就愈深。如現代文化，可以説是中國歷史上的一種嶄新的文化。在它的結構中，除了現代的新內容和從橫向移植與借鑒來的外國文化外，更多的則是來自中國古代文化，有對近古文化的繼承，也有中古、上古和史前文化的積澱。

　　因此，原始文化在文明文化中的積澱，是廣泛存在著的史實。如圖所示，中國原始文化具有一百六十九點三萬年的悠久歷史，而文明文化只有零點七萬年的歷史，所以原始文化對文明文化的浸染和積澱是必然的。而且，在一九九五年五月中旬召開的古人類學術研討會上，傳來一個舉世震驚的消息：人類共同的祖先「中華曙猿」的化石，在江蘇上黃地區發現。二十世紀六十年代以來，世界古人類學家幾乎公認，人類祖先在北非。而這次考古的重大發現，上黃人類祖先的生活時代比北非古猿要早八百萬到一千萬年。[31]這樣便把中國原始文化的歷史大大地向前推移了。

　　由於以下幾種原因，致使中國原始文化向文明文化積澱：一是中國具有十分悠久的原始文化。二是中國文明文化在七千年以前的史前社會已經成熟了，比埃及文明和巴比倫文明要早熟約二千年。三是中

31　參見《羊城晚報》1995年5月24日楊鈞豪文，與《今晚報》1995年5月27日楊鈞豪文；
　　又見英國《自然雜誌》1994年4月的有關報導。

國農業生產在七千年以前早熟，從此以後，七千年來，農業生產一直
是中國的主要生產方式。也就是説，農業文化從史前以來一直是中國
文明文化的主流。四是老莊嚮往「母氏文明」、孔孟崇尚「三代文明」，
形成了「人惟求舊，器惟求新」的講求傳統的尚古歷史觀。五是中國
文化是帶著原始的臍帶邁入文明的門檻的，用侯外廬先生的話説，就
是「國家混合在家族裡面」的家國一體的政治體制和社會觀念[32]，延續
了六千九百多年。六是在歷代中國廣大的農村區域和農業人口中，傳
承、保留和積澱著豐富的原始文化，至今猶然。所以，中國原始文化
在文明文化中的積澱，就成為不可避免的必然史實。

　　由此可見，中國文化中就包含著原始文化和文明文化的雙重因
素，是一種獨特的結合體。近來，欒棟先生對此進行了精彩的論述。
他説：

　　中國文化經久不絕的關鍵，在於它是一種原始文化和文明文化的
獨特的結合體。它的根須一方面深潛在原始時代的豐富積累之中汲取
營養，另一方面伸展到文明社會的肥田沃土中獲得沾溉，我們因此可
以稱之為典型的兩棲文化。

　　幾千年來，中國的文明史就在這種兩棲文化的交互作用中展開：
天人合一的觀念；直覺體悟的思維；取象比類的方法；以及情與理
並，神與物游，思與境偕的文學藝術等等，都是兩棲文化運演的具體
表現。[33]

32　李宗桂：《中國文化概論》，第35、40、41頁。

33　欒棟：《略論中國文化的兩棲機制》，《陝西師大學報》1994年第4期。引文第二段是
　　觀點摘要，以省篇幅，希望作者諒解。

　　應該說，中國文人熱愛自然的「自然審美情結」，人與自然的文化和審美關係，中國文學藝術千百年來執著於「意境」的創造和欣賞，以及中國文藝理論和美學的獨特的意象思維方式和表述方式等，也是原始與文明交響的兩棲文化的表現。

　　我們認為，「意境」之根深潛在原始文化的基層土壤中，卻在文明文化的表層沃土裡得以生長和成熟。如果我們拋開人與自然功利關係這個使原始人和文明人都難以超越的生存問題之外，原始人和文明人對於「意境」美學的貢獻，就主要表現在人與自然的精神關係中。原始人與自然的關係，主要是巫術的宗教的關係。由於人類心靈的不開化狀態，使他們無法明了瀰漫於人與自然關係上的神祕氣氛。自然是他們的靈魂，是他們的祖先，是他們的上帝，是他們的一切。這種「人物不分」的原始心理的外化，就出現了大量的「半人半鳥」、「半人半獸」、「半人半蟲」、「半人半魚」之類的神話、舞蹈、繪畫和雕刻藝術。由這種原始的意象思維、取象方式和造像方式所構成的原始文化，以及深層的人與自然「二元合一」的集體原型心理，是「意境」意識萌生的原始淵源。它與後世藝術意境的創造有著根深柢固的原始血緣關係。這種關係積澱得很深，已成為千百年來中國人無法踰越的深層的集體表象和原型心理。「意境」本質的總根源就萌生於此。

　　然而，「意境」畢竟是中國文明大樹上結出的果實之一。就是說，潛根於原始文化底層的意境意識，隨著農業生產方式在文明社會的發展，它也被移植到文明文化的土壤中來，發芽，結果，成熟。其間，既經過了上古人對自然進行「比德」式的倫理審視和道德體悟，又經過了中古人、近古人和現代人對自然進行的「暢神」式的審美觀照和情感體驗，給「意境」範疇注入了異常豐富的人文內涵，從而在本質層面上規定了「意境」範疇的基本形態。

因此，「意境」在原始文化中紮根和在文明文化中發芽、結果及成熟的歷史過程，也就是人與自然的關係由原始的曚昧、宗教向文明的道德、審美的歷史發展過程，同時也是人類主體由求真、向善到愛美的本質力量的獲得和展開的歷史過程。所以，在「意境」範疇裡濃縮著中國人的一部文化史。這就是我們給「意境」本質的「歷史定位」。就是說，在「意境」本質的構成中，既有原始文化的內容，也有文明文化的內容，是原始文化與文明文化交響的產物。由此看來，「意境」的本質，就不是某個人、某本書甚至某個時代所能規定了的，而是由整個中華民族的歷史——文化所規定的，是中國文化即包括原始文化和文明文化的全部精華所孕育的一個極為晶瑩、極為精緻的美學果實。到此為止，「意境」作為中國藝術靈魂的全部奧秘，基本上就可以解開了。

第三節　傳統與現代轉換的「意境」本質

我們在原始與文明交響中，給「意境」本質進行「歷史定位」，只是完成了一半的任務；還有另一半任務等待著我們去完成，這便是在傳統與現代的轉換中，為「意境」本質進行「歷史定位」。

我們說，「意境」是中國傳統文化所長期孕育的一個極為晶瑩、極為精緻的美學果實。我們這裡所說的中國傳統文化，主要是指建構在大陸型農業文化基礎之上的，以儒、道、釋為代表的自然審美文化傳統。但是，當歷史的列車駛入現代社會後，現代中國人所面對的是兩種文化景觀，或者說肩負著兩種文化任務，即一是傳統文化與現代文化的軸心轉換，二是中國文化與西方文化的接軌。所以，「意境」作為中國傳統文化的美學代表，則受到了來自中國現代文化和西方文化的

雙重挑戰。如八十年代初期，受西方現代文藝思潮的影響，國內的「新詩潮」派公開亮出「反意境」的旗號，向傳統的「意境」論挑戰。[34]近年來，即使撰寫過「意境」專著的林衡勳先生也對「意境的現代轉換」表示了深沉的憂慮。[35]那麼，「意境」能不能應付這些內外的挑戰？「意境」還能夠在中國現代文化中生存嗎？如果能生存，「意境」發展的前景如何？這些便是本節所要討論的問題。

中國自然審美文化傳統的形成過程，也就是自然審美意象的形成和凝定過程。

原始人只是一種本能的人。狩獵和採集的生產方式，決定了他們與自然的關係還是一種偶然的關係。經過一百六十多萬年的認識積累，原始人對於大自然的認識，具有使文明人難以企及的觀察能力和認識能力。一方面，他們認識的自然物種類多，如法國人類學家列維‧施特勞斯對現代原始部落考察時，發現原始人能識別四百六十一種動物和四百五十種植物。另一方面，原始人對於自然物和自然現象觀察很細緻，他們有十個詞表示蟻的變種，四十一個詞表示各種形式的雪，二十個詞表示各種形狀的冰，甚至每種雨都有專門的名稱。[36]這一點，也為甲骨文所證實：

　　微雨曰「幺雨」、「小雨」；雨勢衰減者曰「蔑雨」；零星之雨曰「霝」；雨量充沛者曰「大雨」、「多雨」；雨勢猛驟者曰「烈雨」、「痴雨」；旋捲而來之大雨曰「專雨」；綿延不絕者曰「雨」、「聯雨」、曰「霖」；雨來調順者曰「從雨」、曰「雨」；雨來及時者曰「及雨」；雨

34　參見《詩刊》1980年第9期孫紹振文。

35　參見《中外文化與文論》（5），四川大學出版社1998年版，第138頁。

36　列維-布留爾：《原始思維》，商務印書館1981年版，第166-167頁。

量充沛可保證農作之年成者曰「足雨」。[37]

在文明社會裡，只有動物學家、植物學家和天文學家才具有這種觀察能力和認識能力。然而，對於原始人來說，卻是輕而易舉的事。他們沒有概括的能力，就是說只有個別物的概念，還沒有一般物的概念。在這種散點型的原始思維中，積澱了異常豐富的動物意象和植物意象。這些豐富的自然意象，便是自然審美意象文化傳統的源頭，也是「意境」意識的原始淵源。

與原始人以大自然為生活舞台相比較，上古人則是以社會為生活舞台。他們有了社會意識，也很注意人與人之間的關係，如儒家的「仁本」倫理學等。但是，社會的生產方式與史前相比，只是發展了，並沒有從性質上發生根本的變化，就是說還是農業。這樣看來，文化的軸心並沒有變，還是以人與自然關係為軸心的農業文化。所以，上古文化便保留了更多的原始文化內容。可以說，這個時期是原始文化與文明文化的融合時期，也是中國傳統文化的形成時期。他們對於人與自然的關係，進行了理性的觀照和概括，提出了「天、地、人」三才宇宙模式。如董仲舒說的，「天、地、人，萬物之本也」。上古人正是利用這樣一個宇宙模式，創造出了八卦、漢字、禮、樂、詩、孝、書等燦爛的上古文化，為中國傳統文化奠定了堅固的基石。表現在自然意象方面，這一時期的文化和文學作品中的自然意象，仍然保留著史前的面兒廣、種類多、辨別細的原始文化特點。據趙紀彬《論語新探》統計，《論語》中用了五十四例自然意象材料，[38]至於《莊子》一書裡

37　溫少峰、袁庭棟：《殷墟卜辭研究》，四川社會科學院出版社1983年版，第164頁。

38　引自馮天瑜、周積明：《中國古文化的奧秘》，湖北人民出版社1986年版，第101頁。

的自然意象則更多。清人顧棟高《毛詩類釋》對《詩經》中的自然意象做過統計[39]，那也是很多的。又根據我的統計，屈原《離騷》中的自然意象為：天九種，地二種，山八種，水十種，鳥八種，獸七種，草三十三種，木六種。司馬相如《上林賦》中的自然意象為：天七種，地七種，山七種，水十八種，鳥二十四種，獸四十九種，草二十二種，木三十七種，蟲三種，魚十種。在一篇作品中自然意象竟高達一百八十四個，在一些句段裡自然意象顯得尤為密集。諸如：

於是乎盧橘夏熟，黃甘橙楱，枇杷橪柿，樗柰厚朴，棗楊梅，櫻桃蒲陶，隱夫薁棣，荅遝離支。羅乎後宮，列乎北園，貤丘陵，下平原。揚翠葉，扤紫莖，發紅花，垂朱榮。煌煌扈扈，照曜鉅野。沙棠櫟櫧，華楓枰櫨，留落胥邪，仁頻並閭，欃檀木蘭，豫章女貞。長千仞，大連抱。

在這段文字裡，就有三十五種樹木意象，還有四種花葉意象，可見意象之密集，而且形狀歷歷，光色豔豔，呈現出一片森林壯觀的意境美來。劉勰《詮賦》云：「相如《上林》，繁類以成豔。」「繁類」，則是自然意象密集；「豔」，則是美。可見這個評價是準確的。司馬相如等人的「字必魚貫」的「繁句」（《文心雕龍》〈物色〉）意象結構方式，正是保留了原始人觀察細緻的自然意象思維方式的特點。如《上林賦》中水的奇形異態的意象就有六十二種。到此，一個具有中國特色的自然意象的審美文化傳統形成了。

中古時，由於「人」的覺醒和「文」的自覺，帶來了人與自然關

39　參閱本書第三章第五節所引材料。

係的深刻變化：將人與自然宗教的、文化的、倫理的和不自覺的審美
關係，提升為一種自覺的純粹的審美關係。這個時期大量出現的山水
詩、山水游記、山水小品文、山水畫，以及思想理論界有關山水的清
談、玄談、山水畫論和文藝美學等，就是明證。宗炳的「暢神」說；
顧長康的「山川美」談；特別是劉勰的《文心雕龍》從藝術哲學的高
度，對人與自然的審美關系進行了全面的理論概括，為「意境」範疇
的產生奠定了良好的理論基礎。[40]到唐代，不僅產生了「意境」範疇，
而且「意境」從產生之日起，便真正獲得了它的美學本質。其主要標
誌便是自然意象由文化的形態轉化為審美的形態了。或者說，這時的
自然意象由史前、上古時的量大、面寬、類細的「形而下」的泛化狀
態，向通俗化、符號化和定式化的「形而上」的純化狀態趨進。煩瑣、
粗疏和陌生的自然意象逐漸地退出了文藝舞台。請看兩組統計數字：

　　美國一位漢學家曾以中國古典抒情詩的代表《唐詩三百首》作為
標本，統計了其中自然意象出現的頻率，分別是：天七十六次，日七
十二次，月九十六次，星十三次，河漢八次，北斗四次，草四十二
次，木（含「樹」）五十一次，鳥三十一次，燕五次，等等。[41]

　　國內也有人對《花間集》（後蜀趙崇祚輯）——我國第一部詞總集
中的十八家詞人的五百首詞的自然意象作了統計，其出現的頻率分別
是：春二百零三次，花一百五十五次，風一百三十一次，月一百二十
五次，柳九十七次，雨七十四次，雲六十八次，鶯五十七次，草四十
七次，燕四十七次，鴛鴦四十六次，杏花三十一次，桃花二十次，荷
花十五次，等等。[42]

40　參閱本書第二章第一節的有關論述。

41　參見Burton Watson《中國抒情詩歌》（Chinese Lyricism），紐約，1971年版。

42　王世達、陶亞舒：《花間詞意象運用特點的社會文化學分析》，《成都大學學報》1991
　　年第2期。

　　從這些統計中可以看出，三百首唐詩的自然意象主要集中在天、日、月、星、草、木、鳥等七種意象之上；五百首花間詞的自然意象也主要集中在春、花、風、月、雲、雨、柳、鶯、燕、鴛鴦、草等十多種意象之上。雖然，自然意象的種類減少了，範圍縮小了，卻也比以前大大地純化了。其純化的標誌有三：一是通俗化了。類似於《離騷》和《上林賦》中的大量的粗疏、煩瑣和陌生的自然意象逐漸地退出了文藝舞台，而保留下來的自然意象，都比較簡明、精純和熟悉，真正地大眾化了，通俗化了。這也可能是唐詩膾炙人口的一個原因吧！二是符號化了。從《上林賦》到唐詩的歷史比較中，我們明顯地可以看出自然意象由個別到一般、由具體到抽象的歷史走向。如上例一，北斗四次→河漢八次→星十三次；燕五次→鳥三十一次；例二，荷花十五次→桃花二十次→杏花三十一次→花一百五十五次。其中的星、鳥、花出現的頻率最高，幾乎取代了所有的具體意象，完全成為抽象意象。如花，它沒有具體的內涵，但在花的世界裡卻無所不包。你可以將它看作是荷花、是桃花，是杏花。它於是成了《鏡花緣》中的百花仙子了，一個「花」的符號。三是定式化了。《唐詩三百首》所收的詩，通過溫庭筠、韋莊和張泌等花間詞人，與《花間集》所收的詞，從歷史線索上聯結了起來。《唐詩三百首》中所收最早的詩，是初唐王勃的《杜少府之任蜀州》。據有關專家認為，此詩是王勃二十歲以前在長安作朝散郎時所作。辛文房《唐才子傳》云：「麟德初，劉道祥表其材，對策高第。未及冠，授朝散郎。」當時，王勃只有十七歲。所以，此詩大約是六六五年前後作的。花間詞人中年齡最小的和凝，卒於九五五年。可見《花間集》所收最晚出的詞，也是作於九五○年前後。因此，從初唐六六五年至後蜀九五○年之間的近三百年的時間裡，詩人們所用的自然意象大體上不出花、月、風、雲、草、木、

鳥、蟲之類，基本上凝結為「定式化」的抒情意象模式了。這就是我們所說的「傳統」。

綜上所述，這是一個自然意象通俗化、符號化和定式化的「意境」美學傳統，也是一個大自然經過人化→文化→詩化→美化的歷史悠遠和內涵豐富的中國文化傳統。它的根紮在史前的原始社會，而一直延伸到近古社會和現代社會。正如英國美學家赫伯特・里德談到中國藝術時所說的，這是一個「原始傳統主義」：

有史以來，中國藝術便是憑藉一種內在的力量來表現有生命的自然，藝術家的目的在於使自己同這種力量融會貫通，然後再將其特徵傳達給觀眾。[43]

這位西方的美學家，正是看到了中國「意境」美學的悠遠傳統，並在人與自然的審美關係中來探尋中國藝術的「真諦」。他認為，所謂「意境」，就是人與自然的「融會貫通」。這是中國藝術創作的一個「技巧原則」。

並且認為，「從這一原則出發，我們一定會找到關於浩大無際的中國藝術的完整而篤實的解釋」[44]。這是一位西方美學家視野中的「意境」的本質和傳統。它對於我們論證「意境」美學傳統的存在，則是一個極有說服力的證據。

這個傳統形成後，對於近古的文藝創作、文藝理論和美學，都產生了巨大而深刻的影響。很少有人能夠超越這個傳統。「九僧詩人」們

---

43 赫伯特・里德：《藝術的真諦》，遼寧人民出版社1987年版，第75、74頁。

44 《藝術的真諦》，第74-75頁。

離開了自然意象，就作不成詩了。這就是「傳統」在起了作用。當然，從世界文學史上看，「詩」從來就不存在一個固定的寫作模式，中國詩有中國詩的風範，法國詩有法國詩的風範，南非詩有南非詩的風範，巴西詩有巴西詩的風範。但是，在中國，這個傳統就規範了中國詩的基本風貌。如張融的《別詩》：「白雲山上盡，清風松下歇。欲識離人悲，孤台見明月。」在這二十個字構成的小詩中，就有「雲、山、風、松、台、月」六個自然意象。然而，這是六個主要的字眼，是全詩的靈魂，其他字眼都是圍繞著這六個字眼服務的。所以，抽去這六個字，全詩就散了架，就失了魂，就缺了味，就不成詩了。而且，這六個自然意象又都浸染著悲，負載著悲，成為「悲」的對應物。但是，這一切並不是從這首小詩才開始的，詩人張融並沒有這樣大的能耐。我發現，云、山、風、松、台、月這六個自然意象，就在江淹《別賦》中出現過，已經是別情離緒的載體和符號了。所以，張融的《別詩》用了它們。因為，江淹《別賦》是在對中國傳統文學裡的「離別意象」進行總結的基礎上寫成的，可以看作是一篇關於「離別」的自然審美意象的美學味兒稍濃的賦文。這一切，正像劉勰說的，是「舊染成俗，非一朝也」（《文心雕龍》〈指瑕〉），是中國自然審美文化的長期的歷史積淀形成的。這不是某個人、某個時代心血來潮、興之所至造成的，而是中華民族的全部歷史造成的。所以說，這是一個傳統，一個「意境」美學的優良傳統！

比如「月」意象，就是這樣。《詩經》〈月出〉：「月出皎兮，佼人僚兮。舒窈糾兮，勞心悄兮。」天上一輪明月，遠方一位美人，地上一個思念者，三者合一構成一個十分優美的相思意境。所以，朱熹說，這是一首「男女相悅而相念」的詩。人之「糾、悄、憂、怪、慘」的憂愁悲怨的離別相思之情，與「月」相對應，形成了離別相思的月意

象。後來，到《古詩十九首》，到李白的《靜夜思》和杜甫的《月夜》，再到《琵琶記》中的「伯喈之月」，便形成了一個以相思為基調的月意象傳統。在交通和通訊業十分落後的古代社會，月亮成為兩地相思之人的信使和情感聯結的紐帶，甚至就是青年情侶的情書。如謝莊「隔千里兮共明月」，李白「我寄愁心與明月，隨君直到夜郎西」，白居易「共看明月應垂淚，一夜鄉心五處同」，蘇軾「但願人長久，千里共嬋娟」等，便是明證。這種共同的情感趨向是形成意象傳統的社會心理基礎。正如克蘭默‧賓《大宴序言》所説：「月亮懸掛在中國古代詩壇上空，把遠隔千山萬水的情侶的思念聯結起來了。」也如馬克思説的，月亮成為「人與人連繫的紐帶」。所以，中國人在月亮意象之上便積澱了十分豐富的情感內涵。又如徐志摩説的：「月下的喁息，可以結聚成山；月下的情淚，可以培疇百畝的畹蘭、千莖的紫琳耿。」[45]這便是情愫的積澱，這便是美學的傳統。

在中國美學裡，美學家們對於這個傳統有各種各樣的表述，諸如鄭樵《昆蟲草木略序》云：「鳥、獸、草、木，乃發興之本。」黃宗羲《景州詩集序》云：「以月、露、風、云、花、鳥為其性情，其景與意不可分也。」陳周政《又與周櫟園》云：「故興觀群怨，皆一一委之於草、木、鳥、獸，而不敢正言之。」劉熙載《詩概》云：「花鳥纏綿，雲雷奮發，泉幽咽，雪月空明，詩不出此四境。」因此，這個傳統，就是「借彼物理，抒我心胸」（廖燕語）的中國式的藝術創造傳統，就是「情景交融」的「意境」美學傳統。

這個傳統從史前貫穿到近古，沒有出問題。但是，到了現代社會，卻遇到了強有力的挑戰。古代社會的文化軸心，是農業文化，是

45　徐志摩：《印度洋上的秋思》。

人與自然的關係；現代社會的文化軸心，卻是工業文化，是人與人的
關係。中國社會要從近古跨入現代，就意味著要進行一場脫胎換骨的
革命，或者說要進行文化軸心的轉換，即從農業文化轉換到工業文
化，從人與自然的關係轉換到人與人的關係，總之一句話，從傳統轉
換到現代。這是一個無法迴避的問題。從本世紀以來，中國的有識之
士，就看到了這個問題。在三十年代，林語堂先生就説：「大自然的精
神已經離開了現代的文明人。」因為，「我們把大自然完全排除在我們
的生活之外了」，「所以，我們有一個重大的問題，就是恢復大自
然」。[46]但是，當時由於國內此起彼伏的各種社會矛盾，特別是開展了
堅苦卓絕的抗日戰爭，對於中國人來説，工業文化至少還是將來的
事。因此，林語堂提出的問題，還不是當時的主要問題，所以影響不
大。建國以後，特別是八十年代現代化浪潮席捲全國城鄉時，這個矛
盾才日益尖鋭起來了。南帆先生在《文學：人與自然》一文中對此分
析得很精到：

　　人類實際上正日復一日地疏離自然。軀體的安逸誘使許多人聚居
於城市。矗立的高樓大廈，混凝土馬路，以及種種城市設施阻斷了人
與自然之間的直接接觸。人們周圍，一個人工的世界正在逐步取代生
糙的自然界。無數技術設備不斷地將人類環境改造得更為舒適，更為
精緻。文明掩護著人類有計劃地一步步撤離大自然，工業社會的機械
化在這個撤離過程中起著斷後作用。在我看來，這個轉折在歷史上意
義重大：對於大多數人說來，人們之間社會關係的重要程度超過了人
與自然的關係。

46　《林語堂著譯人生小品集》，第147-148頁。

　　這正是現代中國人所面對的和將要面對的生存環境。一般說來，工業化向前發展多少，大自然便向後疏遠多少。當然，工業化作為一種現代文明，不僅是無可厚非，而且是現代人生存的基本條件。可以說，在現代的世界上，一個民族，一個國家，如果沒有現代化的工業，那就真正「到了最危險的時候」。中華民族的近代史和近半個世紀的現代史，就證明了這一點；一部血淚斑斑的世界現代史也證明了這一點。但是，人類本身就是一種高級形態的自然生命現象，是大自然的兒女。如果硬要將人類從大自然中疏離開來，就等於將吃奶的嬰兒從母親的懷抱中疏離開來一樣，同樣是危險的。由於中國人目前還處於前工業社會，對此感受還不很強烈。處於西方後工業社會的人們，不僅自食著「異化勞動」所帶來的苦果，而且普遍地感受到了人類生存環境的困擾，諸如空氣和水的污染，大自然的破壞，生態的失衡，等等。正如一位印第安酋長說的：「人類屬於大自然，而大自然不屬於人類。在大自然編織的這張網中，人類只是一個結。人類的一切行為，不僅會影響到大自然，也會影響到人類自身。」這種「影響」不僅表現在物質生活方面，也表現在精神生活方面。大自然作為一種審美對象，也逐漸地退出了人類的審美視野，人類對於大自然的審美能力日益萎縮，對於大自然的那份美感也正在失落。台灣詩人羅門對此作了精彩的論述：

　　窗外自然的太陽是沉落了，窗內電氣化的太陽代之而升起。人們對於春夏秋冬的氣象，也不太注意。因為在密封式的房子裡，冬天有暖氣，夏天有冷氣。高聳的摩天樓圍攏來，將那能引起人類產生玄想的天空擠出去，將那能引起人類產生靜觀默想的田園埋入視境之外，人內心的聯想世界，被壓縮到接近零度，拉不出一點距離。於是羅丹

的「眼睛」望不出去，瞎在那裡；貝多芬的「耳朵」聽不見任何聲音，聾在那裡。於是當電梯一早上開動，到晚間停止，生命近乎只是排列機械齒輪上的轉輪，滾動在機械單調的軌道上。

人與神、與天、與自我的交通連線，都相繼被機械急轉的齒輪輾斷了。人的內心世界，幾乎趨於靜止。這種抽離與落空，不但是使人的內在失明與陰暗，而且已造成人類文化的最大的危機。人不再去渡過幽美的心靈生活，人失去精神上的古典與超越的力量，人只是猛奔在物慾世界中的一頭文明的野獸。[47]

這便是一位中國現代詩人，對於西方後工業社會的典型——美國紐約的感受。這種感受深刻地揭示了，在西方高度工業化的「機械環境」裡，「『人』幾乎完全沒有地位」。

中國古代傳統「意境」的本質，是人與自然的審美關係及其藝術呈現。在現代中國，特別是八十年代後受到西方工業文化洗禮的中國，隨著文化軸心的轉換，傳統「意境」也受到了強有力的挑戰。那麼，傳統「意境」能夠應付這種挑戰嗎？我們的回答是「能」！中國人是世界上最看重傳統的人類，儘管在歷史發展的某些時候，有人對傳統表示過懷疑，甚至也出現過反傳統的現象；但是，對於一個國家和一個民族來說，中國人從未丟棄過傳統；而是恰恰相反，在世界各文明古國中，只有中國堅持和發揚了七千年的文明史傳統，也只有在中國文化中才保留了悠遠的原始傳統。因此，中國文化傳統，才正如赫伯特・里德說的，是一種「原始傳統主義」。這一點，恐怕在世界上

47　轉引自張漢良、蕭蕭編：《現代詩導讀・理論篇》，台灣故鄉出版社1982年版，第49頁。

都是舉世無雙的。這些，我們從老莊崇尚原始、孔孟「祖述三代」，後世信仰孔孟，以及武林界的「門派秘傳」和民間的「祖傳秘方」中，便可略知一二。再說，中國歷史有多悠久，「意境」發展史就有多悠久。所以，正像中國人不會丟棄歷史傳統和文化傳統一樣，中國人也一定不會丟棄「意境」美學傳統。正是基於如此雄厚的歷史文化背景、社會心理基礎和自然審美心理的積澱，傳統「意境」不僅能夠應付現代文化和美學的挑戰，而且能夠在現代中國繼續生存和發展。八十年代以來，席捲全國的「意境」研究熱和「意境」向現代文論、現代美學及現代文藝批評的大面積滲透，[48]便有力地證明了這一點。青年美學家潘知常先生也為我們提供了有力的證據。他說：

中國美學提出的「意境」，正意味著我們打開的一個全新的世界。熟知中國美學的人都明了意境的重要性，更不會因為它的直觀、不確定和多義而妄加嘲笑。不妨設想，倘若廢棄掉這個範疇，將會為中華民族造成多大的損失。至於每一代後人，也正是以中國美學的範疇為磨石，反覆磨礪自己的生命，才與中華民族的大生命心心相印，棲息於同一境界。[49]

因此，傳統「意境」作為中華民族的一種「大生命」，永遠也不會完結。隨著傳統文化向現代文化的轉換，傳統「意境」也必然要轉換為現代「意境」。這種轉換表現在以下四個方面：

一、「意境」的本質——文化軸心的轉換

48　參閱拙文《新時期古代文論研究的十大熱點》，《文史哲》1995年第2期。

49　潘知常：《中國美學精神》，江蘇人民出版社1993年版，第206頁。

　　從大的方面看，歷史的列車進入現代以後，「意境」的本質便由人
與自然的審美關係轉換為人與人的審美關係。這也是傳統文化與現代
文化的軸心轉換，是傳統「意境」向現代「意境」轉換的本質所在。
但是，詳細考察，這種轉換並非如刀切豆腐那樣簡單。因為，一則歷
史的發展是曲折的，二則傳統與現代不是斷裂的，三則中國人有繼承
傳統的天性；所以，這種轉換是極為曲折複雜的。而且，從理論上
說，「轉換」並不是對傳統的「全盤否定」，而是在新的歷史條件下，
對於傳統的改造和發揚。所以，現代與傳統並不是水火難容的，從某
種意義上說，現代就是傳統，是一種發展了的傳統。正如德國建築師
格羅皮烏斯所說：「真正的傳統，是不斷前進的產物。它的本質是運動
的，不是靜止的。傳統應該推動人們不斷前進。」[50]「意境」美學在現
代的發展，就證明了這一點。

　　在中國現代史上，人與自然的審美關係，同人與人的審美關係，
有時是攜著手前進的，有時是鬥爭著前進的。具體說來，在社會動亂
時期，在戰爭時期，在階級鬥爭時期，是鬥爭著前進的。如抗日戰爭
時期，凡是愛國詩人自然不會再流連風花之際、沉吟雪月之區了，他
們「胸中懷著一顆炸彈，隨時可以爆發」。「中國詩歌會」的成員們就
是這樣。他們面對現實，將人民與敵人的戰爭關係作為表現的對象，
呼喚抗日，歌頌抗日。在他們的詩歌中充滿了大量的戰爭意象。然
而，「新月派」的詩人卻從血淋淋的殘酷現實中「背過臉去，大談其風
花雪月」。這些「在火山上跳舞」式的唯美主義詩歌，就理所當然地受
到了批判。[51]與此相反，在社會穩定時期，在和平時期，在經濟建設時

50　引自《外國近代建築史》，中國建築工業出版社1982年版，第77頁。
51　《中國現代文論選》第1冊，第233頁。

期，又是攜著手前進的。新中國建國初期特別是二十世紀八十年代以來，文藝作品中所大量出現的自然意象和意境，就是如此。

人與人的審美關係，是現代「意境」的本質。其實這與傳統「意境」的本質並不矛盾。因為，在「意境」美學中，自然意象從來都是「人」的思想、感情和意志的象徵，是「人」的文化符號和藝術符號。用金聖歎的話說，就是「寫人卻是景，寫景卻是人」[52]。用馬克思的話說，就是「人同自然界的關係直接就是人和人之間的關係，而人和人之間的關係直接就是人同自然界的關係」[53]。所以，「意境」本質的完整表述，應該是人與自然的審美關係的表層結構，與隱含於其中的人與人的審美關係的深層結構的審美統一。《詩經》〈雞鳴〉和漢樂府《上邪》的意境，就可證明這一點。當然，「意境」的這種本質統一，在表現形式上並不是絕對平衡的，而是在古代和抒情作品中，人與自然的審美關係占主導地位；在現代和敘事作品中，人與人的審美關係占主導地位。所以，自然意象與戰爭意象並不矛盾。唐代邊塞詩人岑參就用「風花雪月」寫出了激昂動人的詩篇。由此看來，「新月派」的錯誤並不完全是在作品中用了「風花雪月」，而是思想境界和情感基調過於低沉消極。

二、「意」的轉換

傳統「意境」中的「意」，除了「小我」的「意」之外，大多數情況下，只是一種為封建社會意識形態所規範了的政治、倫理和審美化了的「意」。這是以朝廷為本位的「意」。進入現代社會後，隨著人民社會地位的逐步提高，「意」也逐漸向人民本位之「意」轉換。在二十

52　《金聖歎批本西廂記》，第137頁。

53　《馬克思恩格斯論文藝和美學》上冊，第29頁。

世紀四十年代，何其芳就指出：新的「詩意」，「不是個人的哀樂」，而是「抒人民之情」[54]。由於各種原因，這種美學思想走了極端。在很長一個時期內，中國現代文學又幾乎完全失落了「小我」（自我）。後來，在思想解放運動中，我們又尋找回了「自我」。所以，賀敬之先生又對現代「意境」的「意」作了新的理論概括，是「詩人的『自我』跟階級、跟人民的『大我』相結合」。[55]如他的《回延安》《放聲歌唱》等詩，就是「通過『自我』以表現『大我』」[56]的成功範例。另一種情況是，傳統「意境」中的「意」，大多數情況下，只是「情」。到了現代「意境」中，也有所轉換，這「就是心情，就是思想，就是觀念」[57]。所以，這兩種轉換後的「意」結合起來，便是現代「意境」的「意」。

三、「象」的轉換

傳統「意境」中的「象」，大多數情況下，只是自然意象。不過這些自然意象，穿越歷史的時空，早已染上了詩神、騷韻、唐風、宋雨，成為詩化了的和美化了的情感符號。隨便舉一個例子，在現行的少兒課本中，有一首古詩云：「一望二三里，煙村四五家，門前六七樹，八九十枝花。」這不過是一串數字，只因恰到好處地嵌入了「煙、樹、花」三個自然意象，馬上就顯現出了一幅清麗優美的田園意境圖，一縷淡淡的詩味也飄然而出，令人感到清爽可意。如果去掉這三個自然意象，這首詩就沒有意境可談，甚至就不成為詩了。因此，在傳統「意境」美學中，自然意象是營構「意境」的基本材料，或者說自然意象就是詩，就是美。方回《瀛奎律髓》卷十評論姚合《游春》

54　《中國現代文論選》第一冊，第220頁。

55　賀敬之：《〈郭小川詩選〉英文本序》，《光明日報》1979年6月19日。

56　王慶生主編：《中國當代文學》第1冊，上海文藝出版社1983年版，第187頁。

57　公木：《毛澤東詩詞鑑賞》，長春出版社1994年版，第378頁。

一詩時説，諸如花、竹、鶴之類自然意象，是營構「意境」的「用料」，所以寫詩時「一步不可離」。

現代「意境」中的「象」，是繼承與轉換並存的。首先，談談傳統「意象」的繼承。由於中國現代的文學藝術家，儘管也受到了歐風美雨的洗禮，但畢竟是從傳統中走出來的；自然審美意象作為一種豐富而深厚的文化積澱，潛藏和活躍於中國現代文人的無意識和意識的心理土壤中。余秋雨先生説：「一個偉大的現代藝術家，是多部藝術史的沉澱，是人類求美歷程的層累。因此，他的手的每一個顫動，確都牽動著人類的歷史和精神結構的條條皺褶。」[58]中國現代藝術家正是這樣。所以，他們進城前和進城後，都樂意用傳統的自然審美意象來創造藝術意境。從某種意義上說，自然意象作為一種詩化的語彙被現代藝術家使用著。毛澤東詩詞就是一個典型的代表。我根據毛澤東詩詞最全的版本[59]統計，其中的自然意象及出現的頻率為：

（一）時類（9種，38次）：

春13、夏4、秋8、冬2、朝3、晨2、暮2、夕2、夜2；

（二）空類（5種，46次）：

地17、東8、南7、西9、北5；

（三）天類（15種，193次）：

天52、日7、陽5、月19、星1、雲25、風35、煙5、霧3、雨11、雪14、霜7、雷6、霞、冰2；

（四）山類（12種，85次）：

58　余秋雨：《藝術創造工程》，上海文藝出版社1987年版，「引言」第6頁。

59　公木《毛澤東詩詞鑑賞》共收詩詞五十七首，是最全的版本。頻率為一次者，只標出意象名。連詞牌、題目、序中的意象統計在內。

　　山52、峰7、嶺3、崖3、崑崙4、岳2、石3、洞4、壁4、岩、巒、峽；

　　（五）水類（13種，77次）：

　　水13、江22、浪14、海8、河4、洋3、湖2、波4、川3、洲、池、潮、濤；

　　（六）鳥類（13種，29次）：

　　鳥2、鶯2、燕2、雁2、鷹3、鶴3、鳳凰2、鵾鵬3、雞5、鷗、雀2、鸚、雕；

　　（七）獸類（11種，27次）：

　　龍5、馬8、牛2、虎4、羊、象、猴、豹、熊、羆2、猿；

　　（八）蟲類（5種，10次）：

　　蟲3、蛇3、蒼蠅2、螞蟻、虮蝨；

　　（九）魚類（3種，10次）：

　　魚6、龜2、鱉2；

　　（十）草類（6種，7次）：

　　草2、稻、菽、苔、薛、荔；

　　（十一）木類（16種，42次）：

　　木3、林3、楊3、柳3、樹3、松2、桃2、槐、柏、桂、桑、竹、梅3、葉2、芙蓉、花12。

　　在毛澤東的五十七首詩詞中，共有自然意象一百〇八種，出現的頻率達五百六十四次，可見自然意象是很密集的。其中《沁園春》〈長沙〉有十九個自然意象；有時一句詩幾乎全由自然意象構成，如《七古》〈送縱宇一郎東行〉中的「天馬鳳凰春樹裡」詩句。這充分說明毛澤東是利用傳統意象語言寫作的偉大詩人。在現代新詩中，郭沫若、

艾青、晏明、楊牧、牛漢、雷抒雁、龍彼德等大多數詩人的寫作，都
離不開自然意象。特別是在近年來的歌壇和流行歌曲中尤其是這樣。

　　其次，談談傳統「意象」向現代「意象」的轉換，即出現了兩種
具有現代特性的「新意象」，一為「事象」，一為「工業意象」。先看「事
象」。由於現代文藝多是「抒人民之情」，所以，承載「人民之情」的
載體也多是「人民之事」。何其芳先生就談到了這種轉換。他説：

　　　某種自然風景，由於曾經被許多的詩所歌頌過，於是我們在實際
生活中碰見了它們，就覺得很有詩意。惟有真正的藝術家能夠打破這
種歷史的成見與傳統，從新的時代找到他所要謳歌的事物，創造了新
的詩。[60]

　　這種新事物，實質上就是「新意象」。正如何其芳先生進一步指出
的，它「不是自然的美景，而是人民大眾的生活與其鬥爭」。所以，「新
意象」的一種，便是「敘人民之事」的事象。何其芳本人也主動地實
踐著這種轉換。在抗戰以前，他就明確地表示「不愛雲，不愛月，不
愛星星」，而要「嘰嘰喳喳發議論」[61]。不久，他便寫作了《一個泥水
匠的故事》，以「人」和「故事」作為中心意象，歌頌為民族犧牲的英
雄。正如一些評論家所指出的，何其芳的這種轉換是：「從自我到了集
體，從夢境到了現實，從厚厚的牆內到了根據地的曠野，嘆息變為勞
動、戰鬥、歌舞，星、月和雲變為燃燒的烽火，這是很大的發展。」[62]
可以説，這不是何其芳一個人的轉變，而是整個一代藝術家的轉變。

60　《中國現代文論選》第一冊，第220頁。

61　何其芳《預言・雲》（詩集）。

62　唐弢、嚴家炎主編：《中國現代文學史》（三），人民文學出版社1980年版，第55頁。

　　特別是毛澤東主席的《在延安文藝座談會上的講話》發表以後，更加快了這種「轉換」的過程。因為「人民之事」的範圍很廣，所以，「事象」的領域也很寬闊。如表現在農業生產方面，有田園意象，如聞捷的「天山牧歌」；表現在工業生產方面，有工業意象，如李季的「石油詩」；表現在戰爭方面，有戰爭意象，如田間的「戰鬥詩」等。

　　再看「工業意象」。現代文化實質上是工業文化。就是說，人民的衣、食、住、行包括農業生產等，都工業化了。所以，現代社會便是高度發達的工業社會。近一個世紀來，中國排除了戰爭、動亂和來自各方面的干擾，步履艱難地朝著「現代化」的方向發展。所以，工業生產以及在這種生產中所結成的人與人的新型關係，便成為現代文藝所表現的主要對象。在美學上，現代意象的另一種形式便是工業意象。所謂「工業意象」，即是將工業生產中的工具、產品和人與人的生產關係，作為負載藝術家和人民的「情」、「意」的「象」。如毛澤東的「艫艨巨艦直東指」、「汽笛一聲腸已斷」、「師稱機械化」等詩句中，艫艨、巨艦、汽笛、機械化等，就是工業意象。從聞一多的《現代詩鈔》中可以看出，諸如汽車、輪船、柏油路、噴水池、火車、壓路機、飛機、警報、眼鏡、手錶、高跟鞋等工業意象，像潮水般地湧入了現代詩壇，幾乎取代了往日的風花雪月，為讀者製造了另一種詩美的景觀。

　　那麼，工業意象能否創造「意境」呢？這是一個極為複雜的問題。我們知道，「意境」是農業文化大樹上所結出的一個審美果實，孕育這果實的花朵是自然意象。現在的問題是，在工業文化大樹上綻放的工業意象之花，能結出「意境」的果實嗎？回答是肯定的。正像農業文化與工業文化能夠結合一樣，自然意象與工業意象也可以交融，同構成一種新型的藝術意境，即現代意境。公劉《上海夜歌》：「燈的峽谷，

燈的河流，燈的山；／……縱橫的街道是詩行，／燈是標點。」艾青
《大上海》：「是一片建築物的浪花，／是千萬種屋頂的浪花，／是鋼鐵
與水泥澆鑄成的浪花，／是電力與火焰噴湧的浪花。」劉征《月光公司
紀實》：「貨架上擺著大大小小的罐頭，／小的只有幾兩，大的足有幾
斤。／裡面都裝的是壓縮的液體月光，／放出來可以照亮一個書齋，
一處園林。」在這些詩歌中，詩人們將工業意象與自然意象，通過奇妙
的藝術想像，嫁接在同一個詩句裡，於是同構成了華美壯麗的現代意
境。特別是艾青在《鋼都贊》一詩裡，用「濃霧」、「雲煙」、「飛瀑」、
「噴泉」、「溪澗」和風、雨、雷、電等自然意象，與「鋼花」、「火焰」
等工業意象交融，將鋼鐵生產的意境描繪得色彩繽紛，氣象萬千，令
人如身臨其境。

　　我們除了對工業意象採取寬容的態度以外，還應該看到自然意象
與工業意象之間的尖銳對立。毋庸諱言，工業意象進入現代文藝特別
是進入現代詩壇以來，不僅摧毀了傳統「意境」的美學防線，也摧毀
了中國藝術家和中國讀者所共同擁有的「意境」審美心理結構。在中
國美學的天空裡，朦朧而優美的月亮暗淡了下來，代之而出的卻是一
輪赤裸裸的工業太陽。當然，在古代作品中也有一些手工業意象，諸
如車、車輪、燭、錦、鐘、鼎、劍、爆竹、鏡、舟、金、銀、玉、
銅、璧、玻璃等，但這些意象與自然意象、事像一起使用，而且出現
的次數很少，加上情感意蘊的渲染，也早已詩化和美化了。就是說，
這些意象只是手工勞動的產物，充其量只能算是准工業意象。它們的
出現，並沒有改變農業社會的基本面貌。一切仍然籠罩在「小橋流水
人家」的含情脈脈的詩情畫意之中。所以，藝術家和讀者對於這些准
工業意象自然而然地接受了，並將其「化」入了「意境」結構之中。

　　但是，現代的工業意象卻不同了，它是大機器生產的產物。而

且，它們的出現將人們的生產和生活方式都工業化了，給人們的生存製造了一個冷冰冰的「機械環境」。它與人們賴以生存的「自然環境」是對立的。自然物是有生命的，變化的，富有詩情畫意的，而機械物則相反。所以，工業意象是對傳統美感的否定。這一點科林伍德有很好的論述。他說「鐵路、輪船、工廠在各種意義上都是自然美的否定」，因為，工業意象雖也有「自己的美」，但「這種美，不是藝術的美」。[63]這一點恐怕在西方，在中國，都是如此。如在西方現代派的作品中，便充滿了機械的構圖和造型（現代派繪畫和雕塑就是這樣），充滿了人與機械（工業）的對立、衝突和搏鬥，充滿了受機械（工業）擠壓後人的精神混亂、空虛和絕望，等等。面對這些現狀，有人說：「藝術死了！」在中國，幾乎一個世紀過去了，工業意象在文藝作品中並沒有取得類似唐詩宋詞那樣的審美效應；然而恰恰相反，在二十世紀八十年代以來，自然意象又如潮水般地回歸到文藝世界中來了，隨之而來的便是傳統「意境」美學的復歸。「意境」的本質即人與自然的審美關係，又一次得到了歷史的確證。

四、「境」的轉換

　　這種轉換也表現在兩個方面，一是傳統「意境」的延續，二是由「意境」向「事境」轉換。

　　先談傳統「意境」的延續。分兩種情況，一是在傳統詩詞創作中，傳統「意境」的延續在本世紀以來就幾乎沒有中斷過。毛澤東的詩詞創作就是一個傑出的代表。從一九一八年到一九六五年秋，毛澤東在橫跨半個世紀中所寫的五十七首詩詞裡，就用了一百○八種自然意象，頻率達五百六十四次，可見所創構的「意境」是地道的傳統「意

63　科林伍德：《藝術哲學新論》，工人出版社1988年版，第60頁。

境」。毛澤東還從傳統「意境」美學中發展出了一種高大雄放的現代意境精神。他説：「詩貴意境高尚，尤貴意境之動態，有變化，才能見詩之波瀾。」[64]他自己的詩詞就是這樣，立意高，境域闊，故取象大。如天五十二次，山五十二次。正如干與先生所説的那樣：「毛澤東詩詞反覆選擇『天』字，就不僅是為了作品大境界的營造，更是為了突出作者的大視野大氣魄大志向大風度。」「山，也是一個大字」，是一個「蘊藏大能量、寄寓大意念、產生大震撼」的大象。它「透露了毛澤東心靈深處的『山的情結』：愛山只緣曾登臨，且借山字表達凌駕、改造和指點、評説的主觀意識」。[65]這便是毛澤東式的高大雄放的現代意境精神。

當然，毛澤東的意境精神是屹立於傳統「意境」基礎上的。他除了在現代生活中取象外，還更多地在古代文學中取象。有趣的是，他一九一八年寫的《七古》〈送縱宇一郎東行〉和一九六五年秋寫的最後一首詞《念奴嬌》〈鳥兒問答〉中，都取了莊子的「鯤鵬」意象。在傳統「意境」中展現了一種現代的理想人格。美國著名的傳記作家R‧特里爾在毛澤東身上，就看出了這種傳統的意境精神。他説，一九三五年的毛澤東，就已經是一位與大地談心、同高山交流的偉大詩人。[66]公木先生也對此作了精彩的論述。他説：

　　在毛澤東詩詞中，形成了人格與自然物像的溝通，亦即繼承與發展了寄人格美於自然物像──「借物詠懷」──的傳統，人因自然物像而美，自然物像也因人而美，雙方在情感、德操、意志上始終保持

64　轉引自董學文：《毛澤東和中國文學》，春風文藝出版社1994年版，第211頁。

65　干與：《毛澤東詩詞的語詞現象初探》，《延安大學學報》1993年第4期。

66　R‧特里爾：《毛澤東傳》，河北人民出版社1989年版，第157頁。

一種互相感應、互相昇華的默契。……例如：山、水、梅、菊、雪、雷、鯤鵬等自然物像，無不是毛澤東人格精神的精彩比托，它既受我國「天人合一」的思維方式的制約，又是我國「物我同一」的人生藝術的展示。[67]

二是在現代新詩創作中，傳統「意境」的延續則是時斷時續。具體地說，「五四」時期、「文革」時期、「新詩潮」時期是「斷」，其餘時期則是「續」。總的看來，對傳統「意境」的繼承多於否定，徐志摩、艾青、郭小川等人的詩，林語堂、楊朔、賈平凹、余秋雨、余光中的散文，便具有代表性。

再談談由「意境」向「事境」轉換。「意境」範疇在唐代提出來時，就產生了把「境」等同於「景」的傾向，常常以「意」（或「理」）與「景」對言，似乎「意境」就是「意景」。[68]到宋代，這種看法也很普遍。如普聞《詩論》評詩云：「桃李春風，江湖夜月，皆境也。」姜夔《詩說》云：「意中有景，景中有意。」范晞文《對床夜語》云：「景無情不發，情無景不生。」後來經過明代謝榛和清代王夫之等人的理論發揮，到近代方東樹等人提出「情景交融」說後，就形成了傳統的定格，即「境」就是自然意象（景），自然意象（景）就是「境」。進入現代以來，傳統「意境」向現代「意境」的轉換，儘管表現出了全方位的多元態勢，但其中最顯明的標誌，首先是「境」的轉換，即由「景」向「境」回歸。如何其芳先生說的，現代的「境」，「不是自然的美景，而是人民大眾的生活與其鬥爭」。也如艾青先生說的，意境「是

67　公木：《毛澤東詩詞鑑賞》，第430頁。

68　參見《文鏡秘府論》，第43、44、137頁。

詩人的心與客觀世界的契合」。[69]公木先生也指出：「境是客觀因素，境就是環境，就是時代，就是社會生活。」[70]由此可見，現代「意境」中的「境」，已從自然意象（景）的狹小圈子裡走了出去，成為環境，成為時代，成為社會生活，一句話，成為客觀世界。當然，它並沒有拋棄自然意象（景），而是包容了自然意象（景）在內，並突出和強調了社會人事。這從艾青先生《詩論》對於「意境」的闡釋中可以得到證明。由於突出和強調了「人民大眾」在現代「意境」美學中的主體地位，所以，意「就是心情，就是思想，就是觀念」[71]，一句話，就是「人民之情」；「境就是環境，就是時代，就是社會生活」，一句話，就是「人民之事」。[72]因此，所謂現代「意境」，就是「人民之情」與「人民之事」的審美統一及其藝術表現，即「意」轉換為「情」，「境」轉換為「事」，實質上「意境」成了「情事」，也就是「事境」。這標誌著傳統「意境」向現代「意境」的一次脫胎換骨的根本性轉換。這是傳統文化軸心（人與自然的關係）向現代文化軸心（人與人的關係）轉換的必然結果。這種以「人民」為本位的現代「意境」美學，是「五四」以來中國現代文藝創作經驗的美學總結，因而是符合中國現代文藝創作和接受的實際的。所以，我們把這種轉換可以看作是傳統「意境」在現代的新發展。否則，運用傳統「意境」美學無論如何也是無法闡釋中國現代文藝的。

　　促成這種轉換的原因是多方面的，除了上文指出的文化軸心轉換的主要原因之外，還取決於中國現代社會的實踐、西方文化和美學的

69　《中國現代文論選》第1冊，第220、196頁。

70　《毛澤東詩詞鑑賞》，第18頁。

71　《毛澤東詩詞鑑賞》，第378頁。

72　「人民之情」與「人民之事」是何其芳語，見《中國現代文論選》第1冊，第220頁。

影響和來自中國傳統美學自身的滋育。任何一種傳統，都不是單一的，而是內涵豐富的；不是一成不變的，而是發展變化的。所以，任何一種傳統，都是一個以「主元」為統領的多元結構，都是一種獨特的、內涵豐富的和發展變化的文化系統。「意境」美學的傳統就是如此。在唐宋以前，「抒情」與「言志」是兩種傳統。前一種傳統建構在人與自然的審美關係之上，是以自然意象（景）為載體的「抒情傳統」，或者說「意境傳統」；後一種傳統建構在人與人（社會）的審美關係之上，是以社會事象（事）為載體的「言志傳統」，或者說「事境傳統」。所以，這時「意境」說與「言志」說的關係還尚遠。在「言志」說的權威經典《毛詩序》中，就有以「一國之事」和「天下之事」為載體「言志」的說法。孔穎達《正義》說：「詩人覽一國之意以為己心，故一國之事系此一人使言之也。……詩人總天下之心，四方風俗，以為己意，而詠歌王政，故作詩道說天下之事。」在這裡，「志」是「一國之意」或「天下之心」（大我）與「一人之心」（小我）的審美統一。「志」大，所載之「體」也須大。這個「體」，就是「一國之事」或「天下之事」。所以，通過詠史和敘事來言志，便成為上古詩賦的一般模式。如《詩經》中的《東山》、《生民》，漢樂府的《東門行》、《孤兒行》，漢賦中的《七發》、《上林賦》，就是如此。到宋代時，「意境」說與「言志」說似乎有些靠近的跡象。在舊題白居易《文苑詩格》這本「頗重意境」[73]的書中，評論古詩時，就有「『家貧』是境」和「『月』、『台』是境」的說法。顯然，「家貧」是事象，屬於「言志」的範疇；「月」、「台」則是物像，屬於「意境」的範疇。將「事象」納

---

73 羅根澤：《中國文學批評史》（二），上海古籍出版社1984年版，第209頁。羅認為，《文苑詩格》是歐陽修提倡古文後的作品。

入「境」中，則擴大了「境」的內涵，同時也標示著「言志」說與「意境」說最初的接軌情形。目前，儘管我們還沒有更多的資料足以證明這個理論上的貢獻是白居易做出的；但是，白居易在詩歌創作實踐方面做出了同樣的貢獻卻是事實。江進之《雪濤小書》云：「白香山詩……意到筆隨，景到意隨，世間一切都著并包囊括入我詩內。詩之境界，到白公不知開擴多少。較諸秦皇、漢武，開邊啟境，異事同功。」

因此，在元代以後的美學中，便出現了「事境」和「人境」的範疇。先談「事境」。祝允明《送蔡子華還關中序》云：「身與事接而境生，境與身接而情生。……境之生乎事也。」在過去的美學中，往往多有「境」與「情」的話題，這時卻生出「境」與「事」的新話題來。這標誌著「言志」與「意境」在理論上正式接軌了。不久，李贄在評點《水滸傳》時，便提出了「事境」的範疇。如評第一回「王四醉酒」的情節時說：「絕好事境，絕好文情。」到清代，「事境」便成為與「意境」相對的範疇了。如方東樹《昭昧詹言》云：「凡詩，寫事境宜近，寫意境宜遠。」「事」與「景」一樣，不僅可以「生情」，如脂硯齋評《紅樓夢》第八回說「隨事生情」；也可以「載情」，如劉大櫆《論文偶記》說：「情不可以顯出也，故即事以寓情。」再談「人境」。「人境」一詞，出自陶淵明《飲酒》之五「結廬在人境」。人境，即人世間，社會。方回在《心境記》中將「人境」引入美學理論，並進一步提出了「我之境」與「人之境」觀點。到清代，吳喬《圍爐詩話》云：「詩而有境，有情，則自有人在其中。」金聖歎評《西廂記》〈琴心〉說：「有時寫人卻是景，有時寫景卻是人。」如「雲斂晴空，冰輪乍湧」，本是寫月夜景色，而金氏評云：「此非寫月也，乃是寫美人見月也。」又如「風掃殘紅，香階亂擁」，本是深秋落紅景緻，而金氏評云：「此非寫落紅，乃

是寫美人走出月下來也。」可見「景」即是「人」。總之，「事境」與「人境」的提出，將原來隱含在「境」（景）後的「人」，由後台呼喚到前台來，從而凸顯了「人」在「境」中的美學地位。這是宋、元、明清敘事文學發展在「意境」美學中反映的必然結果。這一點，在王國維的「意境」美學思想中便看得很清楚。他在《文學小言》中說：「文學中有二原質焉，曰景，曰情。前者以描寫自然及人生之事實為主，後者則吾人對此種事實之精神的態度也。」可見「境」中有景，有人，也有事，這樣就將「意境」原來僅僅適用於抒情文學的批評功能擴大了，從而使它能夠適用於「寫景、抒情、述事之美」（王國維《元劇之文章》）的一切文藝的批評中。王國維運用「意境」論評論元雜劇就證實了這一點。

這些，就是傳統「意境」向現代「意境」轉換的歷史前奏和傳統背景。在轉換後的現代「意境」美學中，除了「意境」、「事境」範疇外，還在近幾年的「意境」美學研究中，重新復活和啟用了王昌齡《詩格》提出的「物境」、「情境」範疇。在這裡，我還要提出一個「理境」的範疇。在中國傳統美學裡，還似乎找不到「理境」的先例。但旁證材料還是有的。《文鏡秘府論》中就有「理入景勢」和「景入理勢」的說法。並認為，「詩不可一向把理，皆須入景語始清味」。這種「景與理相愜」、「景語」與「理語」[74]相融的審美境界，就應該是「理境」了。劉大櫆《論文偶記》云：「理不可以直指也，故即物以明理。」、「物」（意象）與「理」的審美統一，也是「理境」。還有清人所說的「理趣」，也是「理境」。如沈德潛《說詩晬語》云：「杜詩『江山如有待，花柳自無私』『水深魚極樂，林茂鳥知歸』『水流心不競，雲在意俱

74　《文鏡秘府論》第43、44頁。這可能是王昌齡《詩格》中的觀點。

遲」，俱入理趣。」可見這「理」與「景」的審美交融所構成的藝術畫面，就是「理境」無疑了。這樣，我們就得到了一個現代「意境」形態結構的基本圖式：

$$
意境
\begin{cases}
情境（抒情作品）\\
事境（敘事作品）\\
物境（詠物作品）\\
理境（哲理作品）
\end{cases}
$$

因此，現代「意境」是一個內涵豐富的多元化的美學範疇。它從傳統「意境」只適用於抒情作品批評的小圈子中走了出來，而轉換為一種涵蓋抒情、敘事、詠物、哲理等一切文藝作品的大範疇，真正將「意境」提升到哲學美學的最高層面上來了。這是現代「意境」美學的卓越貢獻。

第四節　中國與西方對話的「意境」本質

近年來，在我國大陸的「意境」美學研究中，許多學者是通過「意境」與「典型」的比較分析來把握「意境」的本質。這種研究雖然有可取之處，但從總體上看卻顯得比較膚淺。本節擬從中西文化的對話中，尋根溯源，對「意境」的本質作較為深層的探討。在西方美學中有沒有可以與「意境」進行對話的共同話語（或範疇）呢？換一句話說，在西方美學中有沒有「意境」或者與「意境」相類似的美學範疇呢？如果沒有，那麼，其中的原因又是什麼呢？這是我們認識「意境」的民族特色和把握「意境」的美學本質的關鍵所在。

在西方美學名著的中譯本裡，我們經常可以看到有「意境」的字

樣。

例如，布瓦洛的《詩的藝術》（任典譯）中說：「最有內容的詩句，十分高貴的意境。」[75]康德的《判斷力批判》上卷（宗白華譯）中說：「美的藝術，是一種意境。」[76]其實，這裡的「意境」是譯者的，而不是原著者的。因為，在西方美學中不存在「意境」範疇，這是目前美學界所公認的，也是由中西美學的根本性差別所決定了的。

那麼，中西美學的根本性差別是什麼呢？我們認為，中西美學的根本性差別在於理論建構的原點不同。西方美學理論建構的原點是人與人（社會）的審美關係，古希臘的人體美學和悲劇美學便是其理論建構的原初形態，並由此衍生出一系列西方式的美學範疇、觀念和理論體系，最後凝定為西方美學精神；而中國美學理論建構的原點則是人與物（自然）的審美關係，上古社會的符號美學和詩樂美學便是其理論建構的原初形態，也由此衍生出一系列中國式的美學範疇、觀念和理論體系，最後擬定為中國美學精神。

例如，《周易》〈繫辭〉提出了符號美學的基本觀點，這就是：「近取諸身，遠取諸物。」這是上古中國人建構文化符號的美學方法論。它遠取自然意象，近取人體（或人心）意象，通過人與自然的審美統一，合構成一系列審美符號（其中包括卦象符號和字象符號）。在這些符號中，積澱著上古人的審美意識內容，它們表現了中國人的一種原始的審美精神，因而也是審美符號。日本美學家笠原仲二就是通過破譯漢字符號，來研究古代中國人的審美意識的。諸如「佗」，是人與蛇審美統一的符號。這與上古神話中「人首蛇身」的說法很一致，因而是一

75　《西方美學家論美和美感》，商務印書館1980年版，第82頁。

76　康德：《判斷力批判》上卷，商務印書館1964年版，第151頁。

個帶有神話原型意味的審美符號。還有「美」，最初是人戴著雉尾頭飾的舞蹈者形象，現在中國古典戲曲武將人物的頭飾上仍保留著這種原始的痕跡，這是人與鳥審美統一的符號；[77]後來到《說文解字》則演變為「美」，為戴著羊頭飾的舞蹈者形象，是人與羊審美統一的符號。這些符號都是嚴格按照「近取諸身，遠取諸物」的審美原則建構的。據我的抽樣統計，在「近取諸身」的符號系列中，由人、囗、髮、目、耳、鼻、口、舌、齒、言、手、足、心、身、女等十五個偏旁部首所構成的漢字，《說文解字》有一千八百九十八個，《新華字典》有二千三百五十二個；在「遠取諸物」的符號系列中，由「日、月、風、雨、山、水、草、木、竹、石、土、鳥、獸、蟲、魚」等十五個偏旁部首所構成的漢字，《說文解字》有二千七百三十八個，《新華字典》有三千二百二十八個。如按人與自然審美統一的原則，把這兩個系列的漢字符號各自加在一起，均占兩本字典所收總字數的百分之五十以上，從而建構成漢字符號的意象體系。漢字是中國人的思維符號，也是建構中國文化的基本符號，正如許多中西美學家所指出的那樣，它本身就是藝術品。這些符號不僅從深層映顯出中國人與自然審美統一的美感心理結構，又從由這些符號書寫的眾多文化藝術作品中，表現了中國人與自然審美統一的美學精神。這種美學精神，在中國藝術美學中的表述是「借彼物理，抒我心胸」[78]。所以，像北宋初年的九僧詩人們那樣，中國藝術家離開了自然意象，便不能創作。正是在這種審美心理結構和美學精神的導向下，才產生了「意境」這個美學範疇。

　　人與自然的審美統一，不僅是中國文化的「根」，也是中國藝術和

77　康殷：《文字源流淺說》〈釋例篇〉，第131頁。

78　《中國美學史資料選編》下冊，中華書局1981年版，第336頁。

美學的「根」。在中國藝術中，《詩經》是人的情志與鳥獸草木的審美統一，《離騷》是「美人」與「香草」的審美統一，以至後來的漢賦、魏晉山水詩、唐詩、宋詞、元曲一直到毛澤東詩詞，都是情與景的審美統一。山水畫（紙上園林）、園林（地上山水畫）等更是如此，「境」中有情，「境」中有意，「境」中有人，不僅是人類靈魂的憩息之所，也是人類可行、可望、可游、可居的審美意境。小說也是這樣，如清代的才子佳人小說《梅蘭佳話》和《鸚鵡喚》，人物各取草木為名，松風、竹筠、桃根、李萼、花春、柳鶯、紫荊、紅日葵等，充滿了人與自然融為一體的傳統的審美氣氛。建構在中國文化和藝術肥沃土壤中的中國美學，也將人與自然的審美統一作為理論建構的原點，形成了一系列人與自然二元合一的美學範疇，諸如「意象」、「言志」、「比興」、「神韻」、「形神」、「虛實」、「感物」和「意境」等。例如，「言志」，蔣孔陽先生說「『詩言志』的全面的含義，應當是『感物吟志』」[79]，是志與物的審美統一。「比興」，李仲蒙說：「索物以托情，謂之比，情附物者也；觸物以起情，謂之興，物動情者也。」、「神韻」，《中國文論大辭典》認為，所謂「神韻」，「指寫景、敘事、抒情留有餘地，事外有遠致，陰柔而含蓄，令人玩味，具有清雅淡遠的意境」。[80]「虛實」，古人論詩，「以景為實，以意為虛」[81]這些範疇中都隱含著人與自然審美統一的內容，是人與自然二元合一的美學成果。「意境」，則是這一系列美學範疇最高層最典型的集大成者。或者說，在中國美學中，形成了以「意境」為核心為統領的「意境美學範疇家族」。

79　曹順慶編：《中西比較美學文學論文集》，四川文藝出版社1985年版，第12頁。

80　彭會資主編：《中國文論大辭典》，百花文藝出版社1990年版，第521頁。

81　胡經之主編：《中國古典美學叢編》上冊，中華書局1988年版，第160頁。

　　同樣，人與人的審美統一，也是西方文化、藝術和美學的「根」。在西方文化的源頭，即古希臘和前古希臘社會裡，商業、航海業和城邦間頻繁的戰爭，使人與人的關係，成為社會的全部現實。西方文化、藝術和美學的「根」，就萌生在這樣的社會土壤裡。如果説，中國上古的文字，起源於人與自然統一的話，那麼，西方上古的文字則是起源於人與人的統一。前者是圖畫象形文字，即意象文字，奠定了中國人「尚象」的思維方式，以及文化、藝術和美學的基礎；後者則在公元前十七至公元前十五世紀就發展成線形音節文字，如泥板文字，多是一些「經濟表報」[82]的文件，與中國甲骨文字記載人與自然的宗教關係不同，它反映的則是人與人之間的經濟關係。所以，這種文字便奠定了西方人「尚事」的思維方式，以及文化、藝術和美學的基礎。因而，與中國藝術以「自然」為核心的抒情形態不同，西方藝術從古希臘時起就形成了以「人」為核心的敘事形態，諸如神話、傳説、史詩、悲劇和喜劇等。「神、英雄首領和他們的功績，殘酷的戰爭和豪華的宴會，一些人的富裕、偉大和另一些人的不幸、死亡」[83]是古希臘藝術表現的基本題材。特別是人體雕塑，「成為希臘的中心藝術，一切別的藝術都以雕塑為主，或是陪襯雕塑，或是模仿雕塑。……特爾斐城四周有上百所小小的神廟，……其中有無數的雕像，紀念光榮的死者，有雲石的，有金的，有銀的，有黃銅青銅的，還有其他色彩、其他金屬的，三三兩兩，或立或坐，光輝四射，真正是光明之神的部屬。後來，羅馬清理希臘遺物，廣大的羅馬城中雕像的數目竟和居民的數目差不多。便是今日，經過多少世紀的毀壞，羅馬城內城外出土

82　茲拉特科夫斯卡雅：《歐洲文化的起源》，三聯書店1984年版，第45頁。

83　茲拉特科夫斯卡雅：《歐洲文化的起源》，三聯書店1984年版，第7頁。

的雕像，估計總數還在六萬以上」[84]。雕塑藝術品，如拉奧孔、擲鐵餅者等，仍然是一種靜態的凝固了的敘事形態。建構在希臘文化和藝術肥沃土壤中的西方美學，也將人與人的審美關係作為理論建構的原點，形成了一系列人與人的一元美學範疇（一元，即以「人」為元），諸如「形象」、「性格」、「情節」、「衝突」、「悲劇」、「喜劇」、「模仿」和「典型」等。這些範疇中都隱含著人與人（社會）審美統一的內容。「典型」，則是這一系列美學範疇最高層最典型的集大成者。或者說，在西方美學中，形成了以「典型」為核心為統領的「典型美學範疇家族」。

所以，「意境」與「典型」，作為中西美學的兩大代表性範疇，便構成了異質對話關係。這些年來，國內美學界有不少人對此進行了比較研究，其理論眼光是敏銳的，也做出了一些成績。但是，從總體上看，還比較膚淺，沒有觸及中西美學的根本性差別。倒是一些西方美學家，認識到了中西美學的根本性差別。如雅克・馬利坦認為，中國藝術的「興趣更多的不在人體美，而在風景美和花鳥美」[85]。「中國好沉思的畫家與事物融為一體。……他力求使事物本身在他的布帛或畫紙上留下比它們自身更深刻的印象，同時還要揭示出它們與人的心靈的密切連繫。他領略到它們內在的美，引導觀看者去認識它。」[86]「因此，那些竹總是保持它們決不屈服的韌性，那些梅花因為在寒冬開放而總是剛強的，那些蘭花因為在荒野顯示它們的美而總是純正的，那些菊花因為具有隱士的心靈而總是高尚的，那些崇山峻嶺總是在春天

84　丹納：《藝術哲學》，第47-48頁。

85　雅克・馬利坦：《藝術與詩中的創造性直覺》，三聯書店1991年版，第27頁。

86　雅克・馬利坦：《藝術與詩中的創造性直覺》，三聯書店1991年版，第26頁。

歡笑，而在隆冬沉睡。」[87]他提出了一個帶有根本性的問題，「支配東方藝術的，為何是事物和事物的純客觀性，而不是人和人的主觀性」[88]。「事物和事物」當然也包括人和自然的審美關係，正是中國美學的理論建構的特點；而「人和人」當然也包括人和社會的審美關係，又正是西方美學的理論建構的特點。

　　另外一位西方美學家勞倫斯·比尼恩也認識到了這些特點。他認為：「中國藝術的某些方面，所蘊藏著的思想似乎很具有現代性，特別是有些思想，如承認人在世界大空間中的真實位置，通過創作直覺生活的流動，同人以外的任何生命形式產生的共鳴，不亞於人與人之間的共鳴，等等。因此，中國藝術就沒有歐洲藝術所創立的所有那些最具表現力的象徵符號，沒有裸體人的形式。因此，中國藝術比歐洲藝術早幾個世紀就發現風景畫是一種獨立的藝術，是人生事件的背景和基礎。因此，中國藝術就選擇那些在我們看來是屬於次要類型的花和鳥，作為同人物形象具有同等意義的主題來處理。」[89]這是說，以「花鳥畫」為代表的中國藝術，營造「人與自然共鳴」的審美氣氛，具有「意境美」；以「裸體人畫」為代表的西方藝術，營造「人與人共鳴」的審美氣氛，具有「典型美」。前者以「自然美」為核心，後者以「人美」為核心。這既是中西藝術的根本性差別，也是中西美學的根本性差別。

　　當然，這並不是說，在中國藝術和美學中，缺少「人與人（社會）」的審美關係。其實，並不缺少。早在《詩經》裡，就有關於「碩人」

87　雅克·馬利坦：《藝術與詩中的創造性直覺》，三聯書店1991年版，第28頁。

88　雅克·馬利坦：《藝術與詩中的創造性直覺》，三聯書店1991年版，第22頁。

89　蔣孔陽主編：《二十世紀西方美學名著選》下冊，復旦大學出版社1988年版，第530-531頁。

為代表的男女人體美的描寫，並有潛在形態的人體美學思想。[90]以後，《離騷》中的「美人」，漢樂府詩中的「羅敷」，曹植賦中的「洛神」，唐代吳道子的人物畫、周昉的仕女圖和大量的佛道人物雕塑，宋代石窟藝術中的人物石刻，明清小説中的人物形象，特別是被稱為「世界第八大奇蹟」的秦陵百萬大軍的塑像，還有魏晉時期人物品賞的美學時尚等等，都充分説明在中國藝術和美學中，並不缺少人與人（社會）的審美關係。我們所強調的「人與自然的審美關係」，只是從中西比較的相對意義上指出，這是中國文化、藝術和美學的「根」，即理論建構的原點和特點。

同樣，也並不是説，在西方藝術和美學中，缺少「人與自然」的審美關係。西方人和我們一樣，也生活在藍天、白雲、紅日和明月下，也觀賞著百花開放，也聆聽著鳥兒歌唱，也感受著春夏秋冬的轉換。大自然將它的美，不僅顯示給中國人，也顯示給了西方人。所以，在西方藝術和美學中，也必然會反映出大自然的審美內容。諸如，歌德説：「詩歌是繪著圖畫的花玻璃窗。」[91]這扇美的窗戶，我們可以看到：在他的詩歌世界裡，處處洋溢著太陽、白雲、月光、原野、山水、花鳥等自然意象。特別是他的《五月之歌》《對月》《水上的精靈之歌》《發現》和《整年的春天》等，將愛情與自然融為一體，構成了優雅明快的意境。與中國人對月相思的審美情結一樣，在歌德的詩歌裡，也留下了這樣一則佳話：歌德六十五歲時，又愛上了一位才貌雙全的瑪麗安涅・封・維勒瑪。歌德還送給她一個富有詩意的愛稱，即「蘇來卡」。一八一五年夏天，他與情人維勒瑪分別時，兩人相

90　參閱拙文《〈詩經〉的潛美學思想》，《人文雜誌》1988年第5期；《從〈詩經〉看周代的美容思想》，《醫學美學美容》1994年第12期。

91　錢春綺譯：《歌德抒情詩選》，人民文學出版社1981年版，第158頁。

約，每當月圓之夜，不論在什麼地方，都要望月相思，以寄懷念之情。歌德一直堅持這樣做著。十三年後的八月二十五日晚，歌德在道恩堡望月思人。忽然，一團烏雲遮蓋了月亮，歌德馬上感到情人離他遠去了，「心痛苦地亂跳」，於是寫下了《給上升的滿月》一詩，詩云：

你要突然拋棄了我？
剛才你還這樣靠近！
一團烏雲將你包裹，現在你已無蹤無影。
可是你知道，我多麼難過，請露出邊緣，像星星窺望！
證明我是被人愛著，即使愛人遠在他鄉。

在詩人心目中，「滿月」完全成了情人的化身，成為維繫兩地愛情之心的紐帶。這則動人的愛情故事融化在詩歌中，並通過「人」與「月」的審美統一，構成了優美的意境。在中國唐詩裡，這類意境很多。如「我寄愁心與明月，隨君直到夜郎西」（李白），「青山一道同雲雨，明月何曾是兩鄉」（王昌齡），「海上生明月，天涯共此時」（張九齡），「別後唯所思，天涯共明月」（孟郊），特別是白居易的《江樓月》一詩，意境更為相似。詩云：

嘉陵江曲曲江池，
明月雖同人別離。
一宵光景潛相憶，
兩地陰晴遠不知。
誰料江邊懷我夜，
正當池畔望君時。

今朝共語方同悔，

不解多情先寄詩。

　　除了歌德的抒情詩之外，拜倫的《去國行》，海涅的《一棵松樹在
北方》，雨果的《我為你在山崗上摘取了這朵花》，波德萊爾的《高翔》
《感應》和《人與海》，以及布萊希特的《風的祭禮》等優秀的詩篇，
都在人與自然的審美關係中，構成了千姿百態的藝術意境。另外，中
國文人具有傳統的「悲秋」情結，創作了無數的悲秋傑作。在西方文
學中，也不乏這樣的作品。所以，郁達夫先生說：

　　中國的詩文裡，頌讚「秋」的文字特別的多。但外國的詩人，又
何嘗不然？我雖則外國詩文唸得不多，也不想開出帳來，做一篇「秋」
的詩歌、散文抄。但你若去一翻英、德、法、意等詩人的集子，或各
國的詩文的Anthology來，總能夠看到許多關於「秋」的歌頌與悲啼。
各著名的大詩人的長篇田園詩或四季詩裡，也總以關於「秋」的部分，
寫得最出色而最有味。……秋之於人，何嘗有國別。[92]

　　此外，呂邦斯的風景畫和德彪西的器樂曲，也從人與自然的審美
關係中，表現出了優美的意境。尤其是德彪西一反以「人」為取材重
點的傳統樂，而是到大自然中去捕捉樂思和選取題材，因而諸如雨、
花、雲、月、霧、海洋等自然意象，成為他藝術表現的主要對象，形
成了「樂中有畫」的審美風格。如《月光》就是一首優美、明淨、充
滿詩情畫意的鋼琴曲。「它以輕柔的筆觸、清淡的色調，和詩意的情

92　郁達夫：《故都的秋》。

感，刻畫出夜色茫茫、萬籟俱寂、明月照耀大地的意境。」[93]

在西方美學中，也有關於人與自然審美關係的論述。柏拉圖認為，美是理念與自然的統一。康德也論述了人的崇高感與自然界崇高的關係問題。歌德對自然美談論得更多，還寫過一篇題為《自然》的短文，認為：「人類全都在自然之中，自然也在一切人類之中。」他還在《自然和藝術》一詩中說：「自然和藝術，好像在互相迴避，／剎那之間，它們又碰在一起；／我也不再感覺到對它的厭惡，／兩者好像對我有同樣的吸力。」維柯也認為，「詩在某種意義上是憑事物造成的。」「因為，當人能理解時，人把他們的心伸展出去，把事物蒐羅進來；但是，當人還不能理解時，人用自己來造事物，由於把自己轉化到事物裡去，就變成那些事物。」[94]

但是，儘管如此，中西方在人與自然的審美關係問題上，還是存在著根本性的差別，主要表現在四個方面：

一、文化之根的差別

中國文化之根，是人與自然的統一，並以此為原點，衍生出哲學、宗教、政治、道德、文字、文學、藝術和美學等眾多的文化現象。我對此已有詳論，不再多說。這裡僅以人與羊的文化關係作以補充。[95]中國人以「羊與人」的關係，作為文化創造的原型，衍生出一系列「羊文化」現象。諸如羊部字，《說文解字》收二十八個，《辭源》收三十五個，《辭海》收三十九個，《康熙字典》收一百五十八個。「羊宗教」，羊為土精、樹精和西嶽之神，祭典時用羊牲。「羊巫術」，《周

---

93 馬慧玲編著：《歐洲古典名曲欣賞》，北京出版社1985年版，第236頁。

94 伍蠡甫主編：《西方文論選》上卷，上海譯文出版社1979年版，第538、543頁。

95 參考《文史哲》1995年第4期黃楊文，《延安大學學報》1996年第1期白振有文，並加以發揮。

易》兌卦為羊頭之像，故為羊。西戎族和契丹族有羊卜之俗。「羊政治」，沛公夢羊而王，牧民為牧羊。「羊法律」，繁體「法」字中，有神羊之像。神羊，即法獸，類若當今之警犬。《說文解字》云：「古者決訟，令觸不直。」古代法衣，法冠上，也以神羊為法徽。羊道德，「善」、「義」，不僅以羊為部首，而且以羊比德（羊好仁，有跪乳之禮），羊人合一（「義」為羊我合一）。羊民俗，上古以羊為祥，如漢代銘文中多有「吉羊（祥）」的記載。所以，在民間風俗中，羊為祥瑞之物。而且，「祥」就是以羊為祭牲的禮俗符號。「羊文學」，《詩經》中有五首詠羊詩。羊與美，「美」即羊大為美或美人為美。可見這是根源於羊原型而產生的一系列「羊文化鏈」。而西方文化之根，則是人與人的關係，並以此為原點，衍生出拼音文字、人體雕塑、史詩、悲劇、宗教，及其以商業為核心的眾多文化現象。正如前文所述，在這種不同的文化之根上，所滋生的中西美學，也自然有明顯的差別，即一為直覺的，一為思辨的；一為「天人合一」的二元論美學，一為人本主義的一元論美學。

二、人與自然關係的差別

中國人自古以來就與自然保持著和諧的關係。這種關係，用哲學的話語表述是「天人合一」，用倫理學的話語表述是「物人比德」，用心理學的話語表述是「心物感應」，用思維學的話語表述是「神與物游」，用文化學的話語表述是「人物同構」，用詩學的話語表述是「人物比興」，用美學的話語表述是「情景交融」。中國藝術家與大自然的關係更為密切，所以，有「以天地為廬」、「以日月為燈」、「以天地為棺」、「歲寒三友」、「四君子」、「梅妻鶴子」、「不可一日無此君（竹）」和「目師華山」等趣聞逸事。因此，歌德說，中國「還有一個特點，

人和大自然是生活在一起的」[96]。而西方人與大自然的關係則是矛盾的、對立的和敵視的。他們自古以來就養成了征服自然的民族性格。從古希臘人的航海，到哥倫布發現新大陸，再到美國人的登月（此與中國神話中的「嫦娥奔月」和佛教壁畫中的「飛天」是完全不同的境界），都充分證實了這一點。如果說中國人好義，因而與自然的關係是精神的審美的話；那麼，西方人則是好利，因而與自然的關係是實踐的功利的。所以，中國人輕而易舉地在「人與自然統一」的關係網絡中，培養了一種中國式的藝術精神，建構了一套具有華夏民族特色的美學體系；而西方人則做不到這一點。因為，在他們那裡，只有人與自然的對立和敵視。如康德在人與自然的敵對中發現了「崇高」美；黑格爾在小男孩用石頭擊起的水圈裡看到了人的本質力量；雅克·馬利坦在東方藝術中看到，印度藝術作了事物的俘虜，而中國藝術則俘虜了事物。因而，就審美情感而言，他強調的則是「人對自然的侵入」。[97]因此，在西方人的自然美觀念裡，要麼如前邊所舉是強化和誇大人的力量，要麼是弱化和取消人的力量。如有一種觀點認為，只有「完全離開人」的自然才是美的。「山是美的，因為沒有人建造它；森林是美的，因為沒有人種植它；雪花是美的，因為沒有銀匠用錘子和銼碰過它。」在這個自然美的世界裡，沒有人的位置。就是說，自然不僅「與工業化的人相對立」，「甚至最原始的人類活動跡象都會激怒它」。[98]這是一種沒有對象的、在審美關係之外的自然。所以，它的「美」對於中國人則是不可思議的。因為，在中國人看來，自然只有在與人構成的審美關係中，才具有「美」的價值。正如葉燮說的：「天地

96　《歌德談話錄》，第112頁。

97　雅克·馬利坦：《藝術與詩中的創造性直覺》，第23、25、17頁。

98　科林伍德：《藝術哲學新論》，工人出版社1988年版，第50、52、57頁。

之生是山水也，其幽遠奇險，天地亦不能一一自剖其妙。自有此人之耳目手足一歷之，而山水之妙始洩。」（《原詩》）否則，自然「完全離開人」，何美之有？也如柳宗元説的：「蘭亭也，不遭右軍，則清湍修竹，蕪沒於空山矣。」（《邕州柳中丞作馬退山茅亭記》）由此可見，這是兩種完全不同的自然審美觀。

三、藝術表現對象的差別

中國藝術家離開了自然意象，就不能創作。但是，西方藝術家卻不是這樣。歌德説：「我觀察自然，從來不想到要用它來做詩。」[99]我們且不論歌德詩中有無關於自然的描寫，但這句話卻能夠代表西方藝術家的創作特點，即西方藝術的主要表現對象，不是自然，而是人。關於這一點，林語堂先生在《論中西畫》中作了十分精彩的論述。他説：

中國藝術的衝動，發源於山水；西洋藝術的衝動，發源於女人。

西人知人體曲線之美，而不知自然曲線之美；中國人知自然曲線之美，而不知人體曲線之美。

中國人畫春景，是畫一隻鷓鴣。西人畫春景，是畫一裸體女人被一個半羊半人之神追著。

西人想到「勝利」、「自由」、「和平」、「公理」就想到一裸體女人的影子。為什麼勝利、自由、和平、公理之神一定是女人，而不會是男人？中國人永遠不懂；中國人喜歡畫一塊奇石，掛在壁上，終日欣賞其所代表之山川自然的曲線。西人亦永遠不懂。西人問中國人，你們畫山，為什麼專畫皺紋，如畫老婆的臉一樣？

99　《歌德談話錄》，第108頁。

　　中國人在女人身上看出柳腰，蓮瓣，秋波，蛾眉；西人在四時野景中看出一個沐浴的女人。

　　西人女裝所以表揚身體美，中國人女裝所以表揚楊柳美。

　　中國美術，技術系主觀的（如文人畫，醉筆），目標卻在神化，以人得天為止境；西洋美術，技術系客觀的（如照相式之肖像），目標卻系自我，以人制天為止境。[100]

　　在西方藝術中，即使表現自然，也與中國藝術有很大的不同。主要有三種情形：一是西方風景畫完全排除了人的位置。「如果風景畫有一個人影，海景畫有一片風帆，它就會認為它的對象受到侮辱。」[101]中國山水畫、花鳥畫中也大多不畫人物，但它卻是人的情意的化身，仍有人在其中。而西方風景畫以模仿自然為主，卻無人意在內。二是中國山水畫以畫自然為主，以人物為點綴；西方人體畫以畫人物為主，以自然為點綴。如波提切利的《維納斯的誕生》、喬爾喬內的《沉睡的維納斯》和傑拉度的《愛神與仙女普賽克》就是如此。三是在中國藝術中，人與自然的關係是和諧統一的；而在西方藝術中，人與自然的關係是生硬的對立的。如：「對勃魯蓋爾來說，是把人和自然拿來一起放在畫中；而對馬遠來說，人和自然是一體的。」[102]

四、美學的差別

　　以上三個方面的差別，必然帶來了中西美學上的差別，即如前所述，中西美學理論建構的原點不同，美感心理結構不同、範疇體系不同和美學精神不同，等等。

---

100 遠明編：《林語堂著譯人生小品集》，浙江文藝出版社1990年版，第270-272頁。
101 科林伍德：《藝術哲學新論》，第52頁。
102 蔣孔陽主編：《二十世紀西方美學名著選》（下），第527頁。

綜上所述，可見人與自然的審美關係，就是「意境」的本質。作為一種文藝創作現象，在西方抒情詩和風景畫中，偶爾也有意境存在。但是，在西方藝術理論和美學中，儘管也有關於人與自然審美關係的談論，但卻始終都沒有提煉和總結出類似「意境」的美學範疇來。因此，「意境」就成為中國美學所獨有的一個美學範疇。正如台灣學者姚一葦先生說的：「『意境』一詞，是我國所獨有的一個名詞，作為藝術批評或文學批評的一個重要術語。但是，它的語意非常抽象和曖昧。因此，在比較實際的西洋美學或藝術體系中，幾乎找不到一個同等的用語來傳達。」[103]所以，「意境」這個美學範疇，不僅具有中國的民族特色，也是中國美學對於世界美學的獨特貢獻。

第五節　結語：審美語境中的「意境」精神

中國人對於藝術的審美，有一個總的美感追求，這就是「意境」。正如陳從周先生所說：「中國美學，首重意境，同一意境可以不同形式之藝術手法出之。詩有詩境，詞有詞境，曲有曲境，畫有畫境，音樂有音樂境，而造園之高明者，運文學繪畫音樂諸境，能以山水花木、池館亭台組合出之，人臨其境，有詩有畫，各臻其妙。」[104]園林集眾藝之妙，追求一種「綜合意境」的美感效果。

艾青在《讀〈林風眠畫集〉》中有一首《彩色的詩》云：

畫家和詩人，

有共同的眼睛，

---

103 姚一葦：《藝術的奧秘》，台灣開明書店1968年版，第314頁。

104 《陳從周天趣美文》，廣東人民出版社1999年版，第134-135頁。

通過靈魂的窗戶，

向世界尋求意境。

　　在中國，不僅畫家和詩人「向世界尋求意境」，而且所有的藝術家
都是如此。古琴曲的意境，往往是「物境」、「情境」和「意境」三者
兼而有之；[105]古箏、二胡、笛子和嗩吶曲也同樣追求意境。民族器樂曲
《春江花月夜》《二泉映月》及廣東音樂《彩雲追月》和《步步高》等
優美的意境，令人百聽不厭。聲樂的意境雖不像器樂那樣有更多的想
像空間，但卻讓人的情感得到更為酣暢的釋放。諸如膾炙人口的《啊，
莫愁莫愁》（賀東久詞、陶思耀曲）、《長城長》（董文華唱）和《風中
有朵雨做的雲》（孟庭葦唱）等。台灣歌曲《月之故鄉》（彭邦楨詞、
劉莊曲）的意境就頗讓人玩味不盡。其歌詞云：

天上一個月亮，

水裡一個月亮；

天上的月亮在水裡，

水裡的月亮在天上。

低頭看水裡，

抬頭看天上；

看月亮，

思故鄉；

一個在水裡，

一個在天上。

---

105 修海林：《古樂的沉浮》，山東文藝出版社1989年版，第260頁。

「月亮」象徵祖國。在兩岸長期隔絕的情況下，許多親人難以團聚。人們只能從月亮這面「天鏡」裡窺視故鄉，也只能通過月亮向親人表達相思之情。月亮既是故鄉（祖國）的象徵，也成為溝通兩岸親人心靈的信使和心橋。本來是一個中國（月亮），此刻卻被分成兩半，一半在水裡（台灣），一半在天上（大陸）。特別是後兩句，一連重複三次，表達了「思鄉」之渴望和「回鄉」之無奈的複雜情緒。歌中化用了唐代詩人李白「舉頭望明月，低頭思故鄉」（《靜夜思》）的詩句，更加豐富了其意境的文化內涵。

我國的盆景也很重視意境美的創造。因為，它的表現對象是「景」，並通過「景」為載體抒發作者的審美情感和情趣，從而達到情景交融、韻味無窮的意境美。所以，「意境是盆景作品的靈魂」[106]。此在山水盆景中尤為突出。如馮連生的《平湖秋月》（龜紋石，盆長80cm）、仲濟南的《春江曲》（盆60cm×30cm）和羅維佳的《鼓浪春潮》（卵石，盆長50cm）等，皆縮山水於方寸，掬情趣於盆中，或塔，或亭，亦舟，亦帆，令人神遊而忘返。

我國民間剪紙也講究意境。如陝北剪紙中，常將梅花鹿、蝙蝠和桃其漱流其枕乎。農其家，不嗇不奢，我境桑麻；儒其居，奚槁奚腴，子桃花合剪在一起，構成優美的圖案，其中寓有「福」（蝠）、「祿」（鹿）、「壽」（桃）之意，表達了美好的意境。又如山西剪紙《有餘》，構圖是娃娃抱一條魚，表達了「連年有餘（魚）」或「吉慶有餘（魚）」的傳統意境。至於建築、磚刻、瓦當、刺繡、瓷器、漆器和古鏡等，亦多有意境存在。

在古代中國，「意境」的使用範圍逐漸擴大，經歷了一個由「詩境」

---

106 潘傳瑞：《盆景造型藝術》，四川科學技術出版社1986年版，第33頁。

（詩意境）到「藝境」（藝術意境）的演變過程。「意境」也由審美範疇提升為一種美學精神了。中國人不僅在藝術中追求「意境」，創造「意境」，也在生活中追求「意境」，創造「意境」。凡是有美的地方，就有「意境」，甚至「意境」成為「美」的別名。宋元之際的方回，就曾援無絃琴而歌曰：

境而仙乎，敷落其天乎；境而佛乎，華嚴其國乎；境而隱乎，石我境詩書。境之圃，蔬可以俎，莫狐予侮；境之泉，釣則有鮮，莫蛟予涎。[107]

其自由清雅的生活意境，實質上也是審美意境。這種美學的「意境」精神，在晚明文人的日常生活中有更充分的體現：

晚明文人非常善於營造生活意境。在日常生活之中，在自己的庭院、台閣、居室、水石、草木、蔬菜、門窗、階欄、書畫、古玩、文房四寶、坐幾椅榻、車舟等等，都可以構成一個優美的藝術境界。[108]

這種「意境」精神，在晚明小品文中也有充分的體現，甚至在清人沈復的《浮生六記》、李漁的《閒情偶寄》和金聖歎的詩文評點中亦有所顯現。具有「意境」精神，戴著「意境」眼鏡，中國人便在日常生活的方方面面都可以看出「意境」美來。

在自然美中看出「意境」。徐志摩曾對陸小曼說：「想想一枝疏影，

---

107 引自陳良運：《中國詩學批評史》，江西人民出版社1995年版，第413頁。
108 吳承學：《論晚明清言》，《文學評論》1997年第4期。

一彎寒月，一領清溪，一條板凳，意境何嘗不遠妙？」此話得到胡適
的賞識，認為「文字最可愛」[109]。甚至在石玩中看出意境。南京雨花
石、江蘇太湖石、西北風棱石、西南鐘乳石和宜昌三峽石等，都是人
們的審美對象；品石、釋石、讀石、玩石、戀石、友石和藏石，又都
是人們的審美行為。在這種審美關係中，便衍生出十分奇妙的審美意
境來了。蘇軾說，美石「精明可愛，雖巧者以意，繪畫有不能及」（《怪
石供》）。明人成性賞石意境說「有淡紅者，名曰西子妝」；「有如龍闕
參差者，名曰雲樓影」；「有質紅而梅樣者，名曰朱梅」（《選石記》）。
尤其是雨花石，小巧玲瓏，色彩斑斕，宛如一枚枚微型玻璃瓶裡的內
畫，晶瑩優美。清初詩人宋犖十分喜愛雨花石，作《怪石贊》，賞「宜
春勝」石云：「維此文石，剪綵之剩。繪畫莫及，光彩照乘。」賞「朱
霞籠月」石云：「赤城霞氣，薄暮彌天，中含片月，既潔且圓。」今人
池澄先生收集了四枚雨花石，用以表現周恩來總理《雨中嵐山》一詩
的意境：「櫻花紅陌上，柳葉綠池邊。燕子聲聲裡，相思又一年。」一
石，一句，一境，四石合成全詩意境，頗受觀眾好評。[110]當代著名作家
賈平凹還撰寫了一部別緻的賞石小品《小石頭記》。

　　在男女性愛中看出「意境」。古代中國人對於性愛，採取含蓄的審
美態度。雖不像西方人那樣直露，但作為生殖崇拜和人性需求，性愛
也較早地進入了中國人的審美視野。諸如在古代詩文中，「巫山雲雨」
（亦簡界，卻是毋庸置疑的。所以，「意境」不僅是中國美學的核心範
疇，而且稱「雲雨」）和「風花雪月」（亦簡稱「風月」）就是具有象
徵意味的性愛意境。又如關雎、鴛鴦、鳳凰等在中國藝術裡成了名副

---

109 徐志摩：《愛眉小札》，經濟日報出版社2000年版，第157、158頁。
110 池澄：《雨花石譜》，南京出版社1995年版，第229頁。

其實的「愛情鳥」，由這些意象構成的意境，也大多是性愛意境。在民間剪紙、刺繡和雕刻中，「魚戲蓮」、「鳳戲牡丹」、「雞踏魚」和「蛇盤兔」等，也是性愛意境。據專家説，當代夫婦「要想獲得性愛的美感，就要創造性愛的意境和氛圍」。因為，「對女性來説，意境是性愛的溫床，而性愛是意境的溫室之花」。[111]

此外，城市建設也要追求「意境」之美。比如，在上海浦東開發時新建的中央公園，就營造出一種「東西文化交匯、人與自然融合的意境」。[112]

綜上所述，可以看出：「意境」的使用範圍很廣，有藝術方面的，有工藝方面的，還有眾多生活方面的。[113]姑且不論使用者對於「意境」內涵的理解是否有一致性，但是都把「意境」看作美學精神或者美的最高境是一種普遍存在的美學精神。這正是中國美學的精髓所在。

---

111 權雅芝：《丈夫備忘錄：功夫在性外》，《婦女之友》1998年第12期。

112 周林法：《記浦東中央公園概念設計意境》，《浦東開發》1995年第10期。

113 2000年11月中旬，在復旦大學舉行的「20世紀中國古代文論研究的回顧與前瞻」國際學術研討會上，張文勳先生就「意境理論的發展與運用」問題，發表了很好的意見（參見《文匯讀書週報》2000年12月2日第11版周興陸、楊彬的會議綜述文章）。

第五章

走向新世紀的意境研究

　　要從根本上改變我國現代文論的「失語」狀況，唯一的出路是從我國傳統文論中汲取營養。

　　近年來，我選擇了「意境」範疇作為研究的突破口。這是因為：其一，「意境」是中國古代文論和美學的核心範疇，是中國古代文藝美學的靈魂。正如林紓說的，「意境者，文之母也，一切奇正之格，皆出於是間」。所以，在現代文論中，如果「不講意境」，便「是自塞其途」（《春覺齋論文》〈意境〉），沒有出路。其二，「意境」是一個具有民族特色的中國文論話語。它是對中國乃至世界的抒情文藝創作和欣賞規律的一種審美把握，因而具有「普遍性」。這種普遍性，從縱向看，它自古到今，具有很強的生命力。它是古代的，也是現代和未來的。從橫向看，它由中到西，具有廣泛的適用性。它是中國的，也是東方和世界的。

　　因此，本章就談談「意境」理論的現代化和世界化問題。這將是

二十一世紀中國文論研究的一項重要課題。

第一節 「意境」理論的現代化

「意境」雖然是中國古代文論和美學的核心範疇，但它並沒有隨著「意境」發展史；或從哲學、美學、佛學、文化學、文藝學、心理學和教中國古代史的終結而終結，而是一直存活到了現在，且保持著愈來愈旺盛的生命力。正如錢鍾書先生說的，它「埋養在自古到今中國談藝者的意識田地裡，飄散在自古到今中國談藝的著作裡，各宗各派的批評都多少利用過」[1]。這便是「意境」發展的實際情形。從梁啟超的「新意境」說，到王國維的「境界」說，便拉開了「意境」理論現代化的序幕。隨後，從宗白華、朱光潛和李澤厚的意境研究，到二十世紀八十年代以來的「意境」熱，經過我國文論和美學界廣大學人的百年奮鬥，「意境」理論已基本上現代化了。[2]

「意境」理論的現代化有三種情形：

一是以現代的眼光、現代的意識和現代的方法，從中國古代文論和美學的角度，來研究「意境」：或對「意境」原始資料進行梳理、類編和校注；或對「意境」範疇術語進行新的闡釋；或研究古代文論家的「意境」思想；或研究古代文藝作品中的「意境」呈現形態；或溯源探流、建構育學等不同學科的角度研究「意境」；或運用比較的方法、系統論方法、符號學方法和模糊數學方法來研究「意境」，等等。有些學者還以現代文藝學科為參照，建構了「意境」學科體系，形成

---

1 錢鍾書：《中國固有的文學批評的一個特點》，《文學雜誌》第1卷第4期，1937年8月。
2 參見拙作《現代意境研究述評》，《社會科學戰線》1997年第2期。

了「意境學」的新學科。

二是以現代文論和美學為參照，給「意境」範疇注入了現代的血液，並將它建構在現代文論和美學體系之中。二十世紀三十年代，老舍先生將「意境」範疇和司空圖、嚴羽、王夫之等人的「意境」觀點引入《文學概論講義》之中；四十年代，朱光潛先生在《詩論》中，專列一章談「詩的境界」問題。這些是最早將「意境」範疇引入現代文藝學科建構所作的努力。進入八十年代以來，大大加快了「意境」理論現代化的步伐：或將其建構在當代文藝理論體系中，如黃世瑜的《文學理論新編》和童慶炳的《文學理論教程》等；或將其建構在當代美學理論體系中，如丁楓、張錫坤的《美學導論》和楊辛、甘霖的《美學原理》等；或將其建構在部門美學理論體系中，如肖馳的《中國詩歌美學》、金學智的《中國園林美學》和胡經之的《文藝美學》等。

三是將「意境」作為現代文論和美學的一個術語，廣泛地用於中國古代文藝、現當代文藝和外國文藝的研究、賞析和評論領域。藍華增先生在他《意境論》一書中，不僅用「意境」論賞析了唐代詩人李商隱的《錦瑟》和《夜雨寄北》的意境美，同時也賞析了艾青《太陽》和陳繼光《謎語》的新詩意境，而且還用大量的篇幅論述了當代藏族詩人饒階巴桑詩歌意境的創造問題。藍華增先生旨在探討「意境說的古為今用的問題」[3]，是一個「意境」理論現代化的成功範例。對於「意境」理論現代化的追求，是當代創作界、批評界和理論界的一種普遍的心理趨向。在這裡，有艾青、郭小川、賀敬之對新詩意境的論述，有楊朔、劉白羽對散文意境的論述，有張庚對戲曲意境的論述，有李可染對新國畫意境的論述，有陳從周對園林意境的論述，也有韓尚義

3　藍華增：《意境論》，雲南人民出版社1996年版，第315頁。

等人對電影意境的論述，等等。八十年代以來，在「淡化情節」的背後，是陸文夫、宗璞、王蒙、何立偉對於小說意境的營造。[4]此外，「意境」術語也被廣泛地用在報告文學、童話、民間文學、音樂、舞蹈、雕塑、建築、書法、工藝和盆景等文藝的鑑賞中。

「意境」理論的現代化，就是「意境」範疇的現代轉換。[5]轉即通，是對傳統「意境」論的繼承；換即變，是對「意境」論的發展。但重點是後者，即將現代的新思想「化」入「意境」論之中。那麼，「化」入「意境」論中的新思想是什麼呢？要搞清楚這個問題是困難的。這不僅因為時間長，研究者眾，成果多，難以概括；還因為「所有的文化，本國的，外國的，過去的，現在的，像洪水般灌進我們的頭腦」[6]，給研究工作帶來了複雜性。大概說來，「化」入「意境」論中的新思想，有兩個方面：

其一，以現代思想「重寫」傳統，並在傳統意境論的基礎上增值和發展。如李漁認為，「意境」「不出情景二字，然二字亦分主客。情為主，景是客」（《窺詞管見》）。王夫之、吳喬、王國維也持這種看法。在現代「意境」研究中，持這種看法的人很多，其代表人物是李澤厚先生。他認為，「意境」是「生活形象的客觀反映方面和藝術家情感理想的主觀創造方面」[7]的統一。他用哲學反映論和藝術形象說闡釋「意境」，並強調其創造性特點，還擴展了「情」與「景」的內涵，使「意境」的概念更為豐富、明確和科學。再如鹿乾岳認為，「意境」有

---

4 蒲震元：《中國藝術意境論》，北京大學出版社1995年版，第65-67頁。

5 最近，蔡鍾翔先生對於包括「意境」在內的古代文論範疇的現代轉換，發表了重要的觀點。請參閱《範疇研究三人談》一文，見於《文學遺產》2001年第1期第117、118頁。

6 丹納：《藝術哲學》，人民文學出版社1963年版，第98頁。

7 李澤厚：《美學論集》，上海文藝出版社1980年版，第326頁。

內外之分,「神智才情,詩所探之內境也;山川草木,詩所借之外境也」(《儉持堂詩序》)。謝榛、陳匪石等人也持這種看法。在現代「意境」研究中,也有人以此為基點來闡釋「意境」。如劉若愚先生認為,「意境」是「生命之外面與內面的綜合」。所謂「外面」,「不只包括自然的事物和景物,而且包括事件和行為」;所謂「內面」,「不只包括感情,而且包括思想、記憶、感覺、幻想」[8],發展了前人的觀點。又如方士庶認為,「意境」有虛實之分,「山川草木,造化自然,此實境也;因心造境,以手運心,此虛境也」(《天慵庵筆記》)。這種看法自皎然和司空圖以來也很普遍。在現代,蒲震元先生就是以此為邏輯出發點來研究「意境」的。他認為,「意境創造表現為實境與虛境的辯證統一」;「意境是特定形象與豐富的象外之象和言外之意的總和」。[9]在其中「化」入了辯證法和「形象」說的現代思想。

其二,以西方現代文藝美學思想來闡釋「意境」,給傳統「意境」論注入外來血液,使現代「意境」研究產生了重大的變革。梁啟超所追求的「新意境」,就是「歐洲之真精神、真思想」(新意),與歐洲的物質文明(新境)的統一,其實質是「歐洲意境」。[10]王國維站在中西文化的交匯點上,以邵雍和叔本華的哲學思想來闡釋「意境」,給傳統「意境」論賦予了一個現代思想體系的框架。朱光潛先生以克羅齊的「藝術即直覺」論闡釋「意境」。認為,意境「是用『直覺』見出來的」,是「情趣與意象的融合」[11]。在這種闡釋的背後,瀰漫著傳統「情景」說和尼采、叔本華、博克、裡普斯的影響。進入八十年代以來,

---

8　劉若愚:《中國詩學》,台灣幼獅文化公司1977年版,第144頁。

9　蒲震元:《中國藝術意境論》,第14、20頁。

10　參閱本書第二章第九節。

11　朱光潛:《詩論》,三聯書店1984年版,第48、58頁。

還有用西方「形象」說、「典型」說、「意象」說、「模糊」說和接受美學等觀點來闡釋「意境」的。「意境」範疇裡「蘊含有理論的金塊」（劉若愚語）。這些現代淘金者們雖然用的思想武器各異，但目的卻是相同的，即借石攻玉，以「西來意」為「東土法」（錢鍾書語），使「意境」理論現代化。

「意境」理論現代化的最高理想是對「意境」範疇的重構。由於篇幅所限，這裡省去論證，只直陳己見。我認為，「意境」範疇的重構，主要有三個方面：

一是淨化範疇。[12]近代以前，在「意境」術語的運用上，有「情景」、「境」、「情境」、「事境」、「意境」、「境界」等。黃維梁先生說：「情景也好，情境也好，意境也好，境界也好，名雖有別，其實則一。」[13]這好比一個人起了許多名字，使用起來混亂且不說，還會掩蓋此人的本來面目。這種以幾種術語指稱一個範疇的「雜語同名」現象，是歷史形成的。其實，每個術語都有各自的義域圈，相同之處並不很多，於是就導致了「意境」範疇的泛化，引起了文藝理論和批評的混亂。現代文藝批評中，「意境」術語的運用逐漸聚焦在「意境」、「境」和「境界」之上。請看一組統計數字：

作者	作品	意境	境	境界	評論對象	出處
愈兆平	二元構合中的詩心與詩藝——論香港新詩的特質	3次	3次	2次	詩	《文學評論》1997年第4期
葉嘉瑩	論蘇詞	12次	2次	3次	詞	《文學探討擷英》（上），1998年

12 參閱本書第三章第一節。

13 黃維梁：《中國古典文論新探》，北京大學出版社1996年版，第100頁。

| 馮健男 | 廢名的小說藝術 | 6次 | 3次 | 2次 | 小說 | 《文藝理論研究》1997年第3期 |
| 盧新華 | 讀劉巨德的水墨畫 | 14次 | 7次 | 23次 | 畫 | 《名作欣賞》1997年第4期 |

　　這三個術語皆來源於佛教內典。唐釋道世《法苑珠林》〈攝會篇〉中有「意境界」一詞，是佛教「六根境界」之一。「意境界」一詞的結構可圖示如下：

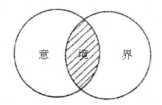

　　取前一個圓得「意境」，取後一個圓得「境界」，取中間的交合部得「境」，原來三個術語來源於同一個詞體。從佛教內典的使用情況看，「意境」的內涵最為明確，構詞性差；「境界」的構詞性較活躍，內涵也較為豐富；「境」構詞性強，最為活躍。諸如「真境」、「妙境」、「神境」、「聖境」、「超境」等，形成了「x境」術語系列。在古代文論和美學中的情形也大致如此。這三個術語內涵和外延的關係可以圖示為：

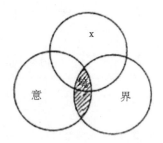

　　在現代「意境」研究中，最為纏夾不清的是「意境」和「境界」的關係，不知人們為此費了多少口舌，打了多少筆墨官司。其實，「境界」的詞義和操作域多限定在「範圍」、「境地」、「程度」和「水平」之上，幾與「意境」無涉。所以，今後不再將它作為「意境」術語使用。至於「境」則可看作是「意境」的簡稱。如藝術意境簡稱為「藝境」，詩歌意境簡稱為「詩境」，奇妙意境簡稱為「妙境」等。因此，「境」與「意境」便可看作一個術語。這樣，我們就達到了淨化「意境」範疇的目的。

　　二是明確特點。「意境」有四個基本特點：一為「情」，「意」中有「意」、「理」、「情」，「情」為核心，「意」、「理」皆須帶情韻以出，故有抒情性；二為「景」，「境」中有「人」、「事」、「景」，「景」為核心，「人」、「事」亦須依景象（自然景物的形象）而生，故有寫景性；三為「虛」，言外之意，情外有韻，景外有景，象外有像，境外有境，以少總多，以實求虛，故有虛靈性；四為「美」，「意境」中的「意」、「理」、「情」和「人」、「事」、「景」皆須美化，經作者靈光照耀，達到審美融合，成為藝術整體，故有審美性。其中，「情」、「景」、「美」是構成「意境」的基本因素，三者缺一，就沒有「意境」可言。傳統「意境」論認為，情景交融，即有「意境」。應該指出的是，這不是一般的交融，而是審美交融。如果離開了主體審美靈光的照耀，即使情景交融，也不能算是有「意境」。這是「意境」的基本層面。由「x外」虛境系列所構成的結構層面，是「意境」的超象層面。蔡嵩雲說「境貴曲折」（《柯亭詞論》），就是「意境」的多層結構，多則曲，曲則多，才有意味無窮之美。

　　三是「意境」話語譜系的建立和操作域的界定。如本書第三章第一節中所論述的那樣，就能夠將「意境」的內涵和操作，由混亂導入

井然，由無序引向有序，從根本上治理「意境」的泛化現象。

　　以上三個方面，就是我對「意境」範疇重構和「意境」理論現代化的基本觀點。是否科學和利於實用，還有待學界同人的檢驗。

第二節　「意境」理論的世界化

　　我們談「意境」理論的現代化，旨在恢復傳統文論範疇在當代文論和美學中的民族話語地位；談「意境」理論的世界化，則是想把「意境」這個範疇介紹給世界文論和美學界的朋友們，並希望他們運用這個範疇，從而發中國之聲音，提高中國文論和美學的世界話語地位。但是，現在的情形是：近百年來，我們從西方引進了大量的文論和美學術語，占據著中國現當代文論和美學的中心話語地位，而在西方文論和美學中又引去了多少中國的術語呢？我們從梁啟超、王國維、朱光潛、李澤厚和劉若愚等人身上，看到了西方文化侵染「意境」範疇的情形，但誰又能舉出多少中國文化侵染西方文論和美學範疇的事例呢？所以，在中西文化的交流中，一直存在著「不平等」現象。西方人並不像熟悉絲綢、瓷器和指南針那樣熟悉中國文論，更不用說熟悉「意境」範疇了。本節就是在這種畸形的文化語境中來談論「意境」理論的世界化問題。

一、「意境」理論在國外的傳播

（一）在東方諸國的傳播

　　早在九世紀，王昌齡的「意境」說就傳到了日本。當時的中國如日中天，成為亞洲文明的中心。而日本呢，則是進入了「全盤唐化」

的時代。唐德宗貞元二十年（804）七月[14]，屆入而立之年的日本僧人空海來到中國留學。回國後，編寫了《文鏡秘府論》一書。在這本書中，他最早將王昌齡《詩格》和「意境説」介紹給日本文壇。他在《性靈集》卷四説：「王昌齡《詩格》一卷，此是在唐之日，於作者邊偶得此書。」所以，王運熙先生説：「《文鏡秘府論》所引王昌齡詩論，當出自王昌齡原著，比較可靠。」[15]

「意境」説傳入日本後，首先影響到詩歌創作界。許多詩人模仿唐詩意境來寫詩，此種風氣一直延續到日本近世詩壇（俳壇）。如松尾芭蕉（1644-1694）對杜詩意境的移植，寫有「古池塘，青蛙跳入水聲響」的名句。其次影響到理論批評界，如境、境界、景、情景等成為日本古代文論家的常用術語。祇園南海（1677-1751）《詩有境趣》捲上，用「境」十二次、「境界」二次、「境趣」九次、「景」六次；皆川淇園（1734-1807）在《淇園詩話》的一段文字裡，用「境」七次、「境界」一次、「景」八次、「情景」一次；內山真弓（生卒不詳）在《歌學提要》〈題詠〉（1853）一文中，用「境」二次、「情景」二次、「景」六次。由此足見「意境」説的影響了。

值得指出的是，祇園南海的《詩有境趣》是一篇系統研究中國詩和日本人所作「漢詩」的專論，其中談到了「意境」説，極為珍貴。他説：

先言境，境界也，景色也。凡人目之所觸，耳之所聞，身之所覺，自天地日月、風雨雪霜，寒暑時令，至山河草木，禽獸蟲魚，漁

---

14 日本著名漢學家豐福健二先生認為，空海在唐時間為兩年，即從公元804年到806年。豐福健二先生近年著有《蘇東坡詩話集》，日本株式會社朋友書店1993年版。

15 王運熙、楊明：《隋唐五代文學批評史》，上海古籍出版社1994年版，第204頁。

樵耕牧，管絃歌舞，綺羅車馬等，都是我身以外之境界，皆總謂之
境。我心之思、之知、之憶、之憐、之樂，凡心之用，皆謂之趣。三
體詩中，以境趣為實虛，以形之現與形之未見相分，其名異而實同。[16]

　　這裡的「境趣」，類似普聞《詩論》所說的「境意」，實際上就是
「意境」。「境」為「身外之物」，為「形之現」，為「實」；「趣」為「心
之用」，為「形之未見」，為「虛」，其基本精神與中國「意境」說一
致。但也有所不同，「意境」說強調「意與境會」，重在「合」；而「境
趣」說強調「境趣有別」，重在「分」。他的「有境勝者，有趣勝者，
有境趣平分秋色者」和「語勢隔則聞之不愜」，當是王國維「境界」說
之所本。在日本現代詩壇上，仍可看到「意境」說的影響。如相馬御
風要求寫詩應達到「主體與客體融合境的自覺」。他的詩句「白雲行空
靜舒徐，我亦默隨白雲移」，就是情景交融意境的例證。

　　除日本外，「意境」說也傳播到朝鮮和越南諸國。朝鮮古代文論中
也多採用「景」、「境」、「詩境」、「情境」等術語，《櫟翁稗說》《東人
詩話》和《慵齋叢話》都主張建立詩境。如《櫟翁稗說》後集一說「古
人之詩，目前寫景，意在言外，言可盡而味不盡」，就深得「意境」之
精神。

　　（二）在西方諸國的傳播

　　「意境」理論在東方諸國的傳播，多是憑藉漢字為載體的直接傳
播，加之文化上的相近，故易得其真髓。而在西方諸國的傳播卻與之
相反，由於語言文字的障礙，加之文化上的差異，故複雜和艱難得
多。目前由於原始資料的缺乏，其詳情還難以盡述。但大致情況有兩

16　曹順慶主編：《東方文論選》，四川人民出版社1996年版，第726、727頁。

點：

　　一是十九世紀以前，「意境」以文藝作品為載體傳播到西方諸國。先是以龍、鳳、花、鳥等為工藝題材的瓷器、絲綢、家具和壁紙，遠銷歐洲英、法、德、意諸國，使西人大開眼界，初識「中國趣味」。儘管這些工藝作品還沒有多少意境可談。他們大為驚訝的是，中國人竟然對自然意象如此鍾愛，這與他們將人物形象作為表現對象的藝術傳統大異其趣。隨後，中國畫和中國園林藝術也傳到了歐洲諸國，西方人士這才認識到在如此多的自然意象背後，隱藏著中國人豐富多彩的精神世界。當然他們還不知道這就是意境。他們只是帶著驚奇和讚賞的心情說：「歐洲人在藝術方面無法和東方燦爛的成就相提並論。」[17]再後來，中國的小說、戲曲和抒情詩等文學作品傳播到英、法、德諸國，使西方人對於「意境」有了進一步認識。歌德說：在中國小說裡，「人和大自然是生活在一起的，你經常聽到金魚在池塘跳躍，鳥兒在枝頭歌唱不停，白天總是陽光燦爛，夜晚也總是月白風清」[18]。這是對小說意境的認識。亨德森也說：「中國詩歌中每個字至少包含兩層意思，一是自然方面的，一是精神方面的。」[19]這是對詩歌意境的認識。另外，我們從德國作家對於中國詩文的選編和改譯中，也可以看出他們對於「意境」的理解。如司提格力慈選譯詩集《東方的圖畫》，伯特格的譯詩集《中國的桃花》，特別是衛禮賢的《中德季日即景》。這也是一本詩集，按中國詩人對四季景物的情感變化，分類選譯了一些詩歌，並將《桃花源記》、《愛蓮說》和前後《赤壁賦》等散文改譯成德文詩。就是說，司氏將「意境」理解為「圖畫性」，即「詩中有畫」；

17　〔英〕威廉・查布斯：《東方園藝》，1772年。

18　《歌德談話錄》，第112頁。

19　《中外文藝理論概覽》，春風文藝出版社1986年版，第262頁注①

伯氏將「意境」理解為「自然意象」；而衛氏則將「意境」理解為「情景交融」，基本上接近「意境」的本質了。

二是在二十世紀，隨著古代文論在西方諸國的傳播，「意境」的觀念和術語也得以西傳。在此以前，西人只是通過中國的文藝作品來體味「意境」，嚴格說還不是「意境」本身的傳播。但是，它作為「意境」西傳的前奏曲是必要的，否則要將精湛深奧的「意境」傳入西方是相當困難的。這與我們不先睹西方的文藝作品而要理解「典型」一樣困難。

「意境」在西方諸國的傳播，到目前為止，還只侷限在「漢學圈」之內。這種傳播，主要有四種情形：其一，古代「意境」原典論著的移譯。諸如方志彤的英譯《文賦》（1951），施友忠的英譯《文心雕龍》（1958），德邦的德譯《滄浪詩話》（1962），涂經詒的英譯《人間詞語》（1970）等。其二，古代文論家「意境」說的介紹。諸如格雷厄姆《莊子的齊物論》，陳世驤《中國的詩論與禪宗》，劉若愚《境界與語言：中國的文學傳統》，黃修琪《王夫之批評著作中的情與景》，莉克蒂《王國維〈人間詞話〉：中國文學批評研究》等。其三，「意境」在中國古代文學研究中的運用。諸如劉若愚關於李商隱詩及北宋名家詞研究的英文論著中，就將「意境」作為一條批評的標準。在《李商隱詩境面面觀》[20]一文中，使用術語「意境」三十六次，「境界」九次，「情景」六次。葉維廉關於中國詩學的英文論著中，從比較詩學的角度，常常談論「意境」。葉嘉瑩通過對《人間詞話》的研究，向西方讀者介紹「意境」。六十年代，餘光中在美國講學時，就系統地介紹過王國維的「境界」說，等等。其四，在向西方讀者係統介紹中國文論時，也介紹「意

20　《意境縱橫探》，南開大學出版社1986年版，第225頁。

境」說。如劉若愚在《中國文學理論》一書中，深入淺出地介紹了司空圖、謝榛和王夫之等人的「意境」理論，並與西方直覺主義文論作了比較研究。

二、外國文論中有無「意境」範疇

（一）外國文論和批評中的「意境」分析

在外國文論和美學名著的中譯本裡，我們經常可以看到有「意境」的字樣。例如，布瓦洛在《詩的藝術》（任典譯）中說：「最有內容的詩句，十分高貴的意境。」[21]狄德羅在《論戲劇藝術》中說：「美妙的一場戲所包含的意境，比整個劇本所能供給的情節還多；正是這些意境使人回味不已，傾聽忘倦，在任何時期都感動人心。」[22]康德在《判斷力批判》（上卷）（宗白華譯）中說：「美的藝術，是一種意境。」[23]《歌德談話錄》（朱光潛譯）中說，荷蘭畫家呂邦斯的一幅風景畫，「最美妙地把活躍而安靜的意境表現出來了」[24]。丹納的《藝術哲學》（傅雷譯），「意境」在目錄中出現了三次，在正文中出現了近十次之多。

在外國文學批評中，也曾出現過「意境」字樣。例如儒貝爾說：「詩中妙境，每字能如弦上之音，空外餘波，裊裊不絕。」諾瓦利斯說：「詩之高境亦如音樂，渾含大意，婉轉而不直捷。」[25]梵樂希說：「詩實在是一種用文字來製造『詩境』的機器。」[26]杜夫海納說，「詩的境界」，就是一種「主體的存在模式」。[27]

21　《西方美學家論美和美感》，商務印書館1980年版，第82頁。

22　《文藝理論譯叢》1958年第1期。

23　康德：《判斷力批判》上卷，商務印書館1964年版，第151頁。

24　《歌德談話錄》，第129頁。

25　轉引自錢鍾書：《談藝錄》，第276、271頁。

26　轉引自葉維廉：《中國詩學》，三聯書店1992年版，第156頁。

27　劉若愚：《中國的文學理論》，四川人民出版社1987年版，第86頁。

以上引文中的「意境」是否等於中國文論中的「意境」？或者說，在外國文論中也存在著「意境」範疇嗎？事情並非如此簡單。這是因為：首先，在以上談論「意境」的這些人中，只有狄德羅和歌德崇敬中國文化，也接觸了一些中國的文藝作品，雖說對「意境」現象有所體悟，但並不知道「意境」範疇的存在。至於其他人連「意境」的夢也未做。其次，「意境」（或境界）只是傳播到西方諸國的漢學圈內，漢學圈以外的西方人還不知「意境」為何物。再次，儘管劉若愚將「意境」介紹給了西方讀者，但是由於他把「意境」譯為「World」，將一個內涵豐富的能夠代表中國文藝和美學精神的「意境」範疇，僅僅等同於「艾布拉姆斯圖式」中的「世界」。這種打破中國文論的雞蛋，倒在西方文論模具中做出的蛋捲，早已使「意境」範疇面目全非了。結果，西方讀者只知有艾氏之「世界」，而不知有中國的「意境」。最後，在上文列舉的十多條引文中的「意境」，實際上只是「意蘊」、「意味」、「詩味」和「含蓄」的代名詞，與「意境」的本義相去甚遠。再說丹納的《藝術哲學》中根本就沒有涉及中國藝術和東方藝術，竟然奇蹟般地出現了十多處「意境」，表明這些「意境」只是譯者傅雷的，而不是丹納的。其餘的引文也都是如此情形。總之一句話，在西方文論中不存在「意境」範疇。以上引文中的「意境」，只是翻譯的權宜之計罷了。

（二）外國文論中的「類意境」範疇分析

所謂「類意境」範疇，就是指類似「意境」的文論和美學範疇。如果說外國文論中不存在「意境」範疇，那麼，有沒有「類意境」範疇呢？據我所知，是有的。現列舉如下：

（1）「意象」與「意境」。「意象」一詞最早出現在五世紀劉勰的著作中。而在西方文論和美學中，要到十八世紀才能看到相類似的術語，如康德的「審美意象」。朱光潛先生說，審美意象的「原文是

Asthetische idee，指審美活動中所見到的具體意象，近似我國詩話家所說的『意境』」[28]。後來，在費諾羅薩和龐德等的影響下，「意象」（image）才風行天下。龐德等人的「意象」，強調「直觀」，強調「如畫性」（Bildlichkeit），強調視覺、聽覺和心理上的感受，確實近似「意境」。但是，在中國文論裡，「意象」只是構成「意境」的基本單位，是「意境」的屬概念；在西方「意象」論中，特別是薩特等人的思想中，顛倒了意識與存在的關係，將「意象」等同於心靈的幻影。因此，「意象」與「意境」並不是一回事。

（2）「直覺」與「意境」。「直覺」（intuition）這一術語，主要來源於克羅齊，是指「情趣」（feeling）和「意象」（image）的統一。他在《美學》中說：「藝術把一種情趣寄託在一個意象裡，情趣離意象，或是意象離情趣，都不能獨立。」所以，朱光潛先生說，克羅齊的「直覺」說，「頗近於中國過去批評家所說的『情景交融』、『意境』」[29]，而且，朱先生就是借克羅齊的「直覺」說來闡釋「意境」的。他認為，「詩的境界是情趣與意象的融合」（《詩論》）。但是，由於克羅齊否定「自然美」，所以「直覺」說與「意境」說在本質上是不同的。

（3）「移情」與「意境」。李澤厚先生說：「藝術『意境』離不開情景交融，所謂情景交融，也就是近代西方美學講的『移情』現象（Empathy）。」[30]用費肖爾《批評論叢》中的話說，「移情」說強調的是：「藝術家或詩人則把我們外射到或感人到（fuhlt unshinein）自然界事物裡去。」但是，兩者並不相同：「移情」說主要是「人→物」的單向移入，人是中心，是主宰，人與自然是對立關係；「意境」說主要是「人

28　《西方美學史》下卷，第398頁注①。

29　藍華增：《意境論》，雲南人民出版社1996年版，第255頁。

30　李澤厚：《華夏美學》，中外文化出版公司1989年版，第159頁。

物」雙向交流，同融共化，人與自然是和諧關係。

（4）「象徵」與「意境」。歌德説：「象徵把現象轉化為一個觀念，把觀念轉化為一個形象，結果是這樣：觀念在形象裡總是永無止境地發揮作用而又不可捉摸，縱然用一切語言來表現它，它仍然是不可表現的。」[31]將觀念形象化，以有限見無限，言有盡而意無窮，這些思想很接近「意境」。然而，「觀念」並不等於「意」，「形象」也不等於「境」，所以，「象徵」與「意境」是不同的。

（5）「透視」與「意境」。哈特曼在《美學》中認為，「藝術作品是『前景層』及『後景層』的兩個緊密關連著的成層構造。前景層是物質地、感性地形態；而後景層則是精神地內容。知覺不僅活動於前景層，而且也活動於後景層」，將兩者「融合在一起」，這便是「透視（Hindurchsehen）」。[32]「透視」內涵與「意境」也比較接近，但實際上是揭示了藝術活動的一般規律，與「意境」不同。

（6）「寓意圖像」與「意境」。「寓意圖像」（emblem）是培根於1605年提出的一個概念。他説：「寓意圖像把理性的概念化為鮮明可感的形象。」它是以繪畫、文學或具體形象的方式，並通過類比來實現的意義的複雜體。它可以是極其凝練的詩中詩，也可以是表達詩歌內涵的繪畫，其特點是意義若隱若顯，更具魅力。[33]這個術語近似「意境」，又不同於「意境」。因為，它只是類比思維的產物，其核心點是「理性的概念」。這與以「情」為核心，以意象思維方式為特點的「意境」範疇是大異其趣的。

31　轉引自《西方美學史》下卷，第416-417頁。

32　轉引自徐復觀：《中國藝術精神》，春風文藝出版社1987年版，第73-74頁。

33　參見〔英〕羅吉・福勒：《現代西方文學批評術語詞典》，四川人民出版社，1987年版，第79頁。

（7）「世界」與「意境」。劉若愚先生說：「王國維『境界』的概念，與當代現象學關於文學『世界』（World）的概念具有某些相似之處。」[34]所以，劉若愚將「意境」翻譯為「World」（世界）；而詹子鵬翻譯劉氏《李商隱詩境面面觀》一文時，又將「World」（世界）譯為「意境」。「世界」是艾布拉姆斯在《鏡與燈》中提出的一個概念。他說：「這第三個要素便可以認為是由人物和行動、思想和感情、物質和事件或者超越感覺的本質所構成，常常用『自然』這個通用詞來表示，我們卻不妨換用一個含義更廣的中性詞——世界。」[35]由此可見，「世界」是「客觀狀態」的「現實事物」，是文藝表現或者再現的客觀對象。它有可能成為創構「意境」的材料，但卻不是「意境」本身。

（8）「幽玄」與「意境」。在日本文論中，除了「境趣」是「意境」的翻版之外，只有「幽玄」與「意境」相近了。和「意境」相似，「幽玄」一詞也來源於佛教。《佛學大辭典》云：「玄義，幽玄之義理。」《金光明玄義拾遺記》曰：「玄，謂幽微難見也。」其本義是空靈、微妙、玄虛等等。在日本文論中，「幽玄」是指深邃的情趣、餘情、氣氛和情調等，類似於劉勰的「隱」，是追求一種「義生文外」，「餘味曲包」（《文心雕龍》〈隱秀〉）的審美效果。它是通過「景氣」來呈現的。所謂景氣，是指春之有花，雲霞靉靆，秋月之前，耳聞鹿鳴，牆頭之梅等情趣。[36]因此，幽玄就是有情有景、情景交融、餘味無窮的意境。與中國「意境」不同的是，日本幽玄充滿了「哀婉豔美」的情調。這在《萬葉集》和《源氏物語》中皆可看到。

（9）「韻味」與「意境」。「意境」源於佛教，那麼在佛教故鄉印

34　《中國的文學理論》，第196頁。

35　《鏡與燈》，北京大學出版社1989年版，第5頁。

36　辰巳正明：《和歌之道》，《中外文化與文論》（1），第182頁。

度的文論中有沒有「意境」一詞呢？沒有。在古代印度文論中，只有
「味」和「韻」兩個術語，較接近於「意境」。「味」（rasa），指品味、
趣味、心境、情調等，是審美主體對審美客體的品賞；「韻」（dhvani），
指弦外之音或言外之意，是文藝作品暗示義所引起的美感形態。[37]《韻
光》說，蟻垤仙人觀水鳥的分離引起悲傷而賦詩，這詩就有味有韻。
「味」尚實，「韻」尚虛，強調情調（味）和神韻（韻）是文藝作品的
靈魂。但是，「韻味」說偏重於語義分析，與「意境」說有根本性差異。

　　以上我們在外國文論中選擇九個「類意境」範疇，與「意境」進
行比較分析，發現這些範疇與「意境」只是有或多或少的「類似」性，
在本質上卻是不同的。所以，我們可以得出結論說，在外國文論中沒
有「意境」範疇；「意境」範疇為中國文論和美學所獨有。如引用錢鍾
書先生的觀點說，在外國文論裡，我們找不到意境的「匹偶，因此算
得上中國文評的一個特點」；但是，在外國文論裡，我們也偶然瞥見
「意境」的「影子」（如九個「類意境」範疇），說明有些外國文論家「也
微茫地、倏忽地看到這一點」。因此，「意境」範疇「雖是中國特有」，
而在應用上卻具有「普遍性和世界性」，我們可以將「意境」範疇「推
廣到西洋文藝」中去[38]。這就是「意境」理論的世界化。

三、「意境」理論的世界化

（一）「意境」理論世界化的可能性

　　杜甫有兩句詩云：「遲日江山麗，春風花鳥香。」十個字中，就有
七種自然意象：日、江、山、春、風、花、鳥。它宛如一幅《江山春
意圖》的國畫，呈現出一派春意盎然的意境。「意境」的創造離不開自

37　參見托馬斯‧芒羅《東方美學》（中國人民大學出版社1990年版）、帕德瑪‧蘇蒂《印
　　度美學理論》（中國人民大學出版社1992年版）等有關著作。

38　錢鍾書：《中國固有的文學批評的一個特點》。

然意象，就彷彿油畫家離不開色彩一樣。所以，自然意像在中國文藝作品中的大量存在，是一種富有民族特色的審美傳統。若去掉上文杜詩中的七種自然意象，結果會怎樣呢？但在西方文藝中卻不是這樣。歌德說：「我觀察自然，從來不想到要用它來作詩。」[39]

　　中西美學的根本差異就在於此。中國美學以人與自然的審美關係為建構原點，形成了一系列人與自然二元合一的美學範疇，諸如「感物」、「比德」、「比興」、「意象」、「情景」、「意境」等，並形成了以「意境」為核心的「意境美學範疇家族」。西方美學則是以人與人（社會）的審美關係為建構原點，也形成了一系列人與人（社會）的一元（即以「人」為元）美學範疇，諸如「性格」、「情節」、「衝突」、「共鳴」、「形象」、「典型」等，並形成了以「典型」為核心的「典型美學範疇家族」。這是由中西兩種不同的文化所決定的。[40]

　　那麼，我們現在要將「意境」範疇「推廣到西洋文藝」中去，即實現「意境」理論的「世界化」（internationalize），可能嗎？我認為，這不僅是可能的[41]，而且是中外文論和美學交流的一項重要任務。既然是「交流」，就是雙向的：既要將外國文論和美學的術語範疇「拿來」（魯迅語），為我們所用；也要將中國文論和美學的術語範疇「送去」（季羨林語），為他們服務。因為，任何一種美好的文化，一旦創造出來，都應該是全人類的共同財富。「差異性」不應該成為文化交流的障礙。兩種「差異性」的文化中寓有「共同性」，兩種「共同性」的文化

39　《歌德談話錄》，第108頁。

40　參見本書第四章第四節的內容。

41　2000年11月中旬，在昆明舉行的「中國美學與民族藝術」研討會上，陳望衡先生說，「意境」範疇將可能成為世界美學本體論的範疇（參見《中華美學學會通訊》2000年第2期第1頁），其看法與我相同。

裡也有「差異性」。世界上不存在「純共同性」的文化，也不存在「純差異性」的文化，更不存在拒絕交流和難以交流的文化。世界史的發展充分證明：人類文化就是在不同文化的交流中前進的。再說渴望交流，也是人性的需求。從張騫通西域，鑑真五次東渡，鄭和七下西洋，馬可・波羅遠遊，哥倫布發現新大陸，到今天人類文化的交流已進入信息化、多媒體化和電腦網絡化的時代。

當然，「意境」的世界化還有一些更為內在的有利因素：其一，從文化上看，日本、朝鮮、越南和印度等東方諸國的文化，很接近中國文化，表現出對於大自然的依戀之情。英、法、德、美等西方諸國的文化，與中國文化相比，雖有立根點不同的差異性，但其中也包含著較為豐富的自然審美內容。其二，在外國文藝作品中，從荷馬史詩、羅馬敘事詩到浪漫主義詩歌，從散文、小說到音樂、繪畫，都有對自然景物的精彩描繪。其三，富有意境的中國文藝對於外國文藝產生過一定的影響。中國造型藝術成為洛可可（Rococo）藝術新的源泉，中國古典詩歌成為意象派詩人模仿的對象，還有「德國的李白」歌德、「英國的陶潛」華茲華斯、史乃德、唐林蓀和羅斯洛斯等人，都受過中國古典詩歌的影響。在繪畫方面，法國畫家華托的《孤島帆陰》，英國畫家康斯保羅的《綠野長橋》，就深得中國畫的意境。此外，還有倍倫、基洛、彼裡門、柯仁和特涅等中國畫的追隨者。其四，在文藝理論和美學方面，歌德、伏爾泰、狄德羅、托爾斯泰、泰戈爾、羅曼・羅蘭等人都熱情評論過中國文藝。如上文所述，在外國文論和美學中，也產生過若干「類意境」的文藝觀念，等等。總之，這些內在和外在的有利因素，都使「意境」理論的世界化成為可能。

（二）「意境」理論世界化的基本構想

（1）譯名。要將「意境」推向世界，首先應有一個準確的譯名。

目前，國內外比較流行的譯法是：梁實秋主編的《最新實用漢英辭典》譯為：「frame of mind」[42]，指心靈的境域，即「意境」，幾近直譯。北京外國語學院英語系編的《漢英詞典》譯為：「artistic conception」[43]，即藝術的概念。這種譯法在大陸廣為流行，卻實際上連「意境」的邊都未沾上。

　　曾在清華大學讀過書的莉克蒂博士將「意」譯為「meaning」，把「境」譯為「state of being」[44]，即「意」的存在境況。如按此譯法，「意境」則應譯為：「To integrates meaning with state of being」，也不確切。再就是劉若愚將「意境」譯為「World」，等同於艾布拉姆斯的「世界」，不僅不著邊際，而且妨礙了外國讀者對於「意境」本義的瞭解。以上這些譯法，都不能將「意境」準確地傳達給外國讀者，直接阻礙著「意境」理論世界化的進程。如何將「意境」準確地「送出去」呢？本文提供兩種譯法，一為直譯：「meaning of the area to reach」[45]，指意所達到的境域，即「意境」；二為意譯：「the picture of scenery and emotion」，指情景交融的畫面，即「意境」。這兩種譯法雖不太簡潔，但卻能確切地傳達「意境」的本義。其缺點是太累贅，不利於實用。在找不到更為準確而簡潔的譯法前，不妨一用。

　　（2）由於「意境」原典資料分散而零碎，我們應該博選精取，編譯一本《意境原典資料類編》，向外國讀者係統介紹從王昌齡到王國維的「意境」美學思想。同時，還可以將水平較高的「意境」論文和專

42　《最新實用漢英辭典》，遠東圖書公司1971年版，第337頁。

43　《漢英詞典》，商務印書館1980年版，第824頁。

44　黃維梁：《中國古典文論新探》，第156頁注⑩。

45　美國學者施友忠在英譯《文心雕龍》中，將「風骨」直譯為「The wind and the bone」。仿此，我們也可以將「意境」直譯為「The meaning and the boundary」.

著，翻譯到國外去，廣為宣傳。

（3）我們把「意境」的操作域限定在以人與自然的審美關係為表現對象的文藝作品和現象之中。這恰恰是外國文論和美學所缺少的。我們要將「意境」和「x1境」、「x2境」、「x3境」的系列術語翻譯出去，並運用在各自的操作域中。

（4）我們要將「意境」作為文藝批評的標準，廣泛地運用在中外文藝批評領域，在當今世界形形色色的文藝批評流派中，高標起「意境批評」的旗幟，建立「意境批評」的流派，發出我們中國的聲音。

（5）用中外比較的方法來研究「意境」，從而確立「意境」理論在世界文論和美學中的地位。

（6）將「意境」等系列術語建構在世界文論和美學中，從而豐富世界文論和美學的內容，為人類的審美文化建設做出我們應有的貢獻。

第三節　二十一世紀「意境」研究的基本走向

在前邊的各章節中，我們對二十世紀的「意境」研究已經作了較為全面、深入和獨到的總結；那麼，本節就再來談談二十一世紀「意境」研究的基本走向問題。

在談論這個問題之前，我們首先要對二十世紀八十年代以來所出現的「反意境」說予以清理。現將其代表觀點列舉如下：

孫紹振先生認為，「新詩在走向二千年」時，「意境的美學原則」會被一種「新的美學原則」所替代。[46]

鐘文先生說：「用意境作為獨一無二的最高楷模創作詩的時代終究

46　孫紹振：《給藝術革新者以更加自由的空氣》，《詩刊》1980年第9期。

過去了，用它來作為唯一審美準繩的時代必定是過去了。」

　　書良先生甚至說：「如果用意境來評定今天的詩歌，那就是詩歌美學的一個倒退。」[47]

　　黃藥眠先生和童慶炳先生也認為，當今文壇正「最後完成從傳統的意境審美中心向近現代的典型審美中心的過渡」[48]。以上前三種觀點是針對八十年代初期的「新詩」創作實際提出的。[49]他們所反的「意境」，只是那種「片面強調意境」、「無限制地運用意境」或者將「圖畫論意境說」[50]定為詩壇一尊的「意境」泛化和泛用現象，並沒有全盤否定「意境」論本身的存在。因為，他們至少還承認「意境美是詩美的一個內容」。即使被譽為「反意境」代表人物的孫紹振先生，他關於「情景交融固然可以有詩，情景不交融，情大於景，情壓倒了景，也可以是詩」的觀點[51]，所反對的也只是「情景交融」的一種「意境」形態，而倡導「以情（意）勝」的「意境」形態，實質上並沒有脫離開「意境」論。

　　所謂的「意境過時論」，只是在當時形勢下的一種過激言論，完全是可以理解的。因為，他們的一些觀點已經證明：「意境」並沒有過時。這些觀點還只是針對新詩創作而發的，嚴格說還算不上專門的「意境」研究。所以，「反意境」說只是影響到當時詩歌創作界，對於學術界的「意境」研究並未有絲毫影響。至於第四種觀點雖然來自學術界，

47　書良：《論詩美書》，《詩探索》1982年第3期。

48　黃藥眠、童慶炳主編：《中西比較詩學體系》，人民文學出版社1991年版，第241頁。

49　當時的詩壇，也有堅持「意境」說的。1990年，著名詩人劉章針對「反意境」說，明確主張：「新詩創作還是要講意境。」以提出「中國式現代詩」馳譽詩壇並出版了十多本詩集的著名詩人龍彼德，在1986年曾談論「情景交融」、「意象組合」的意境。

50　馬正平：《五十年來意境研究述評》，《雲南教育學院學報》1986年第2期。

51　馬正平：《五十年來意境研究述評》，《雲南教育學院學報》1986年第2期。

也只是一家之言而已，影響並不是很大。十分有趣的是，僅僅過了一
年時間，持論者之一的童慶炳先生不僅在他主編的《文學理論教程》
（1992）中吸納了「意境」理論，而且他還在給顧祖釗《藝術至境論》
（1992）所寫的序言中，明確承認「典型論無法取代意境論」。因此，
「反意境」說只是曇花一現，未成氣候。所以，八十年代以來，學界
「意境」研究熱持續長達二十多年，至今餘熱未減。當然，我們並不認
為，只有肯定「意境」才算「意境」研究，其實對於「意境」理論發
表一些不同的看法，甚至你「反意境」只要反得有道理，也是「意境」
研究。「意境」研究需要不同的角度、不同的方法和不同的聲音。這才
是真正的「意境」研究。因為，只有這樣，「意境」研究才能獲得實質
性的發展。比如錢超英女士的《中國意境論批判》[52]，對於王國維「意
境」論語符錯綜、語義矛盾和思路糾纏的剖析，就十分獨到。除她之
外，還有吳戰壘先生和趙銘善先生均敢走出「王國維圈」，對王氏的
「意境」泛化論予以批評。這些「意境」研究都是值得稱道的。所以，
二十一世紀的「意境」研究，思想會更解放，方法會更多樣，成果會
更輝煌，總之會更呈現一種多元化的發展態勢。這種態勢會集中表現
為四個基本走向：

一、走向「意境」內涵的規範化

二十世紀的意境研究，由於受西方「邏各斯中心論」的影響，在
「定義旋風」中徘徊不前，結果導致了「意境」內涵闡釋的泛化。二十
一世紀的「意境」研究，將不會再圍繞著「內涵闡釋」打轉，也不會
在「定義問題」上爭論不休，而會有新的探求。儘管如此，二十世紀
在「意境」內涵闡釋上所遺留的種種問題，特別是泛化問題等，也還

52　此是饒芃子等著《中西比較文藝學》（中國社會科學出版社1999年版）中的一節。

需要有人去做進一步的完善性和規範性的工作。主要有兩個方面：

（一）完善「意境」範疇的內涵定義

這項研究應遵循一條「通古今之變」的基本原則。這裡有一個重要的前提，就是古人對「意境」的基本看法。今天，我們談論「意境」，必須從這個前提出發，否則所談就不是「意境」了。當然，我們也要重視今人的看法。在古人看法與今人看法之間求「通」。所謂求通，也就是求同，尋找和總結「意境」範疇從古到今被公認的傳統內涵。抓住了這個根本，才算真正做到了「通古今」。同時，也要求變。所謂求變，也就是存異，研究「意境」範疇在不同歷史時期，特別是在二十世紀的新變化和新發展。「求通」是前提，「求變」是發展，兩者的關係要處理好。我們認為，對於一個文論和美學範疇，要有一個大家認可的相對穩定的內涵定義。「意境」範疇也是如此，應以求通為主。當今的「意境」範疇研究，已陷入了「求新」誤區。以為只有「新觀點」，才有學術價值。這個看法應該予以糾正。範疇研究如果一味求新，就會使內涵顯得不穩定，從而導致內涵泛化。關於「意境」內涵定義的研究，如果你一個定義，我一個定義；你一個新觀點，我一個新看法，弄得大家無所適從，不知如何操作。那麼，這個「意境」實質上已經不成為範疇了。因此，對於範疇內涵（比如「意境」）的闡釋，關鍵是要準確、科學，而不是「新」。前人的闡釋只要准確、科學，就得承認它；今人的闡釋儘管很新，但不準確、不科學，就不能承認它。學術研究的終極目標是追求真理，而真理是沒有新舊之分的。所謂完善「意境」範疇的內涵定義，就是要按照「準確、科學」的標准，認真總結二十世紀「意境」內涵闡釋的成果，歸納出一條能夠體現「通古今之變」原則精神的相對穩定的內涵定義來。

（二）規範「意境」範疇的操作行為

在本書第三章第一節中，我談到了學術界關於「意境」範疇操作方式的泛化現象。這種泛化現象在我國大陸工具書中普遍存在。現列舉如下：

《現代漢語詞典》認為：「意境，文學藝術作品通過形象描寫表現出來的境界和情調。」（1978年版，第1353頁）

《辭海・文學分冊》認為：「意境，文藝作品中所描繪的生活圖景和表現的思想感情融合一致而形成的一種藝術境界。」（1979年版，第7頁）

《辭源》認為：「意境，指文藝創作中的情調、境界。」（修訂本1988年版，第618頁）

《中國大百科全書・中國文學》認為：「意境，中國古代文論術語。指抒情詩及其他文學創作中一種藝術境界。這種藝術境界是由主觀思想感情和客觀景物環境交融而成的意蘊或形象。」（1986年版，第1168頁）

趙則誠等主編《中國古代文學理論辭典》認為：「意境指的是通過形象化的情景交融的藝術描寫，能夠把讀者引入到一個想像的空間的藝術境界。」（1985年版，第640頁）

傅璇琮等主編《中國詩學大辭典》認為：「意境是一種特殊的形象創造，具有味之無窮的獨特審美品格。」（1999年版，第52頁）

在以上所引比較權威的工具書中，對於「意境」的闡釋存在著諸多的不一致：「意境」存在於文藝作品中，還是存在於文藝創作中？「意境」是境界，是情調，是意蘊，還是形象？在「意境」範疇的操作行為上，存在著主觀隨意性的弊病。結果，同一個「意境」範疇，在

不同的工具書中有不同的闡釋，讓讀者無所適從，造成了思想認識上的混亂。還存在一個比較突出的弊病，就是用西方的文藝觀念來闡釋「意境」，諸如形象、形象化和主客結合等。因此，應該在完善「意境」範疇內涵定義的基礎上，來規範工具書中的「意境」內涵闡釋，從而達到工具書應有的準確性、科學性和權威性的學術品格。

二、走向少數民族文論和美學中的「意境」研究

二十世紀的「意境」研究，實際上只是漢族文論和美學中的「意境」研究。不錯，「意境」範疇是出自漢語文獻中，也主要表現於漢族文藝作品中。但是，我國自古以來就是一個多民族國家。眾多民族的長期融合過程，顯然也是一個眾多民族文化交流過程。所以，「意境」範疇、觀念和文藝審美特點等，也必然會向眾多兄弟民族文化中傳播和浸透。因此，在我國少數民族文論和美學中，也會有「意境」範疇、觀念和文藝審美特點存在。

其他民族的情況還不大瞭解，現就彝族古代詩論中的「意境」術語和觀點[53]作一簡介：

一、「象」

「有象就有色。」（明清・漏候布哲《談詩說文》）

「景象一層層，段段都鮮明，讀來韻味深。」（南宋・布麥阿鈕《論彝詩體例》）

二、「景」、「情」、「魂」

「深有深的景，景有景的界。」（南宋・布麥阿鈕《論彝詩體例》）

53　以下資料取自巴莫曲布嫫《試論彝族古代詩理論的立象取比特徵》一文，載於《貴州民族研究》（貴陽）1996年第4期。

「有神才有景，有景才有味。」（北宋・布阿洪《彝詩例話》）

「美在景物美」，「體內情充盈」。（北宋・布阿洪《彝詩例話》）

「景有景的影，靈有靈的魂。」「影魂寓詩思，影魂可化景。」（明清・漏候布哲《談詩說文》）

「詩色景物生，詩情思念來。」（明清・佚名《論彝族詩歌》）

三、「境」、「境界」、「意境」

「界有界的境，境自有其美」。

「場景分五方，方中有五境，境中有五彩，彩中有五色，色中有五字。」

「色中分三境，境中分三界，三界出三彩，三彩出三風。」

「主幹具影形，影形成意境。」（以上均見南宋・布麥阿鈕《論彝詩體例》）

彝族古代詩論歷史悠久，內容豐富。自魏晉以降，歷代皆有詩論作品傳世。如魏晉舉奢哲《彝族詩文論》、阿買妮《彝語詩律論》和唐代的布塔厄籌《論詩的寫作》、實乍苦木《彝詩九體論》等。從以上所列舉的資料看，自北宋以來的彝族詩論中，便漸次出現了「意境」論術語，諸如「象」、「景」、「情」、「境」、「境界」和「意境」等，這種情形到明清達到極致。其中南宋的布麥阿鈕是談論「意境」最多的一個人。至於這些「意境」術語的來源，有兩種可能：一是來源於漢族詩論，一是來源於佛教。從這些資料中，隱約可見所受漢族文化（如三才、五行說）和佛教文化（如色、境、界等）的影響。魏晉以來也是漢族詩論最為發達的時期，這與彝族古代詩論的發展情況偶合。當然，它也可能自有淵源。據說，彝族與漢族一樣，也是一個「好譬喻稱物」（晉・常璩語）的民族，具有直覺思維的特點。同時，我們也驚

喜地發現，彝族古代詩論中，也有它自己獨特的範疇術語，諸如
「影」、「魂」和「彩」等。巴莫曲布嫫[54]女士認為，「『魂』這一範疇顯
然已接近漢族文論中的『意境』；『詩魂』是指詩歌的藝術境界、意境
即詩境」。

二十一世紀的「意境」研究，應該重視開發利用少數民族文論和
美學的資源，以豐富「意境」美學的內容。如果缺少了少數民族文論
和美學這一塊，中國的「意境」理論則是不完整的。

三、走向世界的「意境」研究

二十世紀的「意境」研究，基本上是封閉式的本土研究。進入二
十一世紀後，隨著全球一體化的日益加快，「意境」研究必然會走向開
放，走向世界。具體地說，有兩方面的工作等待著我們去做：

一方面，我們要認真研究港、澳、台地區的「意境」研究和海外
各國漢學界的「意境」研究。關於港、澳、台地區的「意境」研究，
過去只是在大陸的一些刊物上發表過他們的論文，或者在大陸學者的
論著中引用過他們的有關言論。這些當然算不上是「研究」。二十一世
紀，我們要全面收集港、澳、台學者的「意境」研究論著資料，並予
以整理、分析、評價和綜述，使其與大陸學者的「意境」研究論著相
融合，真正建構「中國現代意境研究史」。

至於海外各國漢學界的「意境」研究，過去我們很少注意，至今
也所知甚少，更談不上「研究」了。其實，海外各國漢學家包括華人
和外國人，對於「意境」的研究作出了不可忽視的成績。諸如，關於
「意境」範疇和術語的翻譯。

---

54 巴莫曲布嫫，女，彝族，1964年4月生，四川涼山人。現為中國社會科學院民族文學
  研究所研究員，博士生導師，著作有《鷹靈與詩魂——彝族古代經籍詩學研究》
  （2000）等。

英譯的有[55]：

境[56]　　　poetic state

意境　　　meaning and poetic state

詩境　　　state of shih

無我之境　　self-transcendence

俄譯的有[57]：

意境　　　идея и изображение

無我之境　　изображение без я

有我之境　　изображение с я

過去我們只知道「意境」術語難以翻譯，還沒有介紹到國外去。以上所引材料，已證明了我們的孤陋寡聞。其實，從唐宋時期開始，「意境」說就東傳至日本、朝鮮和越南諸國，二十世紀又西傳至英、美諸國。[58]海外各國漢學界對於「意境」都有較為深入的研究。例如：韓國學者對於魏晉山水詩、唐詩和宋詞的意境研究，特別是金勝心女士的《盛唐時之詩趣及意境之運用》、盧相均先生的《「典雅」意境之美學史的考察》和柳明熙先生的《敦煌歌辭的意境研究》等[59]，均有深刻獨到的見解。美國著名漢學家高友工、李又安、宇文所安和余寶琳等人，對「意境」都有所研究。尤其是普林斯頓大學中國文學教授高友工博士，在《唐詩的隱喻、意象與典故》和《中國抒情美學》等名作

55　取自王曉路：《中西詩學對話》，巴蜀書社2000年版，第221-222頁。

56　高友工譯為「inscape」，見《中國抒情美學》一文。

57　取自王曉平等：《國外中國古典文論研究》，江蘇教育出版社1998年版，第487-488頁。

58　參見本章第二節有關內容。

59　以上資料為韓國著名漢學家元鐘禮教授提供，特此致謝！

中，將「意境」看作中國抒情美學的最高範疇[60]，其卓識讓國人歎服。他還在《中國敘事文學傳統中的抒情意境》一文中[61]，將「意境」的研究由詩歌擴展到中國的散文和小說方面。德國著名漢學家卜松山，是特里爾大學中文系教授，講一口標準的漢語，精通中國文化。他在《葉燮的〈原詩〉：清代早期詩論》一文中[62]，論述了王昌齡、司空圖、謝榛、王夫之和葉燮的「意境」理論，其理解之準確和觀點之深刻，也值得我們重視。總之，對於這樣一些「意境」研究成果，我們要全面收集、整理和研究，並達到交流和對話的目的。

另一方面，要把我們國內的「意境」研究論著，用不同的語言翻譯和介紹到海外各國去。因為，除了漢學家，海外各國的一般學者對於「意境」並不瞭解多少。他們不來拿，我們就主動地「送出去」（季羨林語）。二十世紀我們在這方面並沒有做多少工作。我們大談「失語症」，也常怨外國人不瞭解我們的文論和美學。那麼，我們為什麼不去主動地爭取「話語權」，不去主動地發表我們的聲音，讓他們瞭解呢？正如著名美籍漢學家李達三教授說的，我們「應當經常地更多地應用中國的批評術語，如賦、比、興、詩話、氣、情景等，而且還要用大量的例子和註釋，對這些術語進行詳盡的說明，直至全世界的比較文學家都很熟悉為止」。[63]從外國人不熟悉「意境」（情景）到很熟悉，這中間需要做大量的艱苦而細致的工作。這是二十一世紀「意境」研究

60　參見樂黛雲、陳珏編選：《北美中國古典文學研究名家十年文選》，江蘇人民出版社1996年版，第50頁。

61　李達三、羅鋼主編：《中外比較文學的里程碑》，人民文學出版社1997年版，第301-315頁。

62　樂黛云、陳珏、龔剛編選：《歐洲中國古典文學研究名家十年文選》，江蘇人民出版社1998年版，第17-46頁。

63　引自童慶炳主編：《文學理論要略》，人民文學出版社1995年版，第334頁。

的一項重要任務。只有這項工作真正做好了，我們才能把「意境」美學送到世界美學的「大觀園」裡去，才能真正發出我們的聲音！

四、走向「意境學」的全面建構

經過持續二十年之久的「意境」熱，使「意境」由一般的範疇研究跨入到學科建構的新階段。早在一九八八年，我就萌生了建構「意境」學科的設想，並草擬了《意境學大綱》。九十年代以來，我在所發表的一系列「意境」研究論文中，便逐漸使用了「意境學」、「意境美學」和「意境學科建構」之類話語。我一直有著強烈的預感：「意境」學科的建構已大勢所趨了，目前出版的六部「意境」專著就是有力的證明。現將我的基本構想列舉如下：

一、「意境」基礎學科研究

（一）意境理論

（二）意境理論史

（三）意境批評

（四）意境批評史

（五）意境美學

（六）意境美學史

二、「意境」分支學科研究

（一）文學意境研究

① 詩歌意境論

② 散文意境論

③ 小說意境論

④ 戲曲意境論

（二）藝術意境研究

① 音樂意境論

②繪畫意境論

③書法意境論

④園林意境論

三、「意境」的跨學科研究

（一）意境的心理學研究

（二）意境的文化學研究

（三）意境的哲學研究

（四）意境的民俗學研究

（五）意境的社會學研究

「意境」學科的建構靠一個人的力量是不夠的，需要大家都來關心和參與。因此，我願將自己多年來的構想，無私地奉獻給學界同人！在二十一世紀的「意境」研究中，歡迎有志之士積極參與到「意境」學科的建構中來，為繁榮我國學術大業共同奮鬥！

綜上所述，便是我對二十一世紀「意境」研究的基本看法。「意境」研究是中國文論和美學研究的龍頭工程，也是最有希望走向世界的。雖任重道遠，但前景燦爛，我願與學界同人，合作攻關，攜手共進！

後　記

　　八十年代初，我就立志要寫一部關於「意境」的書，只是畏懼「自費出版」，而未能如願。一九九三年八月，在呼和浩特參加古代文論國際學術會議期間，幸蒙蔡鍾翔先生的信任，約我撰寫這本書。七年間，數易其稿，終於完成了這項任務。

　　「意境」是個老題目，又是百年來學界談論最多的熱門話題。因此，要在研究中走出一條新路子來，真難！在本書中，我力爭站在「意境」研究的前沿，從當代「意境」研究的高度，寫一部真正屬於我自己的、又能得到學界認可的書。

　　本書所引材料截止時間為二〇〇一年二月。

　　在本書出版之際，我將永遠銘記著關心和幫助過我的師友們：

　　叢書主編蔡鍾翔教授自始至終指導著本書的寫作，並寫了長達四千多字的《審讀意見》；著名「意境」研究專家、責任編委蒲震元教授審閱全稿，詳細批註了五十八條意見，並一一悉心指導；責任編輯朱光甫先生對於本書的出版做了許多具體工作。

《中國社會科學》、《北京大學學報》、《外國美學》、《學術月刊》和《社會科學戰線》等報刊的編輯先生們，使本書的部分成果先期發表，受到學界好評。

本書的初稿寫作，得到了陝西省教委科研基金項目（編號：98JK070）的經費資助，最後一稿寫作得到了揚州大學人文學院佴榮本教授和姚文放教授的支持。

揚州大學師範學院王峰娟同志認真打印了全部書稿。我愛人賀巧梅在操持家務的同時，承擔了全部書稿的校對工作。

還有一些不曾相識的讀者朋友來信詢問和鼓勵本書的寫作，等等。

特記在此，深深致謝！

古　風
二〇〇一年二月二十四日於揚州大虹橋寓所

昌明文庫·悅讀美學　A0606010

意境探微　下冊

作　　者	古　風
責任編輯	楊家瑜

發 行 人	林慶彰
總 經 理	梁錦興
總 編 輯	張晏瑞
編 輯 所	萬卷樓圖書股份有限公司
排　　版	菩薩蠻數位文化有限公司
印　　刷	博創印藝文化有限公司
封面設計	菩薩蠻數位文化有限公司

出　　版	昌明文化有限公司

桃園市龜山區中原街 32 號

電話　(02)23216565

發　　行　萬卷樓圖書股份有限公司

臺北市羅斯福路二段 41 號 6 樓之 3

電話　(02)23216565

傳真　(02)23218698

電郵　SERVICE@WANJUAN.COM.TW

大陸經銷

廈門外圖臺灣書店有限公司

電郵　JKB188@188.COM

ISBN 978-986-496-362-1

2021 年 3 月初版二刷

2018 年 1 月初版

定價：新臺幣 300 元

如何購買本書：

1. 轉帳購書，請透過以下帳戶

　　合作金庫銀行　古亭分行

　　戶名：萬卷樓圖書股份有限公司

　　帳號：0877717092596

2. 網路購書，請透過萬卷樓網站

　　網址　WWW.WANJUAN.COM.TW

大量購書，請直接聯繫我們，將有專人為您

服務。客服：(02)23216565 分機 610

如有缺頁、破損或裝訂錯誤，請寄回更換

國家圖書館出版品預行編目資料

意境探微 / 古風作.-- 初版.-- 桃園市：昌

明文化出版；臺北市：萬卷樓發行, 2018.01

　　面；　　公分.--(昌明文庫. 悅讀美學)

ISBN 978-986-496-362-1 (下冊:平裝)

1.文學理論 2.文藝評論 3.中國美學史

820.1　　　　　　　　　　　　　107002256